KB249690

굶
주
림

굶주림(개정판)

1994년 09월 25일 · 초판 1쇄 발행
2023년 11월 25일 · 개정판 6쇄 발행

지은이 · 크누트 함순
옮긴이 · 우종길
펴낸이 · 이규인
펴낸곳 · 도서출판 창
등록번호 · 제15-454호
등록일자 · 2004년 3월 25일

주소 · 서울특별시 마포구 대흥로 4길 49. 1층(용강동, 월명빌딩)
전화 · 322-2686, 2687 / 팩시밀리 · 326-3218
홈페이지 · http://www.changbook.co.kr
e-mail · changbook1@hanmail.net

ISBN 978-89-7453-194-2   03860

정가 10,000원

Knut Hamsun

SULT

노벨문학상 수상작가의 영혼의 소설

굶주림

크누트 함순 지음 | 우종길 옮김

창
Chang
Books

국립중앙도서관 출판시도서목록(CIP)

굵주림: 노벨문학상 수상작가의 영혼의 소설 / 지은이: 크누트 함순;
옮긴이: 우종길. -- 개정판. --
서울 : 창, 2011   p. ;   cm

원표제: Sult
원저자명: Knut Hamsun
노르웨이어 원작을 한국어로 번역
ISBN 978-89-7453-194-2 03860 : ₩10000

노르웨이 문학[--文學]
859.82-KDC5
839.826-DDC21   CIP2011003493

서 문

　독자는 이 야릇한 책을 한 장 한 장 넘긴다. 그리고 얼마 지나지 않아서 손가락 가득히, 마음 가득히 피와 눈물이 솟구치는 것을 느낀다. 나는 1차 대전 이전에 나왔던 이 책의 판본을 읽었고, 곧 주위 사람들에게 권하여 그것을 찬미하게 만들었던 최초의 사람 중 하나였다. 그러나 이 책에 대한 독자의 관심은 장 루이 바로가 이 위대한 독백을 무대에 올릴 생각을 해냈을 때에야 일깨워지기 시작했다. 내 기억이 옳다면 이 작품은 라포르그의 『햄릿』과 나란히 무대에 올려졌다. 그 당시에 나는 프랑스에 없어서 그 위대한 판토마임 배우가 함순이 지어낸 역할을 역설적으로 해내는 것을 보지 못한 것이 한스럽기 그지없다. 나중에 듣자니 배우는 경탄할 만한 연기를 해냈다고 한다. '지어낸 역할'이라? 정확히 말하자면 그게 아니었다. 크누트 함순은 전혀 이 이야기를 지어낸 것이 아니었다. 그가 겪은 현실의 사실만을 통하여 독자를 압도하는 것이 이 걸작품의 특성이다. 사건도 플롯도 전혀 없다. 이 책 속에는 줄곧 아사 직전에 놓인 한 사나이의 애처로운 모습밖에 다른 아무것도 주어져 있지 않다. 계속되는 굶주림으로 인하여 일어나는 온갖 도덕적인 변모와 지적인 동요와 더불어, 배고픔이야말로 이 책의 주제가 된다. 이 사나이는 소설의 주인공이라기보다는 차라리 임상 실험의 대상감이다. 그래서 나는 좀 당황했다. 그렇다고 애초부터 그 사나이가 정상인이 아니라고 감히 말할 수 있을까? 크누트 함순은 얼마든지 이상한 사람을 소개할 권리가 있다. 배가 부를 때라 하더라도 그 행동이 우리를 당황하게 만드는 사람을 말이다. 그러나 그렇게 되면 주제가 달라진다. 아니, 좀더 정확하게 말하면 주제가 둘로 갈라진다. 배고픔에서 나오는 주제가 있고, 병리학적인 상태에서 나오는 주제가 있다. 두 번째 것은 그 자체로서 매우 흥미롭기는 하지만 더 이상 배고픔과는 상관이 없다. 그를 고통으로 이끌며 전혀 불필요하고 이유 없는 희생으로 이끄는 극심한 자존심과, 오만하고 불합리한 온갖 노력은 매우 특이한 성격에서 비롯된 당연한 반응일 것이다. 아니면, 그의 위가 그렇듯이 그의 존재 자체도 굶주림에 익숙해진 나머지 아무것도 간직하지 못한다. 생리학적으로든 지적으로든 도덕적으로든 음식을 저장한다는 것이 그에게는 참을 수 없는 것이(되어버렸)다. 그가 섭취하는 모든 것, 남들에게서 얻어낸 모든 것을 그는 거의 즉시 게워버린다. 그러니 병든 그의 자존심이야말로 살찌워주기 가장 어려운 것이다. 그는 이유도 없이 올라탄 삯마차 값을 지불하지 않으려고 전혀 거리끼지도 않고 건물의 이중 출구를 이용한다. 뜻밖에 생겨서, 적어도 한 동안은 궁지에서 헤어나 마음 편히 일할 수 있을 정도로 충분한 돈을, 전혀 빚진 것 없는 아무에게나 던져주고 마는 엉뚱한 쾌감을 누린다. 그는 정신이상자인가? 아니다. 스트린드베리의 『지옥』에 나오는 그런 광인은 아니다. 어쨌든 심연에 이끌리고 절망한 마음으로 파멸을 향하여 끊임없이 달려드는 어떤 사람이다.

아! 이 책에 비하면 프랑스의 모든 문학은 얼마나 합리적인가! 우리가 그 깊이를 얼핏 엿보기 시작하고 있을 뿐인 큰 구렁이 우리를 에워싸고 있는 셈이다! 프랑스의 지중해적 문화는 우리의 정신에 보호책을 세워놓아서 그 울타리를 치워 없애는 데에 더없이 큰 어려움을 겪고 있다. 그런 까닭에 지금으로부터 200년 전에 이미 라 브뤼에르는 '모든 것을 말해졌다'고 말했던 것이다. 그러나 함순의 『굶주림』 앞에서 우리는, 지금까지 별로 말해진 것이 없으며 오히려 인간에 관해 발견할 것이 아직 많다고 생각할 수 있다.

물론 말하기 나름이다. 이렇게 밝혀두는 것이 좋겠다. 서서히 변화하는 것은 전혀 지식의 한계나 '미지의 땅'의 넓이가 아니라 차라리 배척의 한계다. 즉, 수치심의 한계라든지, 울타리 반대편에서 바라보는 외설성의 한계다. 무대에 노출되어서 우아하지는 않지만 그래도 어쨌거나 존재하는 인간 영역들이 있다. 이러한 '금기' 영역들은 시대에 따라 변화한다. 예를 들어 우리 문학은 오랫동안 우리의 탐구 분야를 확장시키기보다는 심화시키는 일에 훨씬 더 관심을 기울여 왔다. 그러나 탐구 분야는 나라에 따라 더욱 크게 변화한다. 내가 젊었을 때에도 프랑스인은 자아를 끊임없이 직시하는 일에 관심을 기울이지 않았지만, 오늘날의 프랑스인은 그때보다도 더 못하다. 옆으로 눈길을 돌려보면, 적어도 겉으로 보기에라도, 많은 행동이 별로 프랑스적이지 않으면서도 여전히 인간적일 수 있으며, 프랑스인이 그것에 흥미를 가지기 시작하는 그날부터 그것들이 흥미로워질 수 있음을 발견하고서 놀라게 되는데, 참 나이브한 일이다. 이것은 거의 50년 전에 내가 이미 지적한 바이다. 오늘날 이 지적은 거의 존재 이유를 잃고 있었다. 그런데 크누트 함순의 『굶주림』은 나를 그리로 되돌아가도록 초대하고 있다.

앙드레 지드

소개의 글

오늘 나는 특별히 천재적인 재질을 지닌 사람에 대해 말하고자 한다. 독창적이고 능력이 뛰어나서 모든 면으로 보아 비범한 영혼에 호기심을 지닌 사람들과 문학인들의 관심을 받아 마땅한 인물이다. 그의 이름은 크누트 함순이다. 우리는 알베르랑겐 출판사를 통하여 이 노르웨이인의 탁월한 작품을 알게 되었다. 바로 『굶주림』이다.

이것은 진실로 탁월한 작품이며, 이미 알려진 다른 어떤 작품과도 비교할 수 없는 작품이다. 이 제목 속에 사회에 대한 반항이라든지 열렬한 훈계라든지 격렬한 비판이나 요구 따위가 숨어 있다고 상상하지 말라. 전혀 그렇지가 않다.

『굶주림』은 배가 고픈 한 젊은이에 대한 소설이다. 그저 그뿐이다. 그는 몇 날 며칠이고 굶고 지내면서, 불평도 증오감도 없다.

이 책에는 배고픔 외에는 다른 어떤 비극도, 다른 어떤 행위도 없다. 폐부를 찌르면서도 결국은 단조롭게 느껴질 수도 있는 배고픔이란 주제에서, 이 책이 독특하고 뛰어나고 흥미로운 작품이 될 수 있었던 것은 거리에서 일어나는 여러 가지 에피소드와 인상, 밤 풍경 등의 다채로움이 있고 야릇하고 놀라운 인물들이 기이하게 줄지어 나타나기 때문이다.

이 작품은 자서전임에 틀림없다.

나는 지금 크누트 함순의 사진을 보고 있다. 어깨가 딱 벌어지고 팔다리는 활기차고 유연한 사나이다. 헝클어진 뻣뻣한 머리칼 아래 그의 이마는 힘 있고 뚜렷하게 엄지 손가락으로 다듬은 모습을 하고 있다. 시선은 야릇하다. 움푹 패인 동공에는 깊고도 어두운 섬광이 있다. 분명히 이례적인 광경들을 많이 겪었음이 느껴진다. 뱃사람의 시선처럼, 향수 어린 여행자처럼 아득한 무엇인가를 지니고 있다. 짧은 콧수염은 선량함으로 가득한 입술 위로 양 끝이 말아올려져 있다. 그의 얼굴 생김은 힘차면서도 부드럽고, 열정적이면서도 억제되어 있고, 꿰뚫으면서도 베일이 씌워져 있는 듯하고, 오만하면서도 슬프며, 움푹 들어간 두 뺨과 뾰죽하고 뭔가 냄새 맡는 듯한 콧구멍 등, 여기저기에 고통의 표시가 담겨져 있는 이중적인 표정을 하고 있다. 보는 사람은 그런 얼굴에 깊은 인상을 받고 오랫동안 잊지 못하게 된다.

크누트 함순은 서른네 살밖에 되지 않았는데 그의 삶보다 더 기구한 삶은 어디에도 없을 것 같다. 일찍부터 그의 삶은 불행에 젖어 있었다.

그는 가난과 굶주림에 쫓겨 스물두 살의 나이로 노르웨이를 떠났다. 놀라운 용기로써 싸워 왔건만 그를 끊임없이 짓누르는 운명과 싸우기에도 지치고, 철두철미 정직한 성품과 나쁜 유혹에 길들여지지 않는 자존심 때문에 노동을 통하여 빵 한 조각 버는 일도 단념하고서, 어느 날 뉴펀들랜드 뱅크로 대구를 잡으러 떠나는 선박에 올라탔다. 그는 1년 전에 『르뷔 블랑슈(Revue Blanche)』지에 발표된 그 놀라운 글에서 스스로 그곳에서의 생활을 이야기했다.

그 짧고도 인상적인 글은 전부 읽어 보아야 할 것이다. 이것은 『아이슬랜드의 어부들』에서 보여진 것과는 다른, 격렬하고도 야수 같은 인간의 색조를 띠고 있다. 크누트 함순은 힘과 공포감과 표현의 위대함으로써 짙은 안개 속에서 기선들이 불쑥 나타나는 모습, 그래서 한밤중에 야기되는 환각 등, 피에르 로티의 작품에서도 못 보던 모습을 보여주고 있다.

3년간 그런 생활을 하고 나서 크누트 함순은 아메리카로 떠났다. 거기서 그는 가진 것도 의지할 것도 아는 사람도 없이 막일꾼 생활을 했다. 그리고 또 3년 간은 땅을 갈면서 가까스로 생활을 엮어가며 궁핍한 생활에 빠졌지만 그 때문에 괴로워하지는 않았다. 믿기 어려울 만치 인내하는 힘을 이미 체득한 후였기 때문이었다. 그때 그는 노르웨이로 돌아갈 것을 꿈꾸었다. 하지만 어떻게? 그에게는 저축한 돈도, 여행 경비로 쓸 돈도 없었고, 본국 송환을 간청하기에는 자존심이 너무 강했다. 하기야 그는 그럴 꿈도 꾸지 않았을 것이다. 결국 미국 철도회사의 침대차 기관사로 일했다. 먹여주고 재워주고 충분히 보수를 받은 그는 4년 만에 귀국 여행을 기도할 만큼 충분히 돈을 모을 수 있었다. 그래서 마음속에 항상 정열을 간직하고 있던 문학 작업을 시작할 수 있었다.

그러나 노르웨이에 도착한 지 얼마 후에 다시 조국을 떠났다. 그래서 파리에 피신해 있으면서 가난하고 고독하게 아무도 모르는 곳에서 열심히 우리 시대에서 가장 아름다운 작품 중 하나를 계속 쓰고 있다.

이 사나이를 사랑해야 한다. 천재의 불꽃이 빛나는 그 소박한 이미지에 따라, 이 희귀하고도 찬탄할 만한 예술가를 정열적으로 뒤따라야 한다.

옥타브 미르보
1895년 3월

차   례

제 1 부

 내가 크리스티아나(역주:1624년부터 1924년까지 노르웨이의 수도로서 지금의 오슬로)에서 굶주림에 배를 움켜쥔 채 방황하던 시절이었다. 크리스티아나는 그 곳을 떠나가게 되기까지 누구에게든 반드시 흔적을 남겨 놓고야 마는 그런 기이한 도시였다.
 나는 잠에서 깨어난 채 고미 다락방에 누워 있었다. 아래층 벽시계에서 6시를 알리는 소리가 들렸다. 이미 날이 훤했다. 사람들이 계단을 오르내리기 시작했다. 저쪽 방문 옆 벽은 낡은 《모르겐블라데트》 신문지로 도배가 되어 있었다. 거기에는 등대 관리소장의 공고문과 약간 왼쪽으로는 굵고 동그란 글씨로 인쇄된 파비엔 올센 빵집의 신선한 빵 광고문이 보였다.
 곧 눈을 활짝 뜨고 오랜 습관대로 오늘은 무슨 즐거운 일이 없을까 생각해 보았다. 최근 며칠 동안 좀 옹색한 생활을 했다. 옷가지를 하나씩 전당포에 맡겨 가버렸다. 그래서 신경이 날카로워지고 예민해졌다. 두세 차례씩 현기증이 나서 하루 종일 침대에 누워 있기도 했다. 가끔 행운이 미소를 지을 때면 어찌어찌해서 신문에 이런저런 기사를 써주고 5크로네를 버는 일도 있기는 했다.

날이 밝고 있었다. 방문 옆 저쪽에 있는 광고들을 읽기 시작했다. '정문 아래 오른쪽으로 안데르센 양의 수의(壽衣) 가게'라고 적힌 조그맣게 쭈그러든 글자까지 읽을 수 있었다. 한참을 그러고 있는데, 밑에서 8시를 알리는 벽시계 소리가 들려왔다. 일어나서 옷을 입었다.

창문을 열고 밖을 내다보았다. 내가 있는 곳에서는 빨랫줄 하나와 공터가 보였다. 저 끝 쪽으로는 철공소에 불이 나고 나서 꺼진 가마가 하나 남아 있었는데, 일꾼 몇 명이 그것을 제거하고 있었다. 나는 팔꿈치를 창가에 괴고 하늘을 살펴보았다. 틀림없이 날씨는 화창할 것이다. 가을이었다. 모든 사물의 빛깔이 바뀌고 삶에서 죽음으로 넘어가는, 미묘하고도 선선한 계절이었다. 거리는 벌써 시끄러워지기 시작했고, 그 소음은 나를 밖으로 끌어냈다. 발을 내디딜 때마다 쪽판마루가 너울거리는 이 빈방은 모퉁이 이가 맞지 않은 음산한 관(棺)과 꼴이 비슷했다. 문에는 거기에 맞는 빗장도 없었고 방에는 난로도 없었다. 나는 다음날 아침에 대충 마른 양말을 신을 수 있도록 밤에 양말을 신고자는 버릇이 있었다. 내 마음에 위안을 줄 수 있는 유일한 물건은 조그맣고 붉은 흔들의자였다. 저녁이면 거기 앉아 오만가지 꿈을 꾸며 졸곤 했다. 바람이 심하게 불어서 아래층의 문들이 열려 있을 때면 별의별 이상한 획획 소리가 마루와 칸막이 벽 사이로 들려오곤 했다. 그리고 저쪽 방문 근처에는 《모르겐블라데트》 신문지 사이로 손바닥만한 틈이 벌어지곤 했다.

일어나서 침대 한구석으로 가서 아침에 먹을 요깃거리가 좀 있는지 꾸러미 속을 살펴보았지만, 아무것도 없었으므로 창가로 되돌아왔다.

일자리를 찾아낸다는 것이 내게 얼마나 절실한 일인지 아무도 모르리라! 수차례의 퇴짜, 막연한 약속, 냉정하기 짝이 없는 '딱지', 부풀어 올랐다가 실망으로 바뀌는 희망, 매번 허사로 돌아가는 새로운 시도 등에 나는 기가 죽었다. 마지막으로 현금 출납계원 자리를 지원했지만, 지원이 너무 늦어 버렸다. 하기야 50크로네(노르웨이 화폐의 단위)의 보증금도 낼 수가 없었다. 언제나 이런 저런 장애 요소가 생기곤 했다. 소방대에 지원해 본 적도 있었다. 운동장에 50여 명의 사내들이 모여서 힘이 세고 대담하다는 인상을 주기 위해 가슴을 앞으로 한껏 내밀고 있었다. 감찰관이 순시를 하며 지원자들을 살펴보았다. 우리의 팔뚝을 만져보기도 하고 질문을 하기도 했다. 하지만 내 앞은 그대로 지나쳐버리며 그저 고개를 흔들었을 뿐이다. 안경을 썼기 때문에 안 된다는 것이었다. 그래서 두 번째는 안경을 벗고서 지원했다. 두 눈을 칼날처럼 날카롭게 뜨고서 눈썹을 찡그리고 있었다. 그는 미소를 지으며 이번에도 내 앞을 그대로 지나쳐 버렸다. 나를 알아본 모양이었다. 가장 안된 일은 내 양복이 하도 낡고 초라해지기 시작해서 더 이상은 어디든 점잖은 신사로서 모습을 나타낼 수가 없는 일이었다.
  얼마나 빈번하게, 그리고 얼마나 똑같은 움직임으로 나는 줄 곧 이 기슭을 내려오곤 했던가! 하도 헐벗어서 결국은 빗 한 개도 남아 있지 않았고, 사는 것이 너무 슬퍼졌을 때 읽을 만한 책 한 권도 남아 있지 않았다. 여름 내내 공동묘지나 성 (城) 안에 있는 공원을 배회하곤 했다. 거기 앉아서 들끓는 머리에서 생겨나는 이상한 아이디어라든지 변덕맞은 생각이나 환상 등 별의별 것들에 관하여 신문에 낼 기사들을 하나씩 지어내곤 했다. 절망에 찰 때면 흔히 시사성이라고는 눈곱만치도 없는 주제들을 짜내곤 했는데, 그것들은 오랜 시간과 노력을 요했으면서도 한 번도 신문사에 채택된 적이 없었다. 하나가 끝나면 다른 것을 공략하였다. 편집부장들의 퇴짜에도 불구하고 용기를 잃은 적은 드물었다. 마침내 언젠가는 성공을 거두게 되리라고 끊임없이 스스로에게 타이르곤 했다. 아닌 게 아니라 때때로 운이 좋아서 기사가 제법 잘 되어갈 때면 한나절 오후 동안 일한 대가로 5크로네를 벌기도 했다.
  다시 일어나서 창가를 떠나, 세면대로 쓰고 있는 의자 쪽으로 갔다. 물을 뿌려 반들반들한 바지 무릎을 축축하게 적셔 검게 만들어서 좀 더 새옷처럼 보이게 했다. 그리고 나서 늘 하던 대로 주머니에 종이와 연필 한 자루를 집어넣고 밖으로 나섰다. 여주인의 주의를 일깨우지 않으려고 소리 내지 않고 계단 아래로 미끄러지듯 내려왔다. 방세 만기일이 넘은 지도 며칠이 지났는데, 내게는 방세를 낼 돈이 남아 있지 않았다.

아홉 시였다. 자동차 소음과 사람들 목소리가 공기를 채우고 있었다. 이 커다란 아침의 코러스에 보행자들의 발소리와 마부들의 채찍 소리가 뒤섞이고 있었다. 사방에서 들려오는 그 소란스런 소리에 나는 곧 다시 힘을 얻었다. 점점 만족감이 느껴지기 시작했다. 그저 신선한 아침 공기 속에 산책이나 하자는 생각밖에 없었다. 허파에 바람이 든 것일까? 거인처럼 힘이 났다. 어깨로 밀면 마차라도 멈춰 세울 수 있을 것 같았다. 이상하고 미묘한 느낌에 사로잡혔다. 즐겁고 태평한 마음에서 나오는 느낌이었다. 나를 스쳐 지나가는 사람들과 내 뒤로 처지는 사람들을 관찰하기 시작했다. 벽에 붙은 포스터를 읽기도 하고, 전차를 타고 가는 사람들이 내게 던지는 시선을 느끼기도 하고, 마음속에 떠오르는 아주 사소한 것들과 길을 스쳐 지나가고 사라져가는 온갖 사소한 우연들을 받아들이면서 걸었다.

이렇게 아름다운 날에 먹을 것만 조금 있다면 좋으련만! 나는 유쾌한 아침의 일상에 매료되어 있었다. 기분을 억제할 수가 없었다. 뚜렷한 이유도 없이 기분이 좋아 흥얼거리기 시작했다. 푸줏간 앞에서 한 여자가 팔에 바구니를 끼고서 멈춰선 채, 점심 때 먹을 소시지를 고르고 있었다. 내가 자기 옆을 지나가자 그녀가 나를 바라보았다. 앞니 하나밖에 없는 노파였다. 요 며칠 동안 그랬듯이 신경이 달뜨고 예민해진 나에게 그 여자의 얼굴은 갑자기 구토감을 일으켰다. 그녀의 누렇고 기다란 이는 마치 턱에서 삐져나온 새끼손가락 같아 보였다.

그녀가 시선을 내게 돌렸을 때에도 그 시선은 아직 소시지로 가득 차 있었다. 그 바람에 나는 식욕을 잃었고 가슴이 메슥거려 왔다. 고기 시장에 다다르자 나는 샘터로 가서 물을 좀 마셨다. 눈을 들어 보니 구세주 성당의 종탑 시계가 10시를 가리키고 있었다.

나는 계속 골목길들을 걸어 다녔다. 아무런 근심도 없이 거닐다가, 별 필요도 없이 모퉁이에서 걸음을 멈추기도 하고, 방향을 바꾸기도 하고, 아무런 용건도 없이 옆 골목으로 들어서기도 했다. 다른 행복한 사람들 가운데 섞여 이리저리로 무위로움을 달래며, 즐거운 아침 속을 배회하며, 되어가는 대로 자신을 내맡겼다. 공기는 텅 비어 밝았다. 내 영혼에는 그늘이 한 점도 없었다.

10분 전부터 내 앞에 줄곧 절름발이 노인이 가고 있었다. 그는 한 손에 꾸러미를 들고 있었는데, 속력을 내기 위해 가진 힘을 다 내면서 온 몸으로 걷고 있었다. 그가 힘겨워 내쉬는 숨소리가 들렸다. 꾸러미를 들어주면 어떨까 하는 생각이 머리에 떠올랐다. 하지만 그를 따라잡으려고 애쓰지는 않았다. 그라엔센 거리 위쪽에서 한스 파울리를 만났다. 그는 내게 인사를 하더니 재빨리 지나쳐 버렸다. 왜 그렇게 서둘렀을까? 나는 그에게 단돈 1크로네도 부탁할 생각이 없었다. 오히려 형편이 되면 맨먼저, 몇 주전에 그에게서 빌렸던 담요를 돌려주고 싶었다. 필수품이 어느 정도 갖추어지는 대로 더이상 아무에게도 담요 따위를 빌리지 않고 싶었다. 어쩌면 오늘부터 당장 미래의 범죄라든지 자유 의지나 뭐 그런 아무거라도, 적어도 10크로네 벌이가 될 만한 뭔가 흥미로운 것에 관하여 기사를 쓰기 시작하게 될지도 모른다. 기사에 생각이 미치자, 문득 내 머릿속에 들어 있는 것을 몽땅 털어놓기 위해 당장 일에 착수해야겠다는 충동이 절실하게 엄습하는 것이 느껴졌다. 성안의 공원에 적당한 곳을 찾고서, 그 일을 끝내기 전에는 쉬지도 않기로 마음먹었다.

그런데 골목에서는 내 앞의 불구 노인이 여전히 계속 절름거리고 있었다. 급기야는 그 불구자가 한도 없이 내 앞을 막고 있다는 생각에 성이 나기 시작했다. 그의 여행길은 절대로 끝이 나지 않을 것처럼 보였다. 어쩌면 그는 나와 아주 똑같은 목적지를 정해 놓아서, 끝끝내 나는 그를 눈앞에 보고 있어야 하는지도 모를 일이었다. 골이 나서 죽겠는데, 그는 골목을 돌 때마다 조금씩 속도를 늦추어서 마치 내가 어느 방향으로 가는지 보려고 기다리기라도 하는 것 같았다. 그리고 나서는 좌우로 꾸러미를 흔들기 시작하며, 앞지르려고 온 힘을 다해 길을 떠나곤 하는 것이었다. 길을 걸을수록, 그리고 그 끈덕진 존재를 바라볼수록, 내 마음은 그에 대한 노여움으로 가득 찼다. 차츰차츰, 그가 내 좋은 기분을 잡치고 있으며 동시에 이 순수하고 아름다운 아침을 추함 속으로 잡아끌고 있다고 느껴졌다. 그는 안간힘을 다하여 세상에 한 자리를 얻어내려 하고, 길을 혼자서 온통 다 차지하려는 커다란 절름발이 벌레 같은 꼴이었다. 우리가 기슭 꼭대기에 도달했을 때, 나는 반항을 하기로 했다. 더 이상은 당하고 싶지 않았다. 그래서 어느 가게의 진열장 쪽으로 돌아서서, 멈춰 서서 노인이 길을 지나가도록 비켜서 주었다. 그런데 몇 분 후에 다시 걷기 시작했을 때, 그는 또 다시 내 앞에 와 있었다. 그 노인도 역시 그 자리에 멈춰 서 있었던 것이다. 나는 노기가 나서 생각할 것 없이 서너 발자국 앞으로 나서서 노인을 따라잡고서는 그의 어깨를 툭 쳤다.

그는 우뚝 걸음을 멈췄다. 우리는 서로의 얼굴을 뜯어보기 시작했다.

"우유 사게 한 푼만 줍쇼!"

결국 그가 머리를 옆으로 갸우뚱 기울이며 말했다.

"아, 저런, 그거였군!"

나는 주머니를 뒤지고서 말했다.

"그래, 우유를 사시겠다구요. 음... 시간은 물처럼 흐르는데 돈은 귀하고, 노인장이 정말로 얼마나 사정이 딱한지 저는 모르겠는걸요."

노인이 말했다.

"난 드람맨에 사는데 어제부터 아무것도 먹지를 못했소. 무일푼인데, 아직 일거리도 찾지 못했습니다. "

"일꾼이시군요."

"그렇습니다. 구두 수선공입죠."

"뭐라구요?"

"구두 수선공 말입니다. 하지만 구두를 만들 줄도 압니다요."

내가 말했다.

"그럼 문제가 다르지요. 여기서 잠시만 기다려 주십시오. 돈을 좀 가져 오겠습니다. 다만 몇 외레(역주:1크로네=100외레)라도."

나는 부리나케 버드나무 거리를 내려왔다. 거기에는 내가 아는 전당포가 2층에 있었다. 하지만 아직 그곳에 들른 적은 한번도 없었다. 정문으로 들어서며 나는 조끼를 급히 벗고 둘둘 말아서 겨드랑이에 꼈다. 그리고 나서 계단을 올라가 가게 문을 두드렸다. 인사를 하고서 조끼를 카운터에 던졌다.

"1크로네 반이오."

남자가 말했다. 내가 대답했다.

"좋아요. 고맙습니다. 조끼가 너무 작아지기 시작하지만 않았어도 처분해 버리지는 않았을 겁니다. "

돈과 전당표를 주워들고 물러섰다. 사실, 조끼를 생각해낸 것은 그야말로 기적이었다. 돈이 남으면 점심 식사를 푸짐하게 할 수 있을 것이고, 오늘 저녁이 되기 전에 미래의 범죄에 관한 내 기사는 완성이 될 것이다. 금방 삶이 좀더 쉽게 생각되기 시작했다 서둘러 그 노인을 떼어버리기 위해 그에게로 돌아갔다. 그리고 이렇게 말했다.

"자요! 맨 먼저 저한테 말씀해 주셔서 다행입니다."

노인은 돈을 받아들고 나를 살펴보기 시작했다. 두 눈을 동그랗게 뜨고서 뭘 그렇게 보는 것일까? 그는 내 바지의 무릎에다 주의를 집중하고 있는 모양이었다. 나는 그 무례함에 짜증이 나고 말았다. 이 괴상한 노인은 내가 겉으로 보이는 것만큼 정말로 그렇게 가난하다고 생각하는 것일까? 10크로네자리 기사를 한 편 쓰기 시작했다고 말해 주었어야 했을까? 적어도 나는 미래가 조금도 두렵지 않았다. 내게는 여러 가지 방법이 많았다. 그러니, 이렇게 아름다운 날, 팁을 좀 주었다고 한들 이 알지도 못하는 사람이 무슨 상관이란 말인가? 노인의 시선에 나는 부아가 났다. 그래서 나는 그를 떠나가기 전에 한 가지 버릇을 고쳐 주자고 결심했다. 그래서 어깨를 으쓱하고는 이렇게 말했다.

"이것 보세요. 1크로네나 드렸는데, 남의 무릎을 뚫어져라 쳐다보시다니 참 고약한 버릇이로군요."

그는 머리를 뒤로 젖혀 벽에다 기대더니 입을 벌렸다. 거지는 머릿속으로 생각을 해보고 있었다. 아마 내가 어떻게든 자기를 조롱하려는 거라고 생각하는 모양이었다. 그는 내게 돈을 도로 내밀었다.

나는 발을 구르고 나서 그에게 그 돈을 가지라고 욕을 해줬다. 내가 할 일이 없어서 이 모든 수고를 했다고 생각하는 것인가! 잘 생각해 보면 내가 어쩌면 당신에게 1크로네를 빚지고 있는지도 모른다. 오래 전에 진 빚이 생각난 것이다. 당신 앞에 서 있는 사람은 손톱 끝까지 정직하고 성실한 남자다. 간단히 말해, 돈은 당신의 것이다. 아! 내게 고맙다고 인사할 필요는 없다. 내게는 즐거운 일이었으니까. 그러면 안녕히.

나는 자리를 떴다. 마침내 끈질기게 나를 괴롭히던 그 불구자를 처치해 버렸고, 평온을 되찾을 수 있었다. 버드나무 거리를 도로 내려가 식품 가게 앞에서 걸음을 멈췄다. 진열장은 식품으로 가득 차 있었다. 길을 가다가 먹을 것을 좀 사려고 그 안으로 들어가기로 마음먹었다.

"치즈 한 조각과 작은 빵 하나요!"

나는 카운터에 반 크로네를 던지며 말했다.

"그 돈으로 치즈와 빵만 드려요?"

여자는 나를 바라보지도 않고서 빈정거리듯 물었다.

"50외레어치요."

나는 태연하게 대답했다.

나는 물건을 주워들고 그 뚱뚱한 노파에게 지극히 정중하게 작별 인사를 하고서 부랴부랴 성의 비탈을 통해 공원으로 갔다. 거기서 혼자 앉을 벤치를 하나 찾아, 게걸스럽게 음식을 씹어 먹기 시작했다. 기분이 좋아졌다. 이렇게 풍성한 식사를 해본 것은 참으로 오랜만이었다. 한참 동안 울고 난 다음에 느끼게 되는 포만한 평화가 조금씩 몰려오는 것이 느껴졌다. 내 마음속에는 커다란 용기가 솟아났다. 이제는 <미래의 범죄>처럼 단순하고 진부한 주제에 관한 기사를 쓰는 것으로는 충분치 않았다. 이런 것은 적어도 누구나 손댈 수 있었다. 지어내거나 그저 간단히 역사책을 읽기만 하면 되는 것이었다. 나는 이보다 큰 노력을 기울일 수 있다는 자신감이 느껴졌다. 어려움을 이겨낼 수 있을 것 같은 기분이었다. 그래서 <철학 지식>에 관한 3부작 개론서를 쓰기로 결심했다. 물론 거기서 칸트의 궤변 몇 가지를 꼬집을 기회를 찾아낼 참이었다.

작업을 시작하기에 앞서 글쓰기에 필요한 물건을 찾다가, 연필이 없어졌음을 깨달았다. 전당포에다 놓고 왔다. 연필을 조끼 주머니 속에 넣고는 그대로 잊어버리고 온 것이다.

맙소사! 공교롭게도 모든 것이 거꾸로 돌아가고 있었다. 나는 고함을 몇 마디 지르고서 벤치에서 일어나 오솔길을 따라가 보았다. 사방이 쥐 죽은 듯이 고요했다. 거기, 유원지인 여왕 별궁의 정자 아래서는 애 보는 식모 몇이 유모차를 밀고 있었다. 그 여자들을 빼고는 다른 어디에도 아무도 보이지가 않았다. 나는 극도로 화가 나서 벤치 앞을 지나갔다. 모든 것이 형편없이 엉망으로 돌아가고 있지 않나? 사방팔방으로 일거리는 날아가 버리고 있었다! 그저 10외레짜리 몽당연필 하나가 주머니에 없다는 간단한 이유로 해서 3부짜리 저서 한 편이 실패로 돌아가게 되다니! 버드나무 거리를 도로 내려가서 연필을 돌려달라고 하면 어떨까? 공원이 산책하는 사람들로 들어차기까지는 아직 상당한 부분을 완성할 시간이 남아 있게 될 것이다. 게다가 많은 일들이 그 ≪철학 지식 개론서≫에 달려 있었다. 어쩌면 여러 사람의 행·불행이 달려 있는지도 혹, 모르는 일이었다. 그것 때문에 많은 젊은이들이 구원을 받게 될지도 모른다고 생각했다. 그러고 보니, 칸트를 공격하지는 말아야겠다. 얼마든지 그를 피해갈 수도 있다. 시간과 공간의 문제를 다룰 때는 슬그머니 비켜나가면 된다. 하지만 르

낭에 대해서는 아무런 책임도 못 진다. 그 늙은 신부에 대해서는…. 어찌 되었거나 그 개론서를 쓰는 일은 많은 돈이 걸린 중요한 일이었다. 나는 아직 방세도 지불하지 못했다. 아침에 계단에서 안주인을 만나게 되면 나를 지켜보는 그녀의 오랜 시선이 나를 하루 종일 괴롭히곤 했다. 그것 외에는 내게 우울한 생각이 하나도 없는 행복한 순간조차도, 그 시선이 불현듯 눈에 떠오르곤 했다. 나는 급히 공원에서 나와 전당포로 연필을 찾으러 갔다.

성의 기슭을 내려오다가 두 여자를 따라잡고 앞지르게 되었다. 지나가다가 그 중 한 여자의 옷소매를 스치게 되었다. 나는 눈을 들었다. 그녀는 약간 창백하고 둥그런 얼굴을 하고 있었다. 그런데 갑자기 그녀는 얼굴이 빨개졌고 이상하게도 예뻐졌다. 그녀가 무엇 때문에 얼굴을 붉혔는지 모르겠다. 어쩌면 지나가는 행인이 하는 말을 들었거나, 어쩌면 내가 그녀의 팔을 건드렸기 때문일까? 그녀의 부푼 가슴이 물결처럼 격하게 몇 번 오르내렸고, 양산 손잡이를 잡고 있던 그녀의 손이 거칠게 경련을 일으켰다. 그녀의 마음속에서 무슨 일이 벌어지고 있는 것일까?

나는 걸음을 멈추고서 그 여자들이 다시 나를 앞지르도록 가만히 있었다. 당분간 더는 앞으로 나아갈 수가 없었다. 그녀가 내게는 그토록 이상해 보였다. 연필 때문에 신경이 곤두섰고 내 자신이 불만스러웠으며, 빈속에 마구 삼켜댄 음식물 때문에 매우 흥분한 상태였다. 퍼뜩 어떤 변덕맞은 생각이 떠올라,

내 생각은 엉뚱한 방향으로 흘러갔다. 그 여자에게 겁을 주고 뒤따라가서 어떻게든 그녀를 당황하게 만들어주고 싶다는 괴이한 욕구에 사로잡힌 것이다. 나는 다시 그녀를 따라잡고 앞질렀다가 불쑥 뒤로 돌아서서 그녀와 정면으로 마주보고서 그 얼굴을 뜯어보았다. 그 자리에서 당장에, 전에는 한 번도 들어 본 적이 없는 이름이 언뜻 하나 생각났다. 간결하고 유음으로 된 일라얄리라는 이름이었다. 그녀가 내 곁으로 제법 다가왔을 때, 나는 상체를 꼿꼿이 세우고서 그녀에게 절박한 어조로 이렇게 말했다.

"책이 빠지겠습니다, 아가씨."

이 말을 하면서 나는 내 가슴에서 심장이 뛰는 소리를 들었다.

"책?"

그녀는 같이 있던 여자에게 물었다. 그리고 걸음을 계속했다. 나는 짓궂은 마음이 커져서 그 여자 뒤를 따라갔다. 순간, 내가 바보 같은 짓을 저지르고 있음을 온전히 의식했지만, 그런데도 그 짓을 그만둘 수가 없었다. 내 어지러운 마음은 하도 격해서 통제가 되지 않았다. 더할 수 없이 정신 나간 생각들이 머리에 떠올랐다. 나는 차례로 그 생각들을 따라 행동했다. 바보같이 굴고 있다고 스스로 꾸짖어 보았지만, 소용이 없었다. 아무런 소용도 없었다. 여러 차례나 그녀를 앞지르면서 미친 듯이 기침을 해댔다. 몇 발자국 앞서서 그녀의 앞을 아주 조용히 걸었다. 내 등에 그녀의 시선이 꽂혀 있음이 느껴졌다. 그러나 그렇게 그녀를 괴롭힌다는 것이 부끄러워져서 나도 모르게 허리를 굽혔다. 차츰 기이한 느낌이 들었다. 내 자신이 아주 먼 곳에, 전혀 다른 곳에 있는 듯한 느낌이었다. 인도 포석 위로 허리를 굽힌 채 걷고 있는 사람이 내가 아니라는 뚱딴지같은 느낌이 들었다.

몇 분 후에 그 여자는 파샤 서점에 도달했다. 나는 이미 첫 번째 진열장 앞에 걸음을 멈추고 있었다. 그녀가 내 곁을 지나갈 때 나는 앞으로 나서서 다시 한 번 말했다.

"책이 빠지겠습니다, 아가씨."

그녀가 몹시 불안스런 목소리로 말했다.

"대체 무슨 책 말씀이세요? 이 분이 무슨 책을 말씀하시는지 알겠어?"

그러면서 그녀는 걸음을 멈췄다. 나는 잔인하게도 그녀가 어쩔 줄 몰라 하는 모습을 보며 즐겼다. 그녀의 눈에서 읽혀지는 당혹감에 나는 황홀해졌다. 그녀의 생각으로는 내 얼빠진 호소가 납득이 되지 않는 것이었다. 그녀에게는 책이 없었다. 책은커녕 책의 그림자도 종잇장 하나도 없었다. 그런데도 그녀는 주머니를 뒤졌다. 여러 번이나 두 손을 펴고서 들여다보았다. 고개를 돌리고 자기 뒤의 골목을 살펴보았다. 내가 대체 무슨 책을 말하는 건지 알아내려고 지극히 긴장까지 해가며 가엾은 두뇌를 혹사시켰다. 낯빛이 바뀌어졌다. 때로는 이런 표정을, 때로는 저런 표정을 지었다. 가쁜 호흡을 억제하는 그녀의 숨결 소리가 들렸다. 원피스의 단추들마저 한 줄로 늘어선 눈들처럼 내게 놀란 시선을 고정시키고 있는 것 같았다.

"저 사람한테 신경 쓰지마. 그저 술에 취한 거야. 저 사람이 취한 것을 넌 모르겠니?"

그때 나는 나 자신이 매우 낯설게 느껴졌고 보이지 않는 영향력에 완전히 사로잡혀 있기는 했지만, 주위에서 무슨 일이 벌어지고 있는지 보았다. 커다란 갈색 개 한 마리가 달려서 룬트 광장 근처 거리를 가로질러 갔다가 티볼리 쪽으로 내려왔다. 개는 조그맣고 하얀 금속제 목걸이를 걸고 있었다. 골목 저쪽 2층에서 창문이 열렸다. 식모 한 명이 소매를 걷어 올린 채 창문 밖으로 몸을 기울이고서 바깥 유리를 닦기 시작했다. 그 어느 것도 내 주의에서 벗어나지 않았다. 나는 정신이 멀쩡했고 완전히 뚜렷했다. 마치 강렬한 불빛이 갑자기 내 주위에 비추어진 듯이, 사물들이 환하고 선명하게 내 마음속으로 물결처럼 뚫고 들어왔다. 내 앞의 여자들은 둘 다 모자에 파랑새 날개를 하나씩 달고 있었고, 목에는 스코틀랜드 비단 리본을 달고 있었다. 두 여자가 자매라는 생각이 들었다.

그 여자들은 옆길을 걸어가더니 시슬레 악기점 앞에서 걸음을 멈추고서 이야기를 나누기 시작했다. 나도 역시 걸음을 멈추었다. 둘 다 제자리로 돌아와서 처음에 왔던 길을 따라 다시 내 옆을 지나쳐서는 대학 거리 모퉁이를 돌아서 성 올라프 광장까지 올라갔다. 나는 할 수 있는 최대한 가까이 그 여자들의 꽁무니를 내내 따라다녔다. 한 번 그 여자들은 돌아서서 내게 절반은 두려움과 절반은 호기심어린 시선을 던졌다. 그 여자들의 표정에서는 화가 난 기색이 전혀 보이지 않았고, 눈썹조차 찌푸리지 않고 있었다. 내가 치근거리는데 그 앞에서 그런 인내심을 보이다니, 나는 몹시 부끄러워졌다. 두 눈을 내리 깔았다. 더 이상 그 여자들을 곤란하게 만들고 싶지 않았다. 그 여자들이 어디로든 들어가거나 사라져버릴 때까지, 순수하게 감사하는 마음으로 그저 시선으로 그 여자들을 쫓아보며 지켜보고 싶었다.

2번지라는 4층짜리 커다란 건물 앞에서 그 여자들은 다시 한 번 뒤를 돌아보더니 안으로 들어갔다. 나는 샘터 근처의 가로등에 기대서 귀를 기울였다. 계단을 올라가는 그 여자들의 발자국 소리가 2층에서 사라졌다. 가로등에서 멀찍이 떨어져 그 집을 바라보았다. 그때 뭔가 이상한 일이 일어났다. 커튼 위쪽이 흔들렸다. 다음 순간, 누군가 창문을 열고 머리를 기울이더니 두 눈으로 이상한 시선을 내게 얹었다. 나는 <일라얄리!>하고 낮은 목소리로 뇌까렸다. 그리고 얼굴이 붉어지는 것을 느꼈다. 그녀는 왜 '사람 살려.'라고 소리 지르지 않았을까? 왜 화분을 밀어서 내 머리통을 으스러뜨려버리지 않았을까? 우리는 조금도 움직이지 않고 서로의 눈을 들여다보며 서 그대로 있었다. 그렇게 1분이 흘렀다. 한 마디 말도 없이 창문과 골목 사이에서 여러 가지 생각이 피어올랐다. 그녀가 얼굴을 돌렸다. 그러자 내 마음 속에는 동요가 일어났다. 내 영혼은 가벼운 충격을 입었다. 그녀가 어깨를 돌리고 그녀의 등이 방안으로 사라지는 것이 보였다. 그녀는 느릿느릿 움직이며 창문을 떠나갔다. 어깨의 움직임을 강조해서 마치 나더러 보라고 신호를 보내는 것 같았다. 그 섬세한 인사를 감지하자, 나는 피가 뛰었다. 곧 이루 말할 수 없는 기쁨을 느꼈다. 나는 뒤로 돌아서서 거리를 도로 내려왔다.

나는 감히 뒤를 돌아보지 못했다. 그래서 그녀가 창가로 다시 나왔는지 어쨌는지 몰랐다. 이 의문이 깊어감에 따라 점점 불안하고 신경이 날카로워졌다. 필경 그녀는 지금 이 순간 저기서 내 일거수일투족을 주의 깊게 뒤쫓고 있을 것이다. 그렇게 뒤에서 누군가가 나를 엿보고 있다는 느낌은 도저히 참을 수 없는 것이었다. 나는 최대한 몸을 꼿꼿이 세우고서 길을 계속 걸었다. 두 다리가 흔들리는 것이 느껴지기 시작했다. 걸음걸이를 우아하게 만들려고 긴장한 나머지 뒤뚱거렸다. 태연하고 무관심한 듯이 보이기 위해 두 팔을 흔들었는데 그게 우스꽝스러운 것 같았다. 땅바닥에다 침을 탁 뱉고서 코를 번쩍 들어올렸다. 그러나 아무래도 소용이 없었다. 줄곧 불안감에 찬 두 눈이 내 목덜미에 와 닿는 것이 느껴졌다. 차가운 전율이 온 몸을 휩쓸었다. 결국은 옆길로 들어서서야 숨을 곳을 발견했다. 거기서 나는 연필을 되찾기 위해 버드나무 거리 쪽으로 갔다. 연필을 돌려받는 데에는 아무런 어려움도 없었다. 남자는 내게 조끼를 가져다주고는 주머니를 다 살펴보라고 했다. 거기서 나는 갖고 있던 전당표 몇 장도 발견했다. 나는 그의 친절에 감사하다고 인사를 했다. 점점 더 그에게 호감이 느껴졌다. 문득 그런 사람에게는 나에 대해 좋은 생각을 갖도록 해주는 것이 매우 중요할 것 같았다. 나는 문 쪽으로 한 걸음 갔다가 마치 뭔가를 잊었다는 듯이 카운터로 돌아왔다. 그에게 설명이나 해명을 해두어야 할 것만 같았다. 그래서 그의 주의를 끌기 위해 흥얼거리기 시작했다. 그리고서는 손에 연필을 쥐고서 허공에 들어올렸다. 그리고 이렇게 말했다.

"다른 때라면 하찮은 연필 한 자루 때문에 이 먼 길을 올 생각은 꿈에도 하지 않았을 겁니다. 하지만 이 연필은 문제가 달라요. 특별한 이유가 있습니다. 아무런 의미도 없는 것처럼 보이겠지만, 이 세상에서 지금의 내가 있게 해준 것이 바로 이 몽당연필이랍니다. 말하자면 내 인생에서 지금의 나를 만들어준 연필이지요…."

그 이상은 말하지 않았다. 남자는 카운터 바로 앞으로 왔다.

"아, 그래요!"

그는 이렇게 말하고서 호기심을 가지고 나를 바라보았다.

나는 태연하게 말을 계속했다.

"바로 이 연필로 내가 3권짜리 ≪철학 지식 개론서≫를 썼답니다. 그 책 이야기를 들어보신 적이 없습니까?"

남자는 분명히 그런 이름을, 그런 제목을 들어본 적이 있는 것 같다고 말했다.

내가 말했다.

"그래요. 그 책을 쓴 사람이 바로 접니다!"

내가 이 몽당연필을 굳이 되찾으려 했다고 해서 놀라서는 안 된다. 이것은 내게 너무도 큰 가치를 지니고 있다. 내게는 한 사람의 인간과도 같다. 요컨대, 나는 연필의 선의를 진심으로 감사하게 생각하고 있으며, 그 추억을 간직할 것이다…. 그렇다. 그거다. 진정으로 그 추억을 간직할 것이다. 약속은 약속이다. 나는 그런 사람이다. 이 연필은 그런 대접을 받아 마땅하다. 그러면, 안녕히.

나는 출입문 쪽으로 가면서 필경 남에게 높은 직장이라도 알선해주는 의기양양한 사람 같은 모습을 하고 있었을 것이다. 그 예의 바른 고리 대금업자는 내가 멀어지는 동안 두 번씩이나 내게 허리를 굽혀 인사했다. 나는 다시 한 번 돌아서서 그에게 작별 인사를 했다.

계단에서 손에 가방을 들고 가는 한 여자를 만났다. 내 오만한 태도 앞에서 그녀는 겁먹은 듯이 옆으로 비켜서서 내가 지나가도록 자리를 만들어 주었다. 나는 나도 모르게 그녀에게 뭔가 주려고 주머니를 뒤졌다. 하지만 아무것도 없었으므로 몹시 난처해져서 고개를 숙이고 그녀 앞을 지나갔다. 잠시 후에 역시 그녀가 전당포 문을 두드리는 소리가 들렸다. 그 문에는 철사로 철망이 되어 있어서, 사람이 손으로 두드리면 덜컹거리는 소리로 곧 식별이 되었던 것이다.

태양이 정남향에 와 있는 정오쯤이었다. 도시가 움직이기 시작했다. 산책 시간이 다가오고 있었고, 미소 지으며 서로 인사하는 사람들 물결이 카를 요한 거리에 구불거렸다. 나는 두 팔꿈치를 몸에 바짝 붙이고 몸을 움츠리고서 행인들을 바라보면서, 대학 근처 한 모퉁이에 서 있던, 아는 사람들 옆으로 안보이게 지나갔다. 성의 기슭으로 거슬러 올라가서 사색에 빠졌다.

마주치는 사람들은 금발머리를 즐겁고 경쾌하게 흔들어댔고, 마치 무도회장에서처럼 이 세상을 빙빙 돌고 있었다! 그 모든 눈들에는 근심 따위는 그림자도 없었고, 그 어깨에는 짐이라고는 조금도 없었으며, 그 행복한 어느 영혼 속에도 구름 낀 생각이나 남모르는 괴로움 따위는 하나도 없었다. 젊고 갓 피어난 나는 그 사람들 가운데서 걷고 있었는데, 행복의 얼굴이 어떻게 생겼는지 이미 잊어버리고 있었다! 이렇게 생각하자 나는 마음이 혼란스러워졌고, 자신이 잔인한 불공평의 희생자로 여겨졌다. 어째서 최근 몇 달은 나를 그렇게도 거칠게 대했을까? 이제는 내 낙천적인 성격이 흔적도 없어져버렸다. 나는 사방에서 더할 수 없이 기이한 고통의 대상이 되고 있었다. 머릿속에 스며들어 내가 가진 힘을 사방으로 흩어버리는, 의미 없고 하찮은 우연들과 보잘 것 없는 사소한 일들이 느닷없이 찾아들지 않고서는, 어디에든 한발도 내밀 수가 없었고 벤치에 혼자 떨어져 앉아 있을 수도 없었다. 개 한 마리가 내 옆을 스치고 지나가도, 어떤 신사의 양복 단추 구멍에 꽂힌 노랑장미 한 송이를 보아도, 내 생각들은 뒤죽박죽되어서 오랫동안 머릿속을 차지하는 것이었다. 내가 잘못한 일이 대관절 무엇일까? 나를 하필 이렇게 만든 것이 거룩하신 하느님의 뜻이었을까? 어째서 나란 말인가? 왜 남아메리카의 어떤 사나이가 아니란 말인가? 생각을 하면 할수록, 하느님이

자기 변덕을 실험하기 위한 몰모트로서 왜 다름 아닌 나를 골랐는지 납득이 되지 않는 것이었다. 하느님의 손바닥 안에는 서적 상인이며 골동품 상인 파샤도 있고 해군 경리관인 헨네크헨도 있는데, 온 세상을 뛰어넘어 나에게로 왔다는 것은 정말이지 괴이한 일이었다.

곰곰이 생각해 보았지만 그 일에 결론을 내리지 못한 채, 나는 걸었다. 모든 사람들의 죄과를 나에게 치르게 하는 하느님의 독단이 더할 수 없이 야속하게 느껴졌다. 벤치를 하나 발견해서 거기에 앉고 난 후에도, 이 문제는 계속해서 내 머릿속을 차지하고 다른 생각을 하지 못하게 만들었다. 살기가 어려워지기 시작했던 5월의 그 날 이후로 조금씩 몸이 약해지는 것을 확인할 수 있었다. 말하자면 너무 지친 나머지, 나 자신을 원하는 곳으로 이끌고 행동할 수가 없었다. 해충 무리가 뚫고 들어와 내 내부를 비워놓았다. 나를 완전히 파멸시켜 버리는 것이 하느님의 확고부동한 의도였을까? 나는 일어나서 벤치 앞을 이리저리 걸었다.

그 순간 나의 온몸은 고통의 절정에 달했다. 두 팔에까지 그 고통이 전해져 와서 두 팔을 정상적으로 내려뜨리고 있는 것조차 거의 견딜 수가 없었다. 한편, 너무 호사스럽게 했던 식사 때문에 속이 몹시 거북하게 느껴졌다. 뱃속은 너무 그득했고 머리는 불이 붙은 듯했다. 나는 눈을 내려뜨린 채 몇 걸음을 걸었다. 오고 가는 사람들이 내 앞에서 섬광처럼 스쳐갔다. 마침내 남자 몇 명이 몰려와서 내 벤치를 차지하고, 시거에 불을 붙이고서 큰 소리로 떠들어대기 시작했다. 나는 분노에 사로잡혀 그들에게 소리를 지를까 해보았지만, 뒤로 돌아서서 공원 반대편으로 가서 다른 벤치를 찾아내어 앉았다.

하느님 생각이 다시 내 머리를 휩싸기 시작했다. 나는 그저 일용할 빵을 요구할 뿐인데, 내가 자리를 발견해낼 때마다 하느님이 간섭을 하고 모든 것을 망치니, 이건 절대적으로 불공평하다고 생각했다. 매우 오랜 기간 동안 밥을 굶는다는 것은 마치 내 두뇌가 아주 느릿느릿 머리에서 흘러내려서 결국은 텅 비어 버리는 것과 같았다. 내 머리는 가벼워지고 마치 없어져버린 것 같아서, 이제는 더 이상 어깨 위에 그 무게가 느껴지지 않았다. 누군가를 바라보면, 내 눈은 고정된 채 멍청하게 열려 있는 느낌이었다.

이런 생각에 골몰한 채 벤치에 앉아 있었다. 하느님의 끈질긴 간섭에 대해 나는 갈수록 마음이 신랄해졌다. 하느님이 나를 박해하고 내 앞길에 환멸을 쌓아놓음으로써 내가 자기와 가까워지고 좀더 나은 사람이 될 거라고 생각한다면, 그건 착각이었다. 이 점은 하느님에게 단언할 수 있었다. 나는 하늘을 향해 두 눈을 들어올리고 거의 오만함과 도전하는 마음으로 눈물을 흘렸다. 그리고 마음속으로 그런 사실을 그에게 분명하게 말했다.

교리문답의 단편들이 기억에 떠올랐다. 찬송가가 귀에 들리는 것 같았다. 나는 고개를 옆으로 기울이고서, 냉소하듯이 아주 조그맣게 중얼거렸다. 무엇을 먹을 것인지, 무엇을 마실 것인지, 소위 내 지상의 육신이라고 하는 이 비참한 구더기 상자 속에 무엇을 집어넣을 것인지 염려할 게 무어란 말인가? 천상의 아버지께서는 하늘의 새들을 돌보듯이 나를 보살펴주시지 않았던가? 손가락으로 나를 그의 겸손한 종으로 가리키게 하는 은혜를 내게 베풀어주시지 않았던가? 하느님은 내 신경 조직망에 손가락을 쑤셔 박았고, 무심코 신경선을 좀 어지럽게 얽어놓았다. 그리고 손가락을 거두어들였다. 그런데, 보라. 그 손가락에는 내 신경선에서 뽑혀 나온 신경섬유와 가는 뿌리들이 남아 있지 않은가. 하느님이 손가락으로 만졌던 자리에는 뻥 뚫린 구멍이 생겼고, 그 손가락이 훑고 지나간 내 두뇌에는 상처가 남았다. 그러나 하느님은 손가락으로 나를 만지고 난 다음에는 나를 그냥 팽개쳐 두고 더 이상 건드리지 않았다. 그리고 내가 어떤 악도 행하도록 허락하지 않았다. 그는 나를 태평하게 방치해 두었고, 그 뻥 뚫린 구멍과 함께 되는 대로 팽개쳐 두었다. 그리하여 아무런 악도 내게는 주님인 하느님의 의지를 통하여 일어난 적이 없었다. 언제까지나….

학생 광장에서 음악 소리가 바람을 타고 어렴풋이 들려왔다. 그러고 보니 2시가 넘었다. 나는 뭔가 좀 써보려고 종이를 꺼냈다. 그런데 주머니에서 이발소 이용권이 떨어졌다. 펼쳐서 장수를 세어보았다. 6회분이 남아 있었다. '하늘이여, 복 받으라!' 하고 나는 얼떨결에 소리 질렀다. 아직 몇 주일 동안은 면도를 하고 보기 흉하지 않은 모습을 갖출 수 있었다! 아직 내게 남아 있는 이 조그만 재산을 보니 갑자기 기분이 나아졌다.

나는 조심스레 이발권을 쓰다듬고서 주머니에 넣고 꼭 쥐었다.

그러나 글을 쓸 수가 없었다. 몇 줄을 쓰고 났더니, 더 이상은 아이디어가 털끝만치도 떠오르지 않았다. 내 생각들은 산산이 흩어져 있었다. 아무리 노력을 기울여도 정신을 집중할 수가 없었다. 모든 것이 내게 영향을 미쳤고 정신을 분산시켜 놓았다. 눈에 보이는 모든 것이 내게 새로운 인상을 주었다. 파리와 모기들이 종이 위에 앉아서 내 일을 방해했다. 그것들을 쫓아내려고 그 위로 입김을 불었다. 점점 더 세게 불었지만 쫓아내지 못했다. 그 작은 곤충들은 엉덩이를 깔고 앉아서 무게를 드리웠으며, 가느다란 다리를 굽히려고 애쓰며 버티고 있었다. 그것들을 날아가게 만들 방법이 없었다. 그것들은 매달려 있을 곳을 찾아내어, 종이 위에 쓰인 쉼표나 껄껄한 곳에 발뒤꿈치를 받치고서 지탱하고 있었다. 자진해서 가버리는 것이 좋겠다는 생각이 들 때까지 오래오래 요지부동하고 옴짝달싹도 하지 않는 것이었다.

한참 동안이나 나는 그 작은 괴물들에게 계속 정신이 팔려 있었다. 두 다리를 꼬고 앉아 한가하게 그것들을 관찰했다. 학생 광장에서 갑자기 날카로운 클라리넷 소리가 들려와 귀청을 찢을 듯해서 내 사색에 또 다른 방해가 되었다. 기사를 끝맺지 못했다는 생각에 낙담한 채, 나는 주머니에 종이를 도로 집어넣고 벤치에 등을 기댔다. 그때 내 머리는 매우 맑았고 피로는 흔적도 없어져서 가장 미세한 생각까지 포착할 수가 있었다. 그런 자세로 몸을 뻗치고서 가슴과 두 다리를 훑어보았다. 피가 고동칠 때마다 발이 경련을 일으키고 있었다. 반쯤 몸을 일으키고서 두 발을 응시했다. 그러자 지금까지 한 번도 느껴 본 적이 없던 기이하고 환상적인 기분이 들었다. 신경선을 따라서 마치 파도 같은 불빛이 신경을 가르고 지나가는 것처럼 미세하고도 야릇한 경련이었다. 구두를 보면서, 좋은 친구를 만났다거나 내 자신에게서 분리되어 있었던 한 부분을 되찾은 기분을 느꼈다. 마치 뭔가 아는 것을 알아본 마음과 같은 것이었다. 그런 느낌은 내 감각들을 전율하게 만들었다. 눈에 눈물이 흘렀다. 구두가 마치 나를 향하여 올라오는 음악의 가벼운 속삭임처럼 인식되었다. 나는 '바보 같으니!' 하고 스스로에게 가혹하게 말했다. 두 주먹을 꼭 쥐고서 바보 같으니!' 하고 말했다. 나는 그 우스꽝스런 느낌 때문에 스스로를 조롱하고 있었다. 철저하게 스스로를 빈정거리고 있었다. 매우 통렬하게 스스로에게 따졌다. 눈에서 눈물을 떨구어내기 위해 두 눈을 꼭 감았다. 마치 평생 한 번도 본 적이 없었던 듯이 나는 구두의 생김과 발을 움직거릴 때 그 움직이는 모양, 그 형태, 그리고 그 헐어빠진 긴 목을 살펴보기 시작했다. 구두의 주름과 하얘진 솔기가 구두에게 어떤 표정을 짓게 해주고 얼굴 모양을 만들어주고 있는 것 같았다. 내 몸의 무엇인가가 그 구두 속으로 지나간 것 같았다. 구두는 내 '자아'를 향하여 올라오는 숨결 같았다. 숨 쉬는 내 몸의 일부분 같았다.

오랫동안 그렇게 터무니없는 이런 저런 생각을 했다. 아마 한 시간 내내 그랬던 것 같다. 어느 키 작은 노인이 와서 내가 앉은 벤치의 반대편에 앉았다. 앉으면서 걸어서 지친 듯이 숨을 깊이 내쉬고는 이렇게 신음했다.

"음, 음, 음, 음, 음, 음, 음, 음, 음!"

그의 목소리를 듣자마자, 마치 바람이 머릿속을 뚫고 지나간 것처럼 퍼뜩 정신이 들었다. 구두는 그저 구두일 뿐이었다. 방금 겪은 정신착란 상태는 이미 1년이나 2년 전에 일어난 것으로서 벌써 기억에서 조금씩 지워지고 있는 일처럼 생각되었다. 나는 노인을 바라보기 시작했다.

어떤 측면에서 내가 이 키 작은 노인에게 관심을 가질 수 있을까? 아무런 면도 없었다. 털끝만한 면도 없었다. 다만, 그는 손에 신문을 하나 쥐고 있었다. 오래된 신문이었는데, 바깥 면에는 광고가 나와 있었다. 신문 속에다 노인은 뭔가 물건을 말아 싸고 있는 것 같았다. 나는 호기심이 동해서, 그 신문에서 눈을 뗄 수가 없었다. 그것이 세상에 유일무이한 독특한 신문일 수도 있다는 엉뚱한 생각이 얼핏 들었다. 나는 호기심이 생겨 벤치에서 자리를 옮겨 앉기 시작했다. 어쩌면 고문서 보관소에서 훔쳐낸 서류나 위험한 자료일지도 몰랐다. 어떤 비밀 협정이나 음모에 관한 자료일지도 모른다는 생각이 뇌리를 스쳤다.

노인은 조용히 앉아서 몽상을 하고 있었다. 남들은 대개 타이틀이 밖으로 나오도록 신문을 드는데 그는 왜 그렇게 들고 있지 않은 것일까? 이런 술수는 대체 무엇 때문일까? 그는 하늘이 무너져도 꾸러미를 손에서 놓을 것 같지는 않았다. 어쩌면 그래서 자기 주머니 속에조차 감히 집어넣지 못하고 있는지도 몰랐다. 그 꾸러미 속에 뭔가가 감추어져 있지 않다면 나는 손가락에 장이라도 지질 수 있을 것 같았다.

허공을 바라보았다. 그 알 수 없는 비밀을 꿰뚫어 볼 수 없다는 바로 그 점이 나를 호기심으로 미치게 만들었다. 나는 대화를 맺어보려고 노인에게 뭔가 줄 것이 없을까 주머니를 뒤져 보았다. 이발소 이용권을 찾아냈지만, 도로 감추었다. 문득 일을 대담하게 밀고 나가보자는 생각이 들었다. 그래서 빈 바지 주머니를 쓰다듬고서 말했다.

"담배 한 대 피우시겠습니까?"

"고맙소."

하지만 그는 담배를 피우지 않는다고 했다. 눈을 아끼기 위해 금연을 하는 모양이었다. 그는 거의 장님이나 다름없었다.

"하지만, 정말 고맙소!"

"눈이 편찮으신 지가 오래 되었습니까? 글을 읽으실 수도 없나요? 신문이라도요?"

"신문도 못 읽어요, 불행하게도!"

노인은 나를 바라보았다. 그의 병든 두 눈에는 각기 각막 백반이 끼어 있어서 흐리멍덩한 모습이었다. 그의 하얀 시선은 혐오스런 인상을 주었다.

"이곳에 사시는 분이 아니시오?"

하고 그가 말했다.

"그렇습니다…. 손에 들고 계시는 신문 타이틀도 못 읽으시나요?"

"겨우…."

적어도 그는 내 말을 듣고 내가 이 동네 사람이 아님을 금방 알아챘다. 내 억양에는 뭔가 다른 것이 있다는 말이었다. 그는 아주 조금만 달라도 알 수 있다고 했다. 귀가 아주 밝다는 것이었다. 밤에 모두들 잠을 잘 때면 옆방에서 사람들이 숨 쉬는 소리까지 들을 수가 있었다. 그가 무슨 말을 하려던 참이었더라?

"어디 사시오?"

순간적으로 거짓말이 하나 떠올랐다. 그 거짓말은 내 머릿속에 완벽하게 준비되었다. 나는 일부러 그런 것도 아니고 어떤 속셈이 있었던 것도 아니면서 내 의도와는 상반되게 거짓말을 했다. 즉, 이렇게 대답했다.

"성 올라프 광장 2번지입니다."

"정말이오?"

그는 성 올라프 광장은 자갈 하나까지 다 안다는 것이었다. 샘터가 하나 있고, 가로등이 몇 개, 나무 두 그루가 있다고 했다. 그는 모든 것을 다 기억해냈다.

"몇 번지에 사신다구요?"

나는 신문에 생각이 쏠려 있었으므로, 이 이야기가 싫증이 나서 얼른 끝마치고 싶어서 일어섰다. 무슨 일이 있어도 비밀을 캐내어야 했다.

"읽지도 못하시면서 그 신문은 왜?"

"2번지에 산다고 하신 것 같은데?"

하고 그는 내가 마음에 동요를 일으키고 있음에 주의를 기울이지 않고 말을 계속했다.

"한때 2번지에 사는 사람들 전부를 알고 있었거든요. 집 주인 이름이 뭡니까?"

그를 떼어버리려고 서둘러서 이름을 하나 꾸며냈다. 즉석에서 이름을 지어내어 그가 더 이상 날 괴롭히지 못하게 하려고 불쑥 내뱉었다.

"하폴라티입니다. "

"하폴라티, 그렇군요."

하고 그는 그 어려운 이름을 음절 하나도 빠뜨리지 않고서 되풀이했다.

나는 놀라서 그를 바라보았다. 그는 굉장히 진지한 태도였고 뭔가 깊이 생각하는 표정을 지었다. 나는 머리에 떠오르는 대로 그 엉뚱한 이름을 발설한 것이었는데, 노인은 그 이름을 아는 척하고 이미 전에 들어본 적이 있는 척했다. 그러면서 그는 벤치 위에 꾸러미를 내려놓았다. 나는 온통 호기심에 사로잡혀 신경이 곤두섰다. 그 신문지에서 기름기 묻은 얼룩 몇 개가 보였다.

"그 집주인이 선원이 아닌가요?"

하고 그가 물었다. 그 목소리에는 비꼬는 흔적이 조금도 없었다.

"선원이었던 것 같은데요?"

"선원이라구요? 미안합니다만, 노인장께서 아시는 양반은 집 주인의 동생인 것 같군요. 아닌 게 아니라 동생이 J.A. 하폴라티라는 해운 회사의 중개상이랍니다."

이것으로 이야기는 끝이 나리라고 생각했는데, 노인은 내가 무슨 말을 하던 말대꾸를 할 만반의 준비가 다 되어 있었다.

"듣자니까 수완이 좋은 사람인 것 같더군요?"

하고 그는 짐짓 내 눈치를 떠보느라고 말했다.

나는 이렇게 대답했다.

"아! 술책에 능한 사람이지요. 사업하는 데는 굉장히 머리가 잘 돌아가는 사람입니다. 뭐든지 다 손을 대요. 중국에다 월귤나무열매도 중개하고, 러시아산 펜과 새털 이불이며, 가죽, 펄프 반죽, 잉크…."

"아니! 그런 사람이 있나!"

하고 노인은 신이 나서 내 말에 끼어들었다.

일이 재미있어지기 시작했다. 더 이상 상황을 제어할 수가 없었다. 거짓말이 하나씩 차례로 머리에 떠올랐다. 나는 도로 자리에 앉았다. 신문이라든지 비밀자료 따위는 까맣게 잊어버렸다. 나는 흥분해서 상대의 말을 잘랐다. 그 난쟁이 영감의 순진함은 나를 무모하게 만들었다. 나는 유감없이 그에게 거짓말을 퍼부어주어 한바탕 당혹감에 빠지도록 만들고 싶었다.

"하폴라티가 발명해낸 전기 성가집에 대해 들어보신 적이 있으세요?"

"뭐라구요, 전기…?"

"어둠 속에서 빛이 나는 전기글자로 만든 성가집이랍니다. 정말이지 엄청난 기획이었지요. 수백만 크로네가 왔다 갔다 했고, 제련소와 인쇄소가 밤낮 없이 가동되었고, 정해진 봉급을 받는 기계 기사들이 떼거리로 작업을 했답니다. 제가 듣기로는 700명이 일했다던데요."

"글쎄, 내가 뭐라고 했소!"

하고 그는 슬그머니 말했다.

그리고는 입을 다물었다. 그는 내가 한 말을 한 마디씩 액면 그대로 몽땅 믿었다. 그러면서 놀라거나 충격을 받지도 않았다. 그래서 나는 좀 실망했다. 내가 지어낸 이야기에 그가 얼이라도 빠지기를 기대했던 것이다.

나는 신이 나서 밑도 끝도 없는 거짓말 몇 가지를 더 상상해 냈다. 하폴라티가 9년 동안이나 페르시아에서 대신을 지냈다고 말했다. "페르시아에서 대신이 어떤 건지 아마 상상이 안 되겠지요?" 하고 물었다. 그건 이곳의 임금님보다도 더 높은 자리다. 말하자면 술탄 같은 것인데, 영감님은 술탄이 무엇인지 알기나 하는지. 그런데 하폴라티는 무슨 일에든 완벽한 사람이었다. 어떤 사소한 사고도 내는 일이 없었다고 말했다. 그리고서 나는 일라알리 이야기를 했다. 그녀는 하폴라티의 딸이었는데, 선녀였고 공주였다. 그녀는 300명의 시녀를 두었고, 노랑 장미로 된 요 위에서 잠을 잤다. 내가 본 것 중에서 가장 아름다운 피조물이었다. 내 평생 꿈속에서라도 그와 비슷한 광경을 본 적이 있었는지는 하느님이 아신다.

"아! 그렇게 미인이었소?"

하고 노인은 시선을 땅에다 꽂고서 멍해져서 내뱉었다.

"미인이었느냐구요? 숭배할 만했어요. 성자라도 지옥에 떨어뜨릴 만큼 매력적이었답니다. 두 눈은 야생 비단 빛깔이었고, 두 팔은 호박(琥珀)으로 만들어진 것 같았답니다. 그녀를 그저 한 번만 바라보면 키스를 한 것처럼 매혹되고 말았어요. 그녀가 저를 부를 때면 그 목소리는 포도주처럼 심장까지 뚫고 들어오곤 했답니다. 왜 눈부시지 않았겠습니까? 그녀를 설마 출납계원이나 소방대원 정도로 생각하시는 건 아니겠지요? 그녀는 간단히 말해 하늘의 찬란한 빛이었습니다. 제가 보장하지요. 선녀였다니까요!"

"음, 그래요."

하고 노인은 좀 어리둥절해서 말했다.

나는 그의 태연함이 지겨워졌다. 그래서 내 자신의 목소리에 도취해 흥분해서 소리를 질러댔다. 더할 수 없이 진지하게 말을 했다. 이상한 힘에 사로잡혀서 훔친 자료와 ≪철학 지식 개론서≫ 따위는 머릿속에서 사라졌다. 그 조그맣고 납작한 꾸러미는 벤치 위 우리 둘 사이에 놓여 있었다. 더 이상 그 속에 무엇이 들어 있는지 조사해보고 싶은 마음은 눈곱만치도 없었다. 내 자신이 지어낸 이야기에 완전히 빠져 버렸다. 이상한 환영들이 내 눈 앞을 지나갔다. 피가 머리로 올라왔다. 나는 목이 터져라고 고래고래 거짓말을 했다.

그러자 노인은 그만 가고 싶다는 시늉을 했다. 벤치에서 일어나더니, 그래도 대화를 너무 불쑥 중단시키지는 않기 위해 이렇게 물었다.

"그 하폴라티라는 사람은 재산이 굉장히 많다고 하던데요?"

이 구역질나는 장님 늙은이는 어떻게 감히 내가 만들어낸 그 이상한 이름을 교묘하게 써먹고 있는 것일까? 마치 그 이름이 이 도시의 채소가게 간판마다에서 찾아볼 수 있는 흔해빠진 이름이라도 되는 것처럼? 그는 한 음절도 잊어버리지 않았고 철자 하나도 틀리지 않았다. 그 이름은 그의 뇌리에 새겨져서 단박에 뿌리를 내린 것이었다. 그것이 내 신경에 거슬렸다. 눈 하나 깜짝 않고 털끝만치도 경계심을 품지 않는 그 인간에 대해서 마음속에서 심한 격노가 솟구쳤다. 나는 거칠게 대답했다.

"그건 모르겠습니다. 전혀 모르겠어요. 하지만, 그의 이름이 요한 아렌트 하폴라티라는 것은 분명히 말씀드려 두지요."

"요한 아렌트 하폴라티."

하고 노인은 나의 거친 태도에 놀라서 반복했다. 그리고서 입을 다물었다. 나는 머리끝까지 골이 나서 이렇게 말했다.

"그 부인을 보신 적이 있으시겠지요. 좀더 뚱뚱한 사람이지요. 그렇잖습니까! 영감님은 그 여자가 별로 뚱뚱하지 않다고 생각하시는 건가요?"

"아니, 그랬던 것 같소. 마치 남자처럼…"

내가 말을 꺼낼 때마다 노인은 마치 실수라도 해서 나를 화나게 할까 봐 겁이 난다는 듯이 할 말을 찾아가며 조용조용히 기어들어가는 목소리로 대답했다.

"염병할! 이것 봐요. 내가 재미로 거짓말을 떠벌이고 있다고 생각하는 겁니까? 설마 하폴라티라는 이름을 가진 사람이 정말로 존재한다고 믿는 건 아니겠죠? 당신처럼 그렇게 돼먹지 못하고 심술 고약한 노인네는 한 번도 본 적이 없어! 대체 무슨 귀신이 들린 거요? 게다가 당신만 빼고는 내가 세상 제일의 가난뱅이라고 아마 생각한 모양이지, 주머니에는 담배가 든 가죽 지갑도 없으면서 성장을 하고 있으니까 말이야. 내가 말해두는데, 난 이따위 짓거리에는 습관이 되어 있지 않다구요. 하느님께 맹세코, 영감이든 다른 누구든 그런 짓을 하는 작자는 용서하지 않겠어요. 잘 새겨들어 두란 말이에요!"

노인은 일어나 있었다. 멍청히 입을 벌리고 한마디 말도 못하고, 내 욕설을 끝까지 듣고 나더니 황망히 벤치에서 꾸러미를 주워들고서 노망든 걸음으로 살금살금 거의 달리다시피 샛길을 거슬러 올라갔다.

나는 그대로 앉아서 조금씩 사라져가는 그의 등을 바라보았다. 그 등은 굽혀지는 것 같더니 점점 작아졌다. 어떻게 그런 인상을 받게 되었는지는 모르지만, 그보다 더 부정직하고 고약한 등허리는 한 번도 본 적이 없는 것 같았다. 그 인간이 가버리기 전에 실컷 욕설을 퍼부어준 것이 조금도 후회스럽지가 않았다.

날이 저물기 시작했다. 해가 기울어졌다. 가볍게 살랑거리는 소리가 주위의 나무숲에서 일어나고 있었다. 애 보는 식모들은 저쪽 그네 근처에 무리를 지어 앉아서 유모차를 가지고 막 돌아가려 하고 있었다. 나는 기분이 가라앉았고 편안함을 느꼈다. 나를 뒤흔들었던 초흥분 상태는 차츰 진정되었다. 기진맥진해서 한잠 푹 자고 싶다는 생각에 빠졌다. 아까 먹었던 엄청난 양의 빵은 이제 더부룩하게 느껴지지 않았다.

기분이 썩 좋았다. 벤치에 등을 기대고서 눈을 감고 조금씩 졸았다. 졸다가 정말로 잠이 들려는 참인데, 그때 공원지기가 내 어깨에 손을 얹으며 이렇게 말했다.

"여기서 주무시면 안 됩니다."

"예."

나는 즉시 일어나며 말했다.

그러자 문득 내 슬픈 상황이 눈 앞에 그려졌다. 뭔가를 해야 했다. 무슨 방법이든지 찾아내야 했다. 일자리를 찾아보았지만 내게 아무런 소용도 되지 않았다. 내가 제출할 추천서들은 이미 케케묵은 것이 되어 있었다. 그리고 확실한 효과를 내기에는 너무 이름 없는 사람들이 써준 것이었다. 게다가 여름 내내 계속된 퇴짜는 나를 실망시켜 왔다. 좋다. 어쨌든, 방세 지불 기한은 지났다. 궁여지책이라도 찾아내야 했다. 당분간 그 나머지는 다음으로 미뤄둬도 된다.

나도 모르게 손에 종이와 연필을 다시 쥐었다. 기계적으로 1848년이라고 구석구석 써나갔다. 그저 아이디어 하나만, 더도 말고 아이디어 하나만 떠올라 주어서 내 정신을 확 사로잡아 입 속에서 말이 쏟아져 나오도록 해준다면! 그런 일은 전에도 이미 일어난 적이 있었다. 별 노력도 기울이지 않고 긴 글을 써내려가서 완벽하게 성공해낼 수 있었던 순간들을 전에는 정말로 경험한 적이 있었다.

벤치에 앉아서 '1848년'을 수십 번도 더 쓰고 또 썼다. 그 글자를 가로로, 세로로, 대각선으로, 가능한 온갖 방법으로 썼다. 그리고 쓸 만한 아이디어가 떠오르기를 기다렸다. 어렴풋한 생각들이 머릿속에서 맴돌았다. 석양을 보니 멜랑콜리하고 감상적인 기분이 되었다. 가을이 왔다. 벌써 가을은 모든 것들을 마비 상태에 잠기게 만들기 시작했다. 벌써 파리와 기타 곤충들은 초가을의 기운을 느꼈다. 저 높은 숲에서, 저 아래 땅 위에서, 소멸하지 않으려고 몸부림치며, 불안하고 소란스럽고 우글거리고 고집부리는 생명의 소리가 들렸다. 곤충의 세계에서는 이 모든 작은 존재들이 마지막으로 발버둥치고 있었다. 이끼 사이로 노랑대가리들을 내밀고, 다리를 들어올리고, 긴 촉각들을 더듬거렸다. 그러다가 갑자기 곤충은 힘이 다해 굴러 떨어지고 허공에 배를 내민 채 그대로 나자빠지고 마는 것이다. 첫 추위의 가벼운 숨결이 식물 위로 지나갔고, 식물들에는 저마다 나른 흔적이 남겨졌다. 창백해진 풀의 어린 가지들은 태양을 향해 잎을 곤두세우고 있었고, 앙상한 나뭇잎들은 누에고치가 '슈우'하는 소리와 함께 땅바닥으로 미끄러지듯 떨어졌다. 가을이 한창인데 덧없는 하루살이들이 카니발을 벌이고 있었다. 장미의 붉은 빛깔은 불이 붙은 것 같았다. 장미의 생생한 핏빛은 마치 병든 폐가 팍 터진 것 같았다.

나 자신이, 잠이 들려 하는 이 우주 한가운데에서 소멸의 섭리에 사로잡혀 죽어가는 곤충처럼 느껴졌다. 야릇한 공포감에 사로잡혀, 나는 일어나서 샛길로 재빨리 몇 걸음을 걸었다. 안돼! 하고 두 주먹을 쥐며 외쳤다. 이 모든 것은 끝이 나야 한다! 나는 도로 앉아서 다시 연필을 쥐고 기사를 써내려가기로 결심했다. 눈앞에 방세 지불 기한을 넘긴 일이 아른거리는데, 감상에 빠져들고 있을 때가 아니었다.

서서히 생각들은 서로 꼬리를 물고 연결되기 시작했다. 그것들을 조심스럽게 계속 적어나갔다. 신중하게 마음을 가다듬고 뭔가의 서문식으로 몇 페이지를 썼다. 그것은 여행 보고서나 정치, 평론 등 적절하다고 생각되는 그 뭔가의 앞부분이 될 수 있었다. 많은 것에 아주 훌륭한 도입 부분이 될 수 있었다.

그리고 나서 내가 다룰 수 있을 만한 어떤 주제를 찾기 시작했다. 인간이든 사물이든, 정신을 집중할 수 있을 주제를 찾으려 했지만 아무것도 발견하지 못했다. 이런 결실 없는 노력 속에서, 다시 머릿속에 혼란이 일어나기 시작했다. 머릿속이 그야말로 오발탄들로 들어차 버렸다. 머리가 비어가고 있었다. 결국 머리는 가볍게 어깨 위에 놓여있기는 했지만 머릿속은 텅텅 빈 느낌이었다. 머리의 뻥 뚫린 그 공간이 온몸으로 느껴졌다. 머리끝에서 발끝까지 온몸이 텅 빈 기분이었다.

나는 괴로움을 못이긴 나머지 '주님, 하느님 아버지!'하고 외쳤다. 다른 아무 말도 못하고 이런 비명만 몇 번이고 연이어 되풀이했다.

바람 속에서 나뭇잎이 살랑거렸다. 폭풍우가 밀려오고 있었다. 나는 아직도 필사적으로 종잇장들을 뚫어져라 바라보았다. 그리고서 종잇장들을 접어서 천천히 주머니에 넣었다. 기온이 선선해지고 있었는데, 내게는 이제 조끼가 없었다. 목까지 윗저고리 단추를 채우고서 두 손을 주머니에 집어넣었다. 그리고 일어나 길을 떠났다.

이번에만 이번에 단 한 번만이라도 성공할 수 있다면! 두 차례나 하숙집 안주인은 노려보며, 시선으로 방세 지불을 요구했었다. 그래서 나는 허리를 구부리고서 어색하게 인사를 하고 슬그머니 달아나야 했다. 그런 노릇을 또 시작할 수는 없었다. 다음에 또 그런 시선을 만나게 되면, 정직하게 해명을 하고서 방을 비워주어야겠다. 아무리 그래도 언제까지나 이런 식으로 계속할 수는 없었다.

공원 출구에 도착했을 때, 내가 길길이 날뛰어서 달아나게 만들었던 그 난쟁이 영감이 보였다. 그 알 수 없던 신문지 꾸러미가 벤치 위 그의 옆에 펼쳐져 있었다. 그 속에는 온갖 종류의 음식물이 가득 들어 있었는데, 노인은 그것을 찔끔찔끔 갉아먹고 있는 중이었다. 나는 금방 그에게로 가서 사과를 하고 내 무례했던 행동에 대해 용서를 구하고 싶었지만, 그의 음식물이 나를 뒷걸음질 치게 만들었다. 주름투성이의 짐승 발톱 같은 그 늙은 열 개의 손가락이 불결하게 기름기 흐르는 버터 바른 빵을 움켜쥐고 있었다. 그것을 보니 구역질이 났다.

그래서 그에게 말을 걸지 않은 채로 그 앞을 지나갔다. 그는 나를 알아보지 못했다. 낯빛도 변하지 않고, 뿔 모양으로 째진 메마른 눈으로 나를 뚫어져라 보았다.

나는 계속 길을 걸었다.

늘 그래왔듯이, 신문 게시판 앞을 지나칠 때마다 걸음을 멈추고 <구인·구직 광고> 난을 살펴보았다. 운 좋게도 내게 해당될 수 있을 것 같은 광고를 하나 발견해냈다. 그뢴란드 변두리의 어떤 도매상인이 매일 저녁 몇 시간 동안 장부를 정리할 사람을 찾고 있는 중이었다. 보수는 흥정해 보자고 했다. 나는 그 사람의 주소를 메모해 두고서 머릿속으로 하느님께 그 일거리를 내가 맡도록 해달라고 애원했다. 다른 사람보다 조건에 대해 까다롭게 굴지 않겠다. 50외레면 좋다. 아니, 40외레라도 괜찮다. 그건 운명에 맡겨두자.

집으로 돌아오니, 일찌감치 방세를 지불하거나 아니면 가능한 한 빨리 이사를 가달라는 안주인의 쪽지가 테이블 위에 놓여 있었다. 그것을 나쁘게 생각해서는 안 된다. 그저 그녀가 하는 수 없이 표현한 바람이었을 뿐이다. 이건 군데르센 부인의 매우 우정 어린 처사다. 나는 그뢴란드 거리 31번지의 도매상인 크리스티 씨에게 지원서를 하나 써서 봉투에 넣고 내려가서 길모퉁이에 있는 우체통에 넣었다. 그리고서 방으로 다시 올라와 곰곰이 생각을 해보려고 흔들의자에 앉았다. 그러는 동안 어둠이 점점 더 짙어지고 있었다. 그런 상태로 앉아 있기가 곤란해지기 시작했다.

다음날 아침, 아주 일찍 잠에서 깨었다. 눈을 떴을 때는 아직 상당히 날이 어두웠다. 그래서 한참 후에야 아래층에서 벽시계가 6시를 치는 소리를 들었다. 다시 잠들고 싶었지만, 잠을 이룰 수가 없었다. 점점 정신이 맑아져서, 오만가지 생각이 다 떠올랐다.

갑자기 머리에 스케치나 문화면에 알맞을 한두 가지 문장이 떠올랐다. 전에는 한 번도 써본 적이 없는 섬세한 문장이었다. 침대에 누워서 그 말들을 되풀이해 보았다. 훌륭하다고 생각되었다. 조금씩 다른 말들이 머리에 떠올라 덧붙여졌다. 잠에서 완전히 깨어나서 이부자리에 일어나 앉아, 침대 뒤의 테이블에서 종이와 연필을 집어 들었다. 마치 내부에서 행운이 터져 버리기라도 한 것 같았다. 한 단어에 이어 다른 단어가 계속 떠올랐다. 단어들은 정돈이 되었고, 서로 연결이 되었고, 문맥에 어울리게 논리적으로 구성이 되었다. 줄거리들이 차곡차곡 쌓여갔다. 동작과 대사가 연이어 솟아났다. 야릇한 행복감이 느껴졌다. 나는 신이 들린 사람처럼 글을 써내려갔다. 단 한순간도 쉬지 않고서 한 페이지 한 페이지 채워나갔다. 아이디어가 하도 급작스레 쏟아져 나오고 계속 엄청난 양으로 밀려나와서, 부수적인 많은 내용 들은 놓쳐버리고 말았다. 온 힘을 다하여 작업을 했는데도 그 생각들을 충분히 빠른 속도로 옮겨 적을 수가 없었다. 영감이 계속해서 떠오르며 나를 재촉했다. 나는 이 테마에 완전히 빠져버렸다. 내가 적는 말들은 모두 마치 남이 하는 말을 받아쓰는 것 같았다.

그 야릇한 순간이 멈추어지기까지는 달콤하고도 긴 시간이, 오랜 시간이 걸렸다. 마침내 멈추고서 연필을 놓았을 때에는 내 앞 무릎 위에 15페이지, 20페이지가 씌어 있었다. 정말로 이 종이들에 어떤 가치가 있다면 나는 살아난 것이다! 침대에서 뛰어내려 옷을 입었다. 날이 밝고 있었다. 저쪽 문 근처에 등대 관리소장의 공고문이 절반쯤 보였다. 창문 앞으로는 벌써 날이 밝아서 잘하면 그 빛으로 글을 쓸 수도 있었을 것이다. 당장에 종잇장들을 정서하는 일에 착수했다.

그런 환상 같은 분위기 속에서 이상한 빛과 색채와 강한 연기가 피어올라왔다. 나는 좋은 구절들을 하나씩 앞에 놓고 놀라움으로 몸을 떨었다. 그리고 스스로 그보다 더 나은 것은 한번도 읽어본 적이 없다고 생각했다. 만족감으로 머리가 빙빙 돌 지경이었다. 환희감이 부풀어 올랐다. 곤경에서 화려하게 헤어난 기분이었다. 손으로 만져서 쓴 글의 무게를 재어보았다. 그 자리에서 언뜻 보기에 적어도 5크로네짜리는 되리라고 측정되었다. 어느 누구도 5크로네 아래로 에누리할 생각은 하지 못할 것이다. 그러기는커녕 작품의 질을 고려해 보건대, 10크로네까지라도 거저나 다름없을 것이다. 이렇게 독창적인 작업 결과를 공짜로 선사할 생각은 없었다. 내가 아는 한, 아무데서나 이렇게 가치 있는 소설들을 발견해낼 수는 없다. 나는 혼자 10크로네로 낙찰을 보았다.

방 안은 점점 더 밝아졌다. 문 쪽으로 시선을 던졌다. 별 어려움 없이 '정문 아래 오른쪽, 안데르센 양의 수의 가게'라고 쓴 해골 같은 가는 글씨를 읽을 수가 있었다. 벽시계가 7시를 친 후로 한참 시간이 흘렀던 것이다.

일어나서 방 한가운데로 나와 보았다. 잘 생각해 보니, 군데르센 부인의 방 비워달라는 요구는 때마침 잘된 일이었다. 사실, 이건 내게 어울리는 방이 아니다. 창문에는 아주 흔해빠진 녹색 커튼이 달려 있었고, 벽에는 옷장을 매달 만큼 충분한 못도 박혀 있지 않았다. 저쪽 구석에 있는 초라한 흔들의자는 사실 로킹 체어를 흉내 낸 가구에 지나지 않았다. 독자 여러분이 본다면 배꼽 빠지게 웃을 일이다. 다 큰 어른이 앉기에는 너무 작았고, 게다가 하도 좁아 터져서 거기서 나오려면 장화 벗을 때 쓰는 구두주걱을 사용해야 할 지경이었다. 한마디로 말하면, 이 방은 지적인 작업을 수행하도록 지어진 방이 아니었다. 나는 그 방을 더는 쓸 의사가 없었다. 절대로 그 방을 쓰고 싶지가 않았다. 나의 침묵과 인내심은 너무 오래 지속되었다. 이 헛간 같은 방에서 너무 오래 살았다

나는 희망과 만족감으로 가득했다. 자꾸 구절들을 읽어 보려고 주머니에서 계속 원고를 끄집어내곤 하면서, 나는 즉시 계획을 실천에 옮겨 이사를 시작하고 싶었다. 옷 보따리를 꺼냈다. 보따리라고 해보았사 빵을 넣어서 가져왔던 구겨진 신문지와 깨끗한 와이셔츠 칼라 몇 개가 들어 있는 붉은 보자기였다. 담요를 둘둘 말고, 남은 백지를 주머니에 넣었다. 그리고 좀더 확실을 기하기 위해 구석구석을 살펴보아 아무것도 잊어버린 것이 없음을 확인했다. 더 이상 아무것도 발견하지 못

했으므로 창문가로 가서 밖을 내다보았다. 어두침침하고 습한 아침이었다. 불이 났던 철공소 근처에는 아무도 없었다. 저 아래 마당에는 습기 때문에 오그라든 빨랫줄이 이벽에서 저 벽까지 뻣뻣하게 뻗쳐 있었다. 나는 오래전부터 이런 모든 모습에 눈이 익숙했다. 창문에서 떨어져 나와 겨드랑이에 담요를 끼고 등대 관리소장의 공고문과 '안데르센 양의 수의 가게'에 고개 숙여 절을 하고서 방문을 열었다.

문득 안주인이 생각났다. 하지만 내가 정직한 사람이었다는 것을 보여주기 위해서라도 이사 간다는 것을 그녀에게 알려주어야 했다. 또한 방을 썼고 지불 기한을 넘겼던 며칠간에 대해 글로써 그녀에게 감사하고 싶었다. 앞으로 제법 긴 시간 동안 구원을 받게 되었다는 확신이 절실하여 뚫고 들어와, 나는 며칠 내로 이곳을 지나갈 때 5크로네를 가져다주겠다고 속으로 안주인에게 약속까지 했다. 그녀가 자기 지붕 밑에 머물게 해주었던 사람의 정직성을 그녀에게 한껏 증명해 주고 싶었다.

나는 테이블 위에 쪽지를 남겨놓았다.

문가에서 다시 한 번 걸음을 멈추고 뒤를 돌아보았다. 어려움에서 벗어났다는 환한 감정이 나를 휘감았다. 나는 하느님과 우주에 감사하는 마음으로 가득 찼다. 그래서 침대 옆에 무릎을 꿇고서 큰 소리로, 오늘 아침 나를 위해 큰 선의를 베풀어주신 하느님께 감사드린다고 말했다. 알고 있었다. 아! 나는 잘 알고 있었다. 내가 방금 겪어서 글로 옮긴 폭발적인 영감은 하늘이 내 정신에 신기한 영향력을 행사해준 덕분이었다. 그것은 어제 내가 소리높이 외쳤던 비탄어린 호소에 대한 응답이었다. 바로 하느님이었다! 하느님이었다! 나는 스스로에게 외쳤다. 그리고 스스로의 말에 감동하여 눈물을 흘렸다. 때때로 계단에 아무도 올라오는 사람이 없는지 들어보기 위해 하던 말을 멈추어야 했다. 그리고는 마침내 일어나서 출발을 했다. 그 모든 층계를 따라서 소리 없이 미끄러져 내려와 아무에게도 들키지 않고 현관문까지 왔다.

거리는 아침에 내린 비로 번들거렸다. 차갑게 젖은 하늘이 도시에 걸려 있었다. 햇빛은 한 줄기도 보이지 않았다. 대체 몇 시나 되었을까? 늘 하던 대로 나는 시청 방향으로 걸었다. 가다가 보니 8시 반이었다. 그러니까 내 앞에는 아직 두 시간이 남았다. 10시가 되기 전에는 신문사에 도착해 보았자 아무런 소용도 없었다. 아니 어쩌면 11시일런지도 몰랐다. 그때까지는 그저 어슬렁거릴 수밖에 없었다. 그리고 그때까지 아무리 허술하더라도 아침 식사를 할 방법을 생각해야 했다. 하기야, 그 날은 굶주린 배를 움켜쥐고 잠자리에 들 것을 염려하지 않아도 되었다. 하느님의 가호로 그럴 시기는 지나갔다. 그것은 이미 흘러간 옛날이었고 나쁜 꿈이었다. 이제부터는 궁지에서 헤어난 것이다.

하지만 녹색 담요가 거추장스러웠다. 다른 한편으로 누가 보더라도 그런 꾸러미를 겨드랑이에 끼고 다닌다는 것은 내 품위에 어울리는 일이 아니었다. 사람들이 나를 어떻게 생각하겠는가. 새로운 결정이 있을 때까지 담요를 보관해 둘 수 있을 만한 장소를 머릿속으로 찾아보면서 걸었다. 샘브 가게에 들어가면 담요를 종이에 포장시킬 수 있겠다는 생각이 떠올랐다. 꾸러미는 단박에 좀 모양이 나아질 테고, 그러면 가지고 다니는 데 더 이상 부끄러움이 없어질 것이다. 나는 가게로 들어가서 물건을 직원에게 보여주었다.

그는 먼저 담요를 바라보더니 그 다음엔 나를 쳐다보았다. 그가 그 꾸러미를 집어 들면서 가벼운 경멸감과 함께 슬쩍 어깨를 으쓱한다는 인상이 들었다. 나는 기분이 상했다. 그래서 이렇게 외쳤다.

"아니, 이런! 좀 조심해요! 그 속에 값비싼 항아리 두 개가 들어 있단 말이오. 그 꾸러미는 스미른나로 가는 것이오."

그러자 효과가 나타났다. 엄청난 효과가 사나이의 움직임 하나하나가 담요 속에서 가치 있는 물건의 존재를 곧장 알아 모시지 못했던 점에 대해 내게 용서를 구하고 있었다. 그가 포장을 끝내자, 나는 스미른나에 보내는 귀중한 다른 물건들을 이미 우송해 본 적이 있는 사람의 표정을 짓고서, 그에게 도와주어서 감사하다고 말했다. 내가 나가려 하자 그는 와서 내게 문을 열어 주었다.

나는 가능하면 꽃을 파는 여자들과 나란히 큰 시장 광장에서 사람들 속에 섞여 산책을 하기 시작했다. 아침나절의 희끄무레한 습기 속에 생생하고 핏빛을 내는 무겁고 빨간 장미들이 나를 유혹했다. 나는 장미를 한 송이 훔쳐내고 싶은 듯한 욕구를 느꼈다. 그저 최대한 가까이 접근해 볼 수 있기 위해서 장미의 가격을 물어보았다. 남은 돈이 있었더라면 무슨 일이 있어도 한 송이를 샀을 것이다. 여기 저기 음식물 값에서 조금씩 절약을 해서 어떻게든 예산의 수지 균형을 맞춰보았을 것이다.

10시가 되어 신문사로 올라갔다. 편집부장은 아직 오지 않았다. '가위'가 낡은 신문지 더미 속을 뒤지고 있었다. 그가 오라고 해서, 나는 내 두툼한 원고를 그에게 넘겨주고 이번 것은 보통 때보다 더 중요하다고 이해시켰다. 편집부장이 도착하는 즉시 그의 손으로 직접 전해주라고 간곡하게 부탁했다. 오 늘 내로 결과를 알아보러 내가 직접 오겠다고 했다.

"좋습니다!"

하고 '가위'는 다시 신문지 더미 속에 파묻히며 말했다.

그가 약간 태연함을 과장하며 원고를 받아들인다고 생각되었지만, 나는 아무 말도 하지 않았다. 그저 무관심한 듯 목례를 하고는 밖으로 나왔다.

내 앞에는 시간이 있었다. 그저 하늘이라도 개이기만 한다면 좋겠다고 생각했다. 바람도 없고 신선하지도 않고, 날씨는 정말이지 엉망이었다. 여자들은 혹시 몰라서 우산을 펼쳐들고 있었고, 남자들이 쓴 양모 베레모는 코믹하면서도 우울한 분위기를 냈다. 나는 채소와 장미를 바라보면서 다시 한 번 시장을 한 바퀴 돌았다. 그때 어깨 위에 어떤 손이 놓이는 것이 느껴졌다. 뒤를 돌아보았다. '안데르센 양' 수의 가게 주인이 내게 인사를 했다.

"안녕하시오?"

하고 나는 그가 뭘 원하는지 얼른 알아내려고 의문조로 대답했다. 나는 그 '안데르센 양'에게 별로 호감을 갖고 있지 않던 것이다.

그는 내 겨드랑이에 끼어 있는 커다랗고 아주 새것 같은 꾸러미를 호기심으로 바라보더니 내게 물었다.

"그게 뭡니까?"

"샘브 가게에 들러서 양복을 지으려고 옷감을 샀어요. 이렇게 헐어빠진 옷은 이제 그만 입어야 한다고 생각했지요. 외모가 너무 초라해 보이게 내버려두고 있어도 안 되니까요."

하고 나는 아무렇지도 않은 어조로 말했다.

그는 매우 놀라서 나를 바라보았다.

"그밖에는, 어떠십니까?"

하고 그는 천천히 물었다.

"기대 이상이지요."

"그러니까 뭔가 하실 일을 찾아내신 거로군요?"

"뭔가 할 일이라구요? 그 큰 크리스티 가게에서 장부 담당계원으로 일하고 있습니다."

하고 나는 몹시 놀랐다는 듯이 말했다. 그는 한 발 물러서며 말했다.

"아, 그래요. 저런. 잘 되셔서 정말 기쁩니다. 제발 남에게 돈 뜯기지 않게 조심하세요. 그럼 안녕히 가세요."

그러더니 잠시 후 뒤로 돌아서 내 쪽으로 다시 왔다. 그리고 단장으로 내 꾸러미를 가리키며 말했다.

"양복을 지으시려면 내가 아는 양복장이를 추천해 드리고 싶습니다. 이작센보다 더 잘하는 사람은 찾아내시지 못할 겁니다. 내가 보내서 왔다고 하십시오."

대체 내 일에 그가 감 놓아라 배 놓아라 할 필요가 어디 있단 말인가? 내가 어떤 양복장이를 쓰든지 말든지 그가 웬 참 견인가? 부아가 치밀었다. 속은 텅텅 비어가지고 옷은 멋지게 차려 입은 그 작자를 보니 화가 났다. 그래서 내가 전에 빌려 주었던 10크로네 이야기를 불쑥 꺼냈다. 하지만 미처 그가 대답도 하기 전에 나는 이미 내 요구를 후회하고 있었다. 거북해져서 감히 그의 눈을 바라볼 수가 없었다. 그때 어떤 여자가 지나갔다. 나는 그녀가 지나갈 수 있도록 얼른 한 발 뒤로 물러서서, 그 틈을 이용해서 자리를 떠버렸다.

앞으로 몇 시간 동안 이 몸을 어찌 해야 할까? 주머니가 비었으니 카페에는 갈 수가 없었다. 낮 시간에 방문할만한 친구도 없었다. 나는 본능적으로 도시를 거슬러 올라갔다. 도중에 시장과 그라엔센 거리 사이를 잠시 거닐었다. 게시된 지 얼마 안 되는 《아프텐포스텐》 신문을 읽었다. 카를 요한 거리를 한 바퀴 돌고서 제자리로 돌아왔다. 구세주 성당 공동묘지까지 올라갔다. 언덕 위 성당 근처에서 조용한 구석을 찾았다.

공기가 습하고 쥐죽은 듯 고요한 그곳에 앉아서 졸았다. 반쯤 졸면서 꿈을 꾸었다. 추웠다. 시간이 가고 있었다. 내가 쓴 글이 예술적 영감에서 나온 작은 걸작임이 틀림없을까? 여기저기 잘못된 점이 없는지 누가 아나? 생각해 보니 퇴짜를 맞을 수도 있었다. 그렇다. 그저 간단히 퇴짜를! 어쩌면 그 글이 굉장히 시시한지도 몰랐다. 어쩌면 형편없는 졸작인지도 모른다. 지금 이 순간 원고가 이미 쓰레기통 속에 던져져 있지 않다고 어느 누가 장담한단 말인가? 만족했던 마음이 뒤흔들렸다. 나는 벌떡 일어서서 공동묘지 밖으로 달려 나갔다.

아케르 거리에서 어느 가게의 진열장 너머로 벽시계를 보았다. 겨우 정오가 조금 지나 있었다. 이미 오후가 한참 넘어 있으리라고 생각하고 있었는데, 절망감이 더욱 커졌다. 그 기사의 운명에 대해 나는 우울한 예감으로 가득 찼다. 생각할수록 그냥 그렇게 급작스레, 거의 잠을 자다시피 하면서, 머리에는 열과 꿈이 가득했는데, 뭔가 지상에 발표될 만한 것을 쓸 수 있었다는 사실이 사실 같아 보이지가 않았다. 당연히 그건 착각이었다. 그런데도 나는 오전 내내 환희에 차 있었다. 아무것도 아닌 일을 가지고! 그러면 그렇지! 나는 성큼성큼 울레바알 도로를 거슬러 올라가 성 요한 언덕을 지나서 넓은 들로 빠져 제재소 거리의 이상하고 좁은 골목으로 돌아가 공터와 들판을 가로질러서 마침내 끝도 안 보이는 도로에 와 있게 되었다.

거기서 걸음을 멈추고 제자리로 돌아가 보기로 마음먹었다. 그렇게 거닐고 나니 몸이 따뜻해졌다. 기운이 빠져서 천천히 시내 쪽으로 돌아왔다. 오다가 두 대의 건초 수레를 만났다.

마차꾼들은 건초를 묶어 그 맨 꼭대기에 엎드린 채 노래를 부르고 있었다. 둘 다 모자를 쓰지 않았고, 둘 다 태평하고 둥그런 얼굴을 하고 있었다. 그들이 나를 불러 세워 이런 저런 트집을 잡고 짓궂은 장난을 칠거라는 생각이 들었다. 내가 그들과 가까워지자 한 명이 나를 부르더니 겨드랑이에 끼고 있는 것이 무엇이냐고 물었다.

"침대 담요요."

하고 내가 대답했다.

"지금이 몇 시오?"

하고 그가 물었다.

"정확하게는 모릅니다. 3시쯤 된 것 같아요."

둘 다 웃기 시작했다. 그들은 나를 지나쳐 갔다. 바로 그때 내 귓가에 채찍이 스쳐지는 것이 느껴졌고, 내 모자가 날아갔다. 이 젊은이들은 한바탕 장난을 치지 않고서는 나를 그냥 지나가도록 내버려 둘 수가 없었던 것이다. 나는 화가 나서 귀에 손을 갖다 대고 도랑에서 모자를 집어 들고서 길을 계속 걸었다. 성 요한 언덕의 기슭에서 어떤 남자를 만났는데, 그가 4시가 지났다고 말해주었다.

4시가 지났다고! 벌써 4시가 넘었다고? 나는 시내의 신문사에 도착하기 위해 부리나케 걸었다. 어쩌면 편집부장이 도착한 지 이미 오래이고 벌써 사무실을 나가버렸는지도 모른다! 때로는 걷고 때로는 달리고 비틀거리고 마차에 부딪치고 지나가는 사람들을 앞지르고 말들과 속도 경주를 하고 미친 사람처럼 날뛰면서, 시간에 맞게 도착하기 위해 안간힘을 썼다. 현관문을 빠져 들어가 부랴부랴 계단을 달려 올라가 노크했다.

대답이 없었다.

가버렸다! 그는 가버렸다! 문을 열어보았다. 잠겨 있지 않았다. 나는 다시 한 번 노크를 하고 들어갔다.

편집부장은 테이블 앞에 앉아 있었다. 얼굴은 창문 쪽으로 돌리고 손에는 펜을 쥔 채 글을 쓰려 하고 있었다. 숨을 헐떡거리며 하는 나의 인사말을 들으면서 그는 절반쯤 몸을 돌리고 잠시 나를 바라보더니 고개를 끄덕거리고서 말했다.

"아직 시간이 없어서 원고를 읽어보지 못했습니다."

그가 이미 원고를 쓰레기통에 넣어버리지 않았다는 사실이 하도 기뻐서 나는 이렇게 대답했다.

"아! 이해할 수 있습니다. 그렇게 급한 일은 아닙니다. 아마 며칠쯤 걸리겠지요. 아니면?"

"예, 좀 봅시다. 어쨌든 댁의 주소를 알고 있으니까요."

그런데 나는 깜빡 잊고서, 이제는 주소가 없어졌다는 사실을 그에게 알려주지 않았다.

면담은 끝났다. 나는 인사를 하고서 물러나와 자리를 떴다. 다시 내 마음속에는 희망이 불타올랐다. 망쳐진 것은 아무것도 없었다. 오히려 이 일은 얼마든지 잘될 것이다. 내 머리에서는 헛소리가 들려오기 시작했다. 하늘에 있는 큰 위원회가 내가 거두어들여야 한다고 결정을 내렸다. 기사 한 편으로 10

크로네라는 엄청난 수입을….

밤 동안 피난해 있을 구석만 있다면! 이 몸을 어디에 끼워넣으면 좋을까 찾아보았다. 이런 생각에 골몰하다가 길 한가운데서 걸음을 멈추었다. 내가 어디에 있는지 생각이 나지 않았다. 바다 한가운데 뜬 자작나무 빗자루처럼 그냥 멍청히 서 있었다. 물결이 그 주위로 몰려들며 으르렁거렸다. 신문 파는 소년이 내게 ≪바이킹≫지를 내밀었다.

"아주 재미있어요."

나는 눈을 들고 소스라쳤다. 샘브 가게 앞에 와 있었다.

나는 급히 뒤로 돌았다. 꾸러미를 앞으로 안아서 감추고는, 누가 진열창을 통하여 혹 나를 보았을까 해서 당황스럽기도 하고 불안스러워 교회 거리를 부리나케 내려왔다. 인그레베트 레스토랑과 연극관 앞을 지나서, 노점에서 길을 돌아 바다와 성채 쪽으로 내려왔다. 벤치 하나를 찾아 앉고 다시 생각에 잠기기 시작했다.

도대체 밤을 어디서 보내야 할까? 아침까지 미끄러져 들어가 숨을 구멍이라도 없을까? 전에 있던 방으로 돌아간다는 것은 내 자존심이 허락하지 않았다. 일단 마음먹은 일을 돌이킬 생각은 절대로 할 수 없었다. 나는 불같이 화를 내며 그 생각을 떨쳐버렸다. 마음속으로 붉은 흔들의자에 대해 경멸 어린 미소를 떠올렸다. 생각이 꼬리를 물다보니, 나는 하에그데 언덕에 있는 예전에 살았던 창문 둘 달린 커다란 방에 와 있었다. 엄청나게 큰 버터 빵이 가득 든 쟁반 하나가 식탁 위에 놓여 있는 것이 보인다. 그것들은 모양이 바뀌어 비프스테이크가, 아주 맛있어 보이는 비프스테이크가 되고, 눈처럼 하얀 냅킨, 산더미 같은 빵, 은제 포크가 된다. 문이 열린다. 안주인이 와서 내게 홍차를 더 따라 주었다.

꿈같은 환상이었다! 지금 음식을 먹는다면 다시 머리에 혼란이 생길 것이고, 좀 전과 똑같은 열이 머리를 메울 것이며, 나는 다시 많은 정신 나간 생각들과 싸워야 될 것이다. 나는 음식물을 견디지 못했다. 내 기관은 그렇게 만들어지지가 않았다. 그것이 내 독특한 성질이었고 특이 체질이었다.

저녁때가 되면 숙소를 발견할 방법이 생길지도 모른다. 조급하게 굴 아무런 이유도 없다. 최악의 경우, 숲 속에서 자리를 하나 찾아보리라. 시내 근처가 전부 내 차지였고, 날씨도 춥지 않았다. 얼음이 얼지는 않을 것이다.

저쪽에서는 무거운 고요 속에 바다가 흔들리고 있었다. 선박들과 납작코처럼 평퍼짐하고 굼뜬 거룻배들이 녹아버린 납 같은 표면 위에 고랑을 파고 있었고, 그 고랑에다는 좌우로 가는 홈들을 터뜨리면서, 계속 나아가고 있었다. 솜털 같은 연기가 굴뚝에서 나와 소용돌이쳤다. 기계들의 피스톤이 움직일 때마다 둔탁한 소리를 내며 축축한 공기를 가로지르고 있었다. 해도 없고 바람도 없었다. 내 뒤의 나무들은 젖어 있었고, 내가 앉은 벤치는 차갑고 눅눅했다. 시간이 흘렀다. 나는 졸기 시작했다. 피곤했고 등이 으슬으슬 추웠다. 잠시 후에는 두 눈이 감기기 시작하는 것이 느껴졌다. 눈이 감기도록 그냥 내버려두었다.

깨어났을 때는 주위가 컴컴했다. 나는 어리둥절하고 몹시 추워서 벌떡 일어나 꾸러미를 집어 들고 걷기 시작했다. 몸을 덥히기 위해서 이제는 감각이 없어진 다리를 문지르고 팔을 두드리면서 점점 더 빨리 걸었다. 소방서에 도착했다. 9시였다. 잠잔 것이 여러 시간 되었던 것이다.

이 몸을 어찌할 것인가? 어디로든 가야 했다. 멍한 눈으로 소방서를 바라보며, 파수꾼이 등을 돌리는 순간을 엿보아 복도 안으로 들어갈 수 있지 않을까 생각해 보았다. 그와 이야기를 시작해 보려고 현관 앞 층계를 올라갔다. 하지만 곧 그는 내게 도끼를 보이고는, 내가 무슨 말을 하려는지 기다렸다. 날을 내 쪽으로 향하게 하고서 들어 올린 그 도끼에 나는 마치 얼어붙은 듯이 온 신경에 전율이 흘렀다. 그렇게 무장을 한 그 사나이 앞에서 두려움에 할 말을 잃고서 나는 나도 모르게 뒤로 물러섰다. 아무 말도 못하고서 조금씩 미끄러지듯이 그에게서 멀어졌다. 그래도 체면을 살리기 위해, 마치 무엇인가 잊어버렸다는 듯이 이마를 한 손으로 훔치고서 슬그머니 사라졌다. 다시 인도로 나왔을 때는 큰 위험에서 막 벗어난 듯 살았다는 기분이었다. 급히 그 자리를 떴다.

춥고 배고프고 갈수록 음산한 기분으로, 카를 요한 거리를 따라 거닐었다. 누가 듣든지 말든지 개의치 않고, 큰 소리로 욕설을 퍼붓기 시작했다. 의사당 쪽, 바로 첫번째 사자 조각상 앞에서 이런 저런 연상을 하다가 문득 내가 아는 화가가 생각났다. 언젠가 티볼리에서 따귀 맞을 뻔한 것을 내가 구해준 일이 있는 젊은이로서, 나중에 그의 집에 한 번 가 본 적도 있었다. 나는 손가락들을 꺾어 뚝뚝 소리를 냈다. 토르덴스크욜드 거리로 가서 C. 자샤리아스 바르텔이라는 문패가 달린 문을 발견하고 노크를 했다.

그가 직접 나와 문을 열어주었다. 그에게서 맥주와 담배 냄새가 풍겼다. 지독했다.

"안녕하시오!"

하고 내가 말했다.

"안녕하십니까? 아, 당신이군요. 웬일로 이렇게 늦게 오셨습니까? 램프 불빛에 보면 제대로 보이지가 않습니다. 지난번 이후로 건초 더미를 덧붙여 그려 넣고 몇 가지 변화를 주었지요. 그건 낮에 보아야 합니다. 지금은 보았자 소용이 없습니다."

"그래도 좀 보여주세요!"

하고 내가 말했다. 사실은 그가 무슨 그림을 말하는 것인지 기억도 나지 않았다.

"그럴 수는 없습니다. 불빛에 보면 모든 게 누렇게 보이거든요. 그리고 다른 이유도 있습니다(그는 내게 가까이 와서 소곤거렸다.) 오늘 저녁 우리 집엔 여자가 있다구요. 그러니 도저히 어쩔 수 없습니다."

하고 그가 대답했다.

"아, 그렇다면야, 그만둡시다."

나는 한 발자국 뒤로 물러서서 작별을 고하고 떠났다.

결국 숲 속 어딘가로 가보는 수밖에 다른 도리가 없었다. 그저 땅바닥이 이렇게 축축하지만 않다면 좋겠는데. 나는 밖에서 잠잘 생각에 점점 더 익숙해지도록 담요를 어루만졌다. 하도 오랫동안 시내에서 잠자리를 찾으려고 자신을 혹사한 나머지 지치고 싫증이 났다. 포기하고서 싸움에서 물러나 머릿속에 아무런 생각도 없이 거리를 쏘다닌다는 것은 정말이지 즐거운 일이었다. 대학의 벽시계 쪽으로 돌아가 보니 10시가 넘은 것이 보였다. 거기서 시내로 거슬러 올라가기 위해 길로 접어들었다. 하에그테 언덕의 어디에선가 여러 가지 식품이 진열되어 있는 식료품 가게 앞에서 걸음을 멈추었다. 고양이 한 마리가 동그랗고 하얀 빵 옆에 누워서 자고 있었다. 그 뒤에는 돼지기름 항아리와 녹말가루 단지 몇 개가 있었다. 잠시 그 식품들을 바라보며 있다가, 그것들을 살 방도가 없었으므로 뒤돌아서 길을 계속했다. 아주 천천히 걸었다. 마요르스투엔 역 앞을 지나서도 여전히 계속해서 길을 걸었다. 몇 시간이고 걷고 또 걸어, 마침내 보그스타드 숲에 당도했다.

거기서 도로를 벗어나 잠시 쉬려고 앉았다. 그리고 적당한 곳을 찾기 시작했다. 히스나무 조금과 노간주나무 가지를 주워 대충 마른 비탈길 위에 잠자리를 만들었다. 꾸러미를 풀고 담요를 꺼냈다. 오랫동안 쏘다닌 탓으로 지치고 기운이 빠졌으므로 당장에 자리에 누웠다. 마음이 안정되지 않았다. 마침내 자세를 편안히 하기까지는 여러 차례나 뒤척였다. 건초 수레를 몰던 마차꾼이 채찍으로 때려서 다친 귀가 좀 아팠다. 귀가 약간 부풀어 있어서 귀를 베고 누울 수가 없었다. 그래서 구두를 꺼내어 그 위에 커다란 포장지를 덮고서 머리 밑에 깔았다.

어둠이 주위를 지배하고 있었다. 모든 것이 조용했다. 모든 것이. 그러나 언덕 위에서는 대기의 영원한 노랫소리가 희미하게 들려왔다. 높낮이도 없고 멀리서 웅웅거리는 듯한 그 소리는 결코 멈추어지지 않았다. 끝도 없는 속삭임, 병적인 그 속삭임 소리에 오래도록 귀를 기울이고 있다 보니, 마음이 동요되기 시작했다. 그것은 확실히 내 위의 공간을 맴도는 세계들과 찬가를 노래하기 시작하는 별들의 교향악이었다.

"거 참 괴이한 일이로군!"

하고 생각했다. 마음을 가라앉히기 위해 큰 소리로 웃었다. 이건 꼭 가나안에서 사냥개를 부르는 부엉이들 소리 같았다.

나는 일어났다가 다시 누웠다가 구두를 신었다가 어둠 속에서 배회하다가 다시 한 번 누웠다가 발버둥을 치는 등, 새벽까지 분노와 두려움 속에 몸부림을 쳤다. 그러고 나서야 결국 잠이 들었다.

눈을 떴을 때는 대낮이었다. 정오가 가까운 것 같았다. 구두를 신고서 담요를 다시 꾸러미로 싸고는 시내로 가는 길로 접어들었다. 오늘도 역시 해가 없었다. 나는 개처럼 덜덜 떨었다. 두 다리는 죽어버린 기분이었고, 두 눈에서는 더 이상 빛을 견뎌낼 수 없는 듯이 눈물이 흘렀다.

3시였다. 배고픔이 더욱 심해지기 시작했다. 기운은 다 빠져 버렸고, 구토증이 일어났다. 내내 걸으면서 남몰래 이따금씩 토했다. 대중식당으로 내려가서 메뉴를 읽었다. 그리고는 마치 훈제 라드나 소금으로 간을 한 돼지고기 따위가 내게는 먹을거리가 못되는 것처럼 보란 듯이 어깨를 으쓱했다. 거기서 역전 광장으로 내려갔다

갑자기 이상한 현기증이 온몸을 꿰뚫고 지나갔다. 나는 신경 쓰고 싶지 않아서 길을 계속 걸었지만, 그 현상은 점점 심해져서 결국은 광장 앞 층계에 주저앉지 않을 수 없었다. 내 모든 영혼이 어떤 변모를 겪고 있었다. 마치 온몸 깊숙한 곳에서 장막이 열리는 것 같았고, 마치 어떤 천이 머릿속에서 찢어지는 것 같았다. 몇 차례 심호흡을 하고서 격렬한 놀라움에 사로잡혀 그대로 그냥 있었다. 그러나 의식을 잃지는 않았다. 어제 다친 귀가 조금 아픈 것이 분명히 느껴졌다. 내가 아는 어떤 사람이 지나가길래, 즉시 그를 알아보고 일어나서 그에게 인사를 했다.

이 새로운 느낌, 다른 모든 괴로움에 방금 덧붙여진 이 새로운 통증은 무엇일까? 눅눅한 땅바닥 위에서 보낸 밤의 후유증일까? 아니면 아직 점심을 못 먹어서 생긴 것일까? 이렇게 산다는 것은 간단히 말해 불합리했다. 그리스도야 성스러운 고통을 겪는다 치더라도 어떻게 내가 이런 특별한 박해를 받게 되었는지 도무지 이해가 되지 않았다. 더 이상 기다릴 것 없이 나도 비열한 악한이 되어서, 남의 것이지만 담요를 전당

포로 가져갈 수도 있겠다는 생각이 불쑥 들었다. 담요는 1크로네에 저당 잡힐 수 있다. 그러면 다른 방편을 찾아낼 때까지 견디기에는 충분한 세 끼의 식사거리는 된다. 한스 파울리의 물건을 등쳐먹자. 나는 벌써 지하 전당포 가는 길로 접어들어 있었다. 그러나 문 앞에서 걸음을 멈추고 고개를 흔들고는 돌아섰다.

전당포에서 멀어질수록, 강한 유혹을 이겨낸 것이 점점 만족스러워지는 기분이었다. 정직한 양심이 머리로 올라왔다. 내가 기개 있는 사람이며, 부유하는 표류물 가운데, 수렁 같은 사람들 물결 한가운데에 뜬 새하얀 등대 같은 사람이라는 숭고한 느낌으로 가득 찼다. 한 끼의 식사를 위해 남의 물건을 저당 잡히고, 스스로의 비난을 먹고 마시고, 뻔뻔하게 스스로 불한당이 되고, 자신의 양심 앞에 두 눈을 내리깔다니 안 된다. 절대로 안 된다! 나는 진심에서 이런 생각을 품어본 적이 한 번도 없었다. 기껏해야 머리에 슬쩍 스치고 지나갔을 뿐이다. 사람이란 어렴풋이 언뜻 스쳐간 생각에 대해 책임질 수는 결단코 없는 법이다. 특히 지독하게 머리가 아플 때는, 그리고 남의 담요를 끌고 다니며 피로로 초주검이 되어 있을 때는 말이다.

그래도 분명코 살아날 방도가 있을 것이다. 때가 되면 가령 그 그뢴란드의 가게 주인에게 지원서를 보낸 후로 하루 중 시시때때로 내가 그를 찾아가 졸라보기라도 했는가? 아침저녁으로 그의 문에 초인종을 울려대기를 했는가? 그에게서 퇴짜라도 맞았는가? 나는 지원 결과가 어찌 되었는지 알아보러 그에게 가보지도 않고 있었다. 가보았자 반드시 헛수고가 될 거라고는 아무도 단정할 수 없었다. 어쩌면 운이 좋아 일이 잘 될지도 몰랐다. 흔히 행운의 길은 그야말로 이상하게도 굴곡이 심한 법이다. 나는 그뢴란드 변두리 지역으로 갔다.

머리를 뒤흔들던 조금 전 충격에 나는 좀 탈진해버렸다. 느릿느릿 걸으면서, 도매 가게 주인에게 무어라고 말할 것인지 생각했다. 그는 어쩌면 좋은 사람일지도 모른다. 내가 부탁을 하지 않아도 변덕이 나서 나를 채용해주고 선물로 1크로네를 줄지도 모른다. 그런 사람들은 가끔씩 아주 멋진 생각을 해내기도 한다.

나는 대문으로 미끄러져 들어가, 좀 단정하게 보이도록 침을 발라 바지 무릎을 검게 만들고는, 창구 뒤의 어둠침침한 구석에 담요를 내려놓고서 성큼성큼 거리를 가로질러 그 조그만 가게로 들어갔다.

어떤 남자가 낡은 신문지로 부대를 만드느라 풀을 붙이고 있는 중이었다.

"크리스티 씨를 뵙고 싶습니다."

하고 내가 말했다.

"나요."

하고 남자가 대답했다.

좋다! 내 이름은 이러이러하며 지원서를 한 장 보냈었는데, 결과가 좋은지 모르겠다고 내가 말했다.

그는 여러 번 내 이름을 되뇌이더니 웃기 시작했다.

"좀 보시오!"

하고 말하더니, 그는 주머니에서 내가 보냈던 지원서를 꺼냈다.

"선생, 선생이 숫자를 어떻게 썼는지 좀 보시오. 지원서를 쓴 날짜를 1848년도라고 적었습디다."

그러더니 사나이는 목젖이 보이도록 웃어대기 시작했다.

"예, 난처한 실수였습니다. 정신이 나갔던 모양입니다. 인정합니다."

하고 나는 당황해서 말했다.

"아시겠지만, 내겐 수치에 정확한 사람이 필요합니다. 미안합니다. 선생의 글씨체는 매우 뚜렷하고, 지원서도 마음에 들긴 하지만 … "

하고 그가 말했다.

나는 잠시 기다렸다. 이것이 그의 최후통첩일 수는 없었다. 하지만 그는 다시 부대에 풀을 붙이기 시작했다. 그래서 내가 말했다.

"그렇습니다. 곤란한 일이지요. 당연히 매우 난처한 일입니다. 하지만, 물론 다시는 그런 일이 없을 겁니다. 이런 조그만 실수가 있었다고 해서 제게 전반적으로 장부를 정리하는 모든 능력이 없어질 수는 없습니다."

"그렇다는 얘기는 아닙니다. 하지만 그 점이 내겐 매우 심각하게 보여서 다른 지원자를 쓰기로 당장에 결정했습니다."

"그러니까 그 자리는 결정되었다는 말씀이로군요?"
하고 내가 물었다.

"그렇소."

"오! 맙소사, 그럼 더 이상 도저히 어쩔 수가 없군요!"

"그렇소. 안됐지만…."

"안녕히 계십시오."
하고 내가 말했다.

불쑥 뜨거운 분노가 치밀어 올랐다. 대문 밑으로 꾸러미를 찾으러 갔다. 이를 악물고 가다가 인도 위에서 엉뚱한 행인들에게 부딪치고는 사과도 하지 않았다. 어떤 신사가 걸음을 멈추고 약간 거칠게 내 행동을 비난했다. 나는 뒤로 돌아서서 의미도 없는 말을 한마디 그의 귀에다 외쳐주고서, 그의 코 밑에다 주먹을 들이밀고는, 억제할 수 없는 맹목적인 격노에 사로잡힌 채로 길을 지나갔다. 그가 순경을 불렀다. 나는 이 두 손으로 순경을 잠시 쥐어 흔들어주고 싶은 강렬한 욕구를 느꼈다. 그래서 그에게 나를 따라잡을 기회를 주기 위해 걸음을 늦추었다. 그러나 그는 오지 않았다. 더할 수 없이 끈질기고 열성적인 내 시도들이 하나같이 실패로 돌아가고야 마는 것이 과연 조금이라도 합당한 일일까? 가령, 나는 대체 어쩌자고 '1848'이라고 썼단 말인가? 그 저주받을 연도가 대관절 어째서 나온 것인가? 이제는 하도 배가 고파서 뱃속에서 창자가 뱀처럼 서로 꼬이고 있었다. 오늘 하루가 다 가기 전에 먹을 것이 좀 생기리라는 보장은 아무 데도 없었다. 시간이 지남에 따라, 나는 육체적으로 정신적으로 갈수록 탈진해 갔다. 나는 날이 갈수록 덜 정직한 행동에 되어가는 대로 자신을 내맡기고 있었다. 곤경에서 헤어나기 위해서는 부끄러움도 없이 거짓말을 했다. 가난한 사람들에게서 방세를 떼어먹었다. 심지어 더할 수 없이 천박한 생각에도 맞서 저항하느라고 안간힘을 써야 했다. 예를 들어, 추잡하게 남의 담요에 손을 대려던 생각 따위가 그랬다. 이 모든 것을 후회도 없고 양심의 가책도 없이 말이다. 타락의 얼룩들이 마음속에 나타나기 시작했고, 거무스레한 곰팡이들이 갈수록 늘어나고 있었다. 하늘 높은 곳에서는 하느님이 주의 깊은 눈으로 나를 뒤쫓고 있었으며, 꾸준하게, 느리지만 확실하고 자세하게 내 타락상을 감시하고 있었다. 하지만 지옥의 심연에서는 고약한 악마들이 노발대발하고 있었다. 왜냐하면 내가 치명적인 죄악을, 공평하신 하느님께서 내게 처벌하지 않을 수 없으며 도저히 용서하지 못할 죄를 저지르는 일을 너무 지체하고 있었기 때문에……

나는 발걸음을 서둘러 점점 빨리 걸었다. 왼쪽 기슭으로 불쑥 꺾어서, 화가 나서 흥분한 채로, 불이 밝혀지고 장식이 된 어떤 현관문으로 들어섰다. 나는 걸음을 멈추지 않았다. 1초도 쉬지 않았다. 그런데 현관문의 기이한 장식 전체가 순간적으로 내 의식 속으로 뚫고 들어왔다. 문과 쇠시리(역주:실내의 전선부설에 쓰이는 누르는 도구)와 포장도로의 하찮은 부분부분 모두가 내 마음의 눈에 선명하게 나타났다. 그러는 동안, 나는 계단을 올라갔다. 난폭하게 2층의 초인종을 눌렀다. 나는 하필이면 왜 계단에서 가장 먼 그 초인종 줄을 잡아당겼을까?

검은색 장식끈을 맨 회색 옷차림의 젊은 여자가 나와서 문을 열어주었다. 그녀는 놀라서 잠시 나를 바라보더니 고개를 흔들고는 말했다.

"안 돼요. 오늘은 아무것도 없어요."

그리고서 그녀는 문 닫는 시늉을 했다. 어째서 나는 이 사람과의 일도 빗나가고 마는 것일까? 그녀는 대뜸 나를 거지로 취급했다. 그러자 나는 마음이 가라앉고 냉정해졌다. 그래서 모자를 벗고서 공손하게 절을 했다. 그리고 마치 그녀의 말을 듣지 못한 것처럼, 더할 수 없이 예의바르게 이렇게 말했다.

"그렇게 크게 초인종을 울려서 죄송합니다. 아가씨. 초인종이 그런지 몰랐습니다. 여기에 편찮으셔서 신문에 광고를 내신 남자분이 계실 텐데요. 마차에 태워드릴 사람이 필요하다고 했습니다."

그녀는 잠시 내가 거짓으로 꾸며낸 말을 생각해 보느라고 그대로 있었다. 당황해져서 나라는 사람을 어떻게 생각해야 할지 모르겠다는 모양이었다. 그녀가 말했다.

"아뇨, 여기에는 앓는 분이 안계십니다."

"그렇습니까? 나이가 지긋하신 분인데, 하루에 산책 두 시간을 하고, 한 시간에 40외레라고 했는데요!"

"아니에요."

"그렇다면 다시 한 번 용서를 빕니다. 아마 1층인가 보군요. 저는 다만 필요할 경우 제가 아는 어떤 괜찮은 사람을 추천해 드릴 참이었습니다. 제 이름은 베델 야를스베르크입니다."

나는 다시 한 번 인사를 하고는 물러났다. 젊은 여자의 눈이 흰자위까지 빨개졌다. 당황한 나머지 그녀는 그 자리에 못 박힌 듯 그대로 서서 나를 지켜보았다. 그러는 동안 나는 계단을 내려왔다.

나는 평온을 되찾았다. 머리가 맑아져 있었다. 오늘은 줄 것이 아무것도 없다는 그 여자의 말을 듣고 나는 찬물을 뒤집어쓴 것 같았다. 처음 보는 사람이 손가락으로 나를 가리키면서, '저 사람은 (점잖은) 사람들이 대문을 반쯤 열고서 적선 음식을 내밀어주는 거지로군.' 하고 생각할 수도 있는 지경에 이르렀던 것이다.

방앗간 거리의 어느 레스토랑에서 걸음을 멈추고서, 안에서 구워지는 고기의 맛있는 냄새를 맡았다. 내 손은 벌써 오리 부리 모양의 손잡이에 가 있었다. 뚜렷한 생각도 없이 안으로 들어설 참이었다. 하지만 때맞추어 생각을 고쳐먹고 서둘러 물러났다. 큰 시장 광장에 당도하여 잠시 쉴 곳을 찾았다. 빈 벤치는 없었다. 자리를 잡을 조용한 곳을 찾아서 교회를 한 바퀴 돌았지만 헛수고였다. 당연하지! 하고 씁쓸하게 중얼거렸다 당연하지. 당연해! 그리고 다시 걷기 시작했다. 고기 시장 구석에 있는 샘터 쪽으로 방향을 바꾸어, 물 한 모금을 마시고는 다시 떠났다. 한 발자국 한 발자국 간신히 질질 끌며 진열장이 보일 때마다 오래 구경하느라고 지체하기도 하고 지나가는 마차마다 눈으로 쫓느라고 걸음을 멈추기도 했다. 머릿속에서는 강렬하고 번쩍거리는 열기가 느껴지고, 양쪽 관자놀이에서는 이상하게 혈맥이 뛰는 것이 느껴졌다. 마신 물이 매우 거북하게 느껴졌다. 걸으면서 이따금씩 거리에서 토했다. 그렇게 해서 구세주 성당 공동묘지에 도달했다. 팔꿈치는 무릎에 얹고 두 손으로는 머리를 감싸 안은 채로 앉았다. 그렇게 자세를 웅크리고 있었더니 기분이 나아졌다. 이제는 가슴에서 갉아 먹히는 듯한 기분이 느껴지지 않았다.

석수장이 하나가 내 옆의 화강암으로 된 커다란 판석 위에 엎드린 채로, 묘비명을 새기고 있었다. 그는 파란 안경을 쓰고 있었는데, 그것을 보니 거의 잊어버리고 있던 어떤 아는 사람 하나가 갑자기 생각났다. 은행 직원이었는데, 얼마 전에 오플란드스크 카페에서 만난 사람이었다.

수치심을 모두 벗어버리고 그에게 호소를 할 수만 있다면! 정말이지 지금은 사정이 형편없으며, 목숨을 부지하기가 참으로 어려운 지경이라고 사실대로 말할 수만 있다면! 그에게 이발소 이용권을 내밀 수도 있다. 제기랄, 이발소 이용권! 거의 1크로네어치나 되는 그 이발권! 나는 신경질적으로 그 귀중한 보물을 찾았다. 마음처럼 빨리 발견되지가 않아서, 벌떡 일어나 뒤졌는데, 이마에는 괴로운 땀이 흘렀다. 마침내 하잘 것 없는 종이쪽지와 글이 써진 다른 종이 몇 장과 함께 그것은 양복 앞주머니 속에서 발견되었다. 그 여섯 장의 표를 이런 방향으로 그리고 반대 방향으로 세어보고 또 세어보았다. 내게는 별로 필요가 없다. 면도라는 것은 문득 변덕이 들어서 혹은 엉뚱한 생각이 들어서 안할 수도 있다. 내 머리는 콩그스베르크의 은화로 반 크로네, 새하얗고 멋진 그 반 크로네로 가득 차 있었다. 은행은 6시에 문을 닫는다. 7시에서 8시 사이에 오플란드스크 앞에서 그 사람을 기다리면 된다.

한참 동안 그 생각에 즐거웠다. 시간은 흐르고 있었고, 바람은 주위의 마로니에 숲으로 세차게 불었고, 날은 기울고 있었다. 그런데 은행 직원인 그 젊은 신사에게 6회분의 턱수염 면도 이용권을 대뜸 내민다는 것은 좀 변변치 못한 일이 아닐까? 그는 어쩌면 주머니에 내 것보다 훨씬 더 멋지고 깨끗한 이발권을 스무 장 가득 지니고 있을지도 모르는 일이었다. 정말 그럴지도 모르는 일이었다. 나는 이발권에 덧붙여줄 만한 것이 있는지 찾아보려고 주머니마다 더듬어 보았으나, 아무것도 발견하지 못했다. 내 넥타이를 준다면? 나는 목까지 윗저고리 단추를 채우면 넥타이 없이 너끈히 지낼 수 있었다. 어쨌거나 내게는 더 이상 조끼가 없었으므로 목까지 단추를 채워야만 했다. 나는 가슴을 절반이나 덮고 있던 커다란 가슴받이 넥타이를 풀어서 조심스레 먼지를 털고, 이발권과 함께 종이로 포장했다. 그리고 나서 공동묘지를 나와 오플란드스크로 내려갔다.

시청쯤에 갔을 때는 7시였다. 카페 근처를 어슬렁거렸다. 들어가고 나오는 사람들을 열심히 훑어보며 초조하게 기다리면서 쇠창살 앞에서 이리저리 거닐었다. 마침내 8시쯤이 되어, 생기 있고 우아한 그 청년이 거리를 올라서고 가로질러 카페 문 쪽으로 가는 것이 보였다. 그를 알아본 순간, 내 심장은 가슴 속에서 작은 새처럼 뛰었다. 나는 그에게 인사도 하지 않고 달려들었다. 그리고 이렇게 말했다.

"반 크로네만 주시오, 친구! 여기 돈 될 만한 것이 있어요!"

나는 염치없이 이렇게 말하고는 그의 손에 내 작은 꾸러미를 억지로 쥐어 주었다. 그가 말했다.

"없습니다! 하늘에 맹세코 없습니다!"

그러고는 내가 보는 앞에서 지갑을 뒤집어 보여주는 것이었다.

"어제 저녁에 길거리를 쏘다니다가 깨끗이 털렸습니다. 믿어 주세요. 반 크로네가 없습니다."

"예, 예. 물론 그럴 수도 있지요."

하고 내가 대답했다.

나는 그의 말을 믿었다. 그렇게 적은 돈 때문에 거짓말을 할 아무런 이유가 없었다. 그런데 그의 파란 눈이 거의 젖은 것 같았다. 그는 주머니를 뒤졌지만 아무것도 발견하지 못했다.

나는 물러나서 이렇게 말했다.

"실례했소! 그저 좀 형편이 곤란해서요."

벌써 거리를 조금 내려온 참인데 그가 꾸러미를 들어 보이며 나를 불렀다. 내가 대답했다.

"가지시오, 가져요! 그냥 드리는 거요. 별것 아닙니다. 하찮은 거지요. 내가 이 땅 위에 가지고 있는 거의 전부입니다만."

나는 내 자신의 말에 깊이 동요되었다. 그 말은 석양의 어슴푸레한 빛 속에서 그렇게나 허탈하게 느껴졌던 것이다. 눈물이 흐르기 시작했다

바람이 서늘해지고 있었다. 구름은 하늘에서 맹렬하게 흐르고 있었다. 밤이 내림에 따라 날씨가 점점 추워졌다. 거리를 걸으면서 나는 내내 울었다. 내 자신이 갈수록 가련해졌다. 나는 몇 마디 말을 하나하나 뇌까렸다. 눈물이 그칠 때마다 또 눈물을 쏟아내게 만드는 이런 부르짖음이었다. '하느님, 난 불행합니다! 하느님, 난 불행합니다!'

한 시간이 지났다. 한 시간이 무한히 느리게 기어갔다. 나는 꽤 오랫동안 시장 거리에 있었다. 층계 위에 앉았다. 누군가가 지나가기라도 할 때면 대문 밑에 몸을 숨기곤 했다. 상품과 돈 주위로 사람들이 분주하게 다니는 불 밝은 가게들을 아무 생각 없이 구경했다. 결국은 교회와 고기 시장 사이에 있는 널빤지더미 뒤에서 훈훈한 구석을 하나 찾아냈다.

안 되겠다. 오늘 저녁은 숲으로 갈 수 없다, 도저히 그럴 힘도 없었고, 길은 한없이 멀었다. 그럭저럭 오늘 밤을 보내도록 어떻게 조처해 보고서 지금 있는 이곳에 머무르자. 추위가 너무 심해지면 교회 쪽으로 좀 거닐면 될 것이다. 그 밖에 다른 생각은 하고 싶지가 않았다.

나는 널빤지 더미에 등을 기대고 앉아 선잠이 들었다.

주위에서 소음이 작아져 갔다. 가게들이 문을 닫고 있었다.

산보객들의 발걸음이 점점 뜸하게 울렸다. 서서히 창문마다 어둠이 깃들었다.

눈을 떴다. 앞에 그림자가 하나 보였다. 어둠 속에서 반사되어 반들반들 빛나는 단추로 보아 경찰관인 듯했다. 남자의 얼굴은 보이지 않았다.

"안녕하십니까!"

하고 그가 말했다.

"안녕하십니까!"

하고 내가 대답했다. 나는 두려움에 휩싸였다. 매우 당황해서 일어섰다. 그는 잠시 움직이지 않고 그대로 있었다. 그가 물었다.

"어디 사십니까?"

오랜 습관대로 그리고 생각도 하지 않고, 나는 내 옛날 주소를 댔다. 얼마 전에 떠나온 그 작은 고미 다락방이었다.

그는 또 잠시 그대로 있었다.

"제가 뭘 잘못했나요?"

하고 내가 불안에 떨며 물었다. 그가 대답했다.

"천만의 말씀을! 하지만 댁으로 돌아가셔야 하겠습니다. 여기서 주무시기에는 날씨가 너무 춥습니다."

"예, 선선하군요. 알겠습니다."

그에게 작별 인사를 하고 나도 모르게 옛날에 살던 집으로 가는 길로 접어들었다. 살살 걸으면 소리가 안 들리게 전에 있던 방으로 너끈히 올라갈 수가 있었다. 계단은 전부 해서 여덟 가로대밖에 없었고, 디딤판들은 제일 꼭대기의 두 개만이 삐걱거렸다.

현관 아래서 구두를 벗었다. 그리고 올라갔다. 모든 것이 조용했다. 2층에서 벽시계가 느리게 똑딱거리는 소리와 칭얼거리는 아이 소리가 들렸다. 그 다음에는 아무 소리도 들리지 않았다. 나는 내 방문을 발견하고 문의 돌쩌귀를 조금 들어올리고서 평소에 하던 대로 열쇠도 쓰지 않고 문을 열었다. 방안으로 들어가서 소리 없이 문을 도로 닫았다.

모든 것이 내가 남겨둔 그 상태로 있었다. 창문에는 커튼이 옆으로 제껴져 있었고, 침대는 비어 있었다. 저쪽 테이블 위에 종이가 한 장 보였다. 아마 내가 안주인에게 남겨둔 쪽지인 모 양이었다. 그러니까 그녀는 내가 나간 이후로 올라와 보지도 않았던 것이다. 나는 손으로 더듬거리며 그 하얀 얼룩 쪽으로 나아갔다. 그것이 편지임을 감지하고서 깜짝 놀랐다. 편지? 나는 집어 들고서 창문 쪽으로 다가갔다. 휘갈겨 쓴 글씨체를 어둠 속에서 최대한 보이는 대로 읽어보았다. 마침내 내 이름이 적혀 있는 것을 알았다. 아차! 하고 나는 생각했다. 안주인의 답장이다. 내가 피난처를 찾아 되돌아올 생각을 품을 경우를 대비해, 또다시 방에다 발을 들여놓지 말라는 편지다.

그래서 천천히, 아주 천천히, 나는 방에서 도로 나갔다. 한 손에는 구두를 들고 다른 한 손에는 편지를 쥐고 겨드랑이에는 담요를 끼고서. 나는 삐걱거리는 디딤판 위에서 몸을 가볍게 만들려 애썼다. 이를 악물었다. 마침내 무사히 아래층에 당도해 현관 밑으로 왔다.

구두끈을 매느라고 시간을 끌면서 구두를 도로 신었다. 그러기를 마친 다음에 아무런 생각 없이 손에 편지를 쥔 채 허공을 바라보며 잠시 조용히 있었다. 그리고 나서 일어나서 나갔다.

가로등의 가물거리는 불빛이 거리 위에서 깜빡거렸다. 나는 불빛 바로 밑으로 가서 가로등 밑에 꾸러미를 내려놓고 편지를 열었다. 아주 느릿느릿.

섬광이 물밀 듯이 가슴속으로 뚫고 들어왔다. 내 자신이 작은 비명, 느닷없는 기쁨의 소리를 지르는 것이 들렸다. 편지는 편집부장에게서 온 것으로, 내 기사가 채택되어서 문제없이 즉시 조판실로 보내어졌다는 것이었다. <몇 가지 사소한 점을 수정… 몇 가지 잘못 써진 글씨를 교정… 재능이 가득한… 내일 인쇄… 10크로네…. >

나는 웃었고, 울었다. 거리를 거슬러 올라가며 달리기 시작했다. 그리고서 걸음을 멈추고 엉덩이를 두들기고, 그냥 막연하게 허공에 대고 하느님께 외쳤다. 그리고 시간은 흘러갔다.

밤새도록, 대낮이 될 때까지, 나는 환희로 얼이라도 빠져나간 듯이 거리 거리를 노래 부르며 다녔다. 그리고 '재능이 가득한'이라는 말을 되풀이해 보았다. 작은 걸작품, 천재적인 개론서, 그리고 10크로네!

제 2 부

몇 주일이 지난 어느 날, 나는 밤에 외출을 했다.

또다시 공동묘지에 가서 앉아서 어느 신문사에 보낼 기사를 한 편 쓰곤 했다. 그곳에서 일을 하는 동안, 10시가 되었다. 밤이 되었고, 사람들은 문을 닫으려는 참이었다. 나는 배가 몹시 고팠다. 불행하게도 10크로네로는 너무나도 짧은 시간밖에 견딜 수가 없었다. 아무것도 먹지 못한 지가 이제 이틀이, 아니 거의 사흘이 되었다. 나는 힘이 빠졌고 그저 연필만 쥐어도 피곤을 느끼곤 했다. 주머니에는 주머니칼 반 토막과 열쇠 꾸러미가 있었지만, 돈은 한 푼도 없었다.

공동묘지의 문이 닫힐 때, 곧장 집으로 돌아갔어야 했다. 하지만 그러고도 한동안 배회하고 다녔다. 나는 모든 것이 어둡고 텅 비어 있는 내 방에 대해 본능적으로 공포심을 지니고 있었다. 내 방이란 어느 점쟁이가 버리고 간 작업장으로서, 마침내 거기서 임시 머물러도 좋다는 허락을 얻어냈던 것이다. 나는 아무렇게나 쏘다녔다. 시청 앞을 지나갔다. 바다까지 내려갔다. 철도국 부두에 가서 벤치에 앉았다.

당분간 구슬픈 생각을 하지 않았다. 가난을 잊어버렸다. 어슴푸레한 가운데 평화롭고 고요한 항구를 보니 기분이 가라앉았다. 오랜 습관대로 내가 지금까지 썼고, 내 아픈 머리로 지금까지 한 것 중에서 가장 훌륭한 일로 보이는 그 기사를 되풀이해 읽음으로써 즐거움을 느끼고 싶었다. 그래서 주머니에서 원고를 꺼내어 눈에 바짝 대고서 한 페이지씩 훑어보았다. 결국 피곤해져서 주머니에 종이를 도로 집어넣었다. 모든 것이 조용했다. 바다는 푸른 진주처럼 펼쳐져 있었고, 내 앞에는 작은 새들이 조용히 이리저리 날아다니고 있었다. 좀 더 멀리에서는, 경찰관이 순찰을 돌고 있었다. 그를 빼면 살아 있는 것이라고는 아무것도 보이지 않았고, 부두 전체가 말이 없었다.

다시 내 전 재산을 셈해 보았다. 주머니칼 반쪽, 열쇠 꾸러미가 있었지만, 돈은 한 푼도 없었다. 갑자기 나는 주머니를 뒤져 다시 종이를 꺼냈다. 그것은 기계적인 행위였고 무의식적인 반사 운동이었다. 백지 한 장을, 예쁜 백지 한 장을 찾아냈다. 그런데, 어디서 그런 생각이 떠올랐는지는 알 수 없었다. 그것으로 원뿔꼴을 만들어서, 그 속에 무엇인가가 가득 찬 것처럼 보이도록 종이를 접어서는 포도 뒤에다 할 수 있는 한 멀리 힘껏 던져 놓았다. 종이는 바람결에 좀 더 멀리 실려가다가 멈추었다.

배고픔이 내 신경계를 물어뜯기 시작했다. 번쩍이는 은화로 들어찬 듯이 보이는 그 하얀 종이 원뿔꼴을 바라보았다. 그 속에 무엇인가가 들어 있다고 스스로 착각하면서 나 자신에게 환상을 불어넣었다. 큰 소리로 얼마가 들어 있는지 액수를 짐작해보라고 스스로에게 권했다. 정확하게 알아 맞춘다면 그건 네 것이다. 밑바닥에 10외레짜리 예쁜 동전들과 위에 가는 홈들이 파져 있는 커다란 크로네 동전들을. 나는 원뿔꼴 전체가 은화로 가득 찬 것을 마음속에 그려보았다. 두 눈을 동그랗게 뜨고서 그것을 바라보았다. 나 자신의 공범이 되어서, 가서 그것을 훔쳐올 생각에 흥분했다.

그때 경찰관이 기침하는 소리가 들렸다. 어떻게 내가 그럴 생각을 하게 되었을까? 나는 벤치에서 일어나, 그가 듣도록 세 번 되풀이해서 기침을 했다. 그는 그리로 가보게 되면 그 원뿔꼴을 향해 달려들 것이다. 나는 그 재미있는 장난이 즐거웠다.

몹시 즐거워져서 두 손을 비비고, 의기양양하게 사방에 소리를 질러댔다! 실망을 하겠지, 바보 같은 녀석! 저 녀석은 필히 이런 악당의 장난 때문에 지옥 한가운데로, 가장 혹독한 괴로움 속으로 굴러 떨어지고야 말 것이다. 나는 영양실조로 인하여 지극히 쇠약해져 있었다. 배고픔은 나를 완전히 취하게 만들어 놓았다.

몇 분 후에 경찰관은 포도 위로 징을 박은 구두 뒤축으로 딱딱 소리를 내며 사방을 엿보면서 왔다. 그는 시간을 끌었다. 그의 앞은 칠흑처럼 어두웠다. 그에게는 원뿔꼴이 보이지 않았다. 바로 가까이에 가기 전까지는. 비로소 그는 걸음을 멈추고 그것을 응시했다. 포도 위에 단정하게 놓인 원뿔꼴은 새하얗고 귀중한 것처럼 보였다. 어쩌면 돈이라도 혹시? 은화로 된 소액의 돈이…? 그래서 그는 그것을 주워들었다… 흠! 가볍군, 아주 가벼워. 어쩌면 값비싼 깃털펜이나 모자 장식인지도 모른다. 그는 조심스럽게 두껍게 겹쳐진 부분을 뜯고서 한 눈으로 들여다보았다. 나는 웃었다. 엉덩이를 두드리며, 미친 사람처럼 웃고 또 웃었다. 목구멍에서는 한마디도 소리가 나오지 않았다. 내 웃음은 소리도 없고 열에 들뜬 것이었다. 흐느낌처럼 깊은 것이었다.

그러더니 포도 위에는 다시 발걸음 소리가 딱딱 울렸고, 경찰관은 부두를 한 바퀴 돌았다. 내 눈에는 눈물이 고였다. 딸꾹질로 숨이 막혔다. 나는 제 정신이 아니었다. 좋아서 미칠 것 같았다. 큰 소리로 떠들기 시작했다. 혼자서 원뿔꼴 이야기를 했다. 그 가엾은 경찰관의 몸짓을 흉내 냈다. 손바닥을 한 눈으로 들여다보았다. 그리고 끝도 없이 혼자 중얼거렸다. 저 자는 그것을 내던지면서 기침을 했다. 내던지면서 기침을 했어! 그 말에다 다른 신랄한 말들을 덧붙였다. 문장 전체를 손질해서, '그 자는 기침을 했다… 쿨룩쿨룩!'이라고 다듬었다.

나는 이 말에 가능한 온갖 어미 변화를 시켰다. 통쾌한 기분이 멈추어졌을 때는 저녁나절이 꽤 깊어져 있었다. 가라앉은 고요가 몰려왔다. 나는 아늑한 피로감에 저항하지 않고 스스로를 내맡겼다. 어둠이 더욱 짙어졌다. 살랑살랑 미풍이 불어와 진주빛 바다에 고랑을 파고 있었다. 하늘과 맞닿는 곳에 돛대가 보이는 선박들의 검은 선체는 털을 곤두세운 채 숨어서 나를 엿보는, 발 없는 괴물들처럼 보였다. 더 이상 고통이 느껴지지 않았다. 배고픔 때문에 고통이 무뎌졌다. 오히려, 나를 둘러싸고 있는 것들과 동떨어진 채로 내 자신이 텅 빈 것이 달콤하게 느껴졌고 아무도 나를 보지 않는다는 것이 다행스럽게 느껴졌다. 벤치 위에 두 다리를 뻗고서 누웠다. 그랬더니 더욱 온몸이 홀가분해진 기분이었다. 내 영혼에는 구름 한 점도 없었고 불편한 기분도 전혀 없었다. 내 생각이 멀리 갈 수 있는 한, 내게는 욕망도, 충족되지 않은 욕구도 없었다. 나는 그 야릇한 상태로 두 눈을 뜬 채로 누워 있었다. 나는 내 스스로에게서 일탈되어 있었다. 내 자신이 달콤하게도 멀리 있는 것처럼 느껴졌다.

나를 방해하는 소리는 여전히 하나도 없었다. 내 눈 앞에 온화한 어둠이 우주를 감추고 있었고, 차분한 고요 속에 나를 파묻었다. 커다랗게 텅 빈 침묵이 가라앉고 단조로운 소음만이 내 귀에 들려왔다. 저쪽의 검은 괴물들은 밤이 오면 나를 들이마시고서, 아주 멀리, 바다 저편으로 사람이 살지 않는 이상한 곳을 가로질러 나를 데려갈 것이다. 그것들은 나를 일라알리 공주의 성으로 데려갈 것이다. 거기서는 모든 인간적인 찬란함보다도 더 큰 엄청난 찬란함이 나를 기다리고 있다. 그녀 자신은 번쩍거리는 방에 앉아 있을 것이다. 거기서는 모든 것이 자수정으로 되어 있다. 노랑 장미로 된 옥좌 위에 앉은 그녀는 내가 들어가면 내게 손을 내밀고 내게 인사를 할 것이며, 다가오라고 부를 것이다. 그럼 난 무릎을 꿇을 것이다.

 '잘 오셨어요! 기사님! 우리나라, 우리 성에 잘 오셨어요! 난 당신을 스무 여름이나 기다렸어요. 달 밝은 밤마다 당신을 불렀어요. 당신이 슬플 때는 나도 이 방에서 울었답니다. 당신이 잠을 잘 때면, 당신에게 달콤한 꿈을 불어넣어 주었지요.' 그리고 아름다운 아가씨는 내 손을 잡고 많은 사람들이 "만세!" 하고 외치는 기다란 회랑을 건너고, 300명의 처녀들이 웃으며 놀이를 하는 밝은 정원들을 가로질러 나를 데리고 간다. 그녀는 모든 것이 번쩍이는 에메랄드로 되어 있는 또 다른 방으로 나를 안내한다. 거기서는 태양이 빛난다. 복도와 회랑에서는 아름다운 교향악이 울려 퍼지고, 향수 냄새가 내 얼굴을 때린다.

 나는 그녀의 손을 잡고 마술처럼 미친 듯한 감미로움이 내 핏속을 달리는 것을 느낀다. 나는 그녀의 허리를 두 팔로 감아 안고, 그녀는 이렇게 소근거린다. '여기서는 안 돼요, 좀 더 멀리 가요!' 그러면 우리는 모든 것이 루비로 되어 있는 붉은 방으로 들어간다. 나는 그 거품 같은 찬란함 속에 빠져든다. 나는 그녀의 두 팔이 내 목을 감싸는 것과 그녀의 가쁜 숨결을 내 얼굴 위로 느낀다. 그녀가 속삭인다. '잘 오셨어요. 내 사랑! 키스해 줘요! 또… 또요…'

 벤치에서 내 눈 바로 위로 별들이 보였다. 내 생각은 폭풍우 같은 불빛 속에서 떠돌았다.

벤치 위에 누워 잠이 들었는데, 경찰관이 잠을 깨웠다. 나는 비참하게도 현실과 빈곤으로 되돌아왔다. 첫 느낌은 별이 보이는 노천에서 내 자신을 발견하는 얼빠진 놀라움이었다. 하지만 그러한 느낌은 머지않아 쓰디쓴 실망으로 이어졌다. 나는 아직도 살아 있다는 사실이 구슬퍼서 눈물이 쏟아질 것만 같았다. 잠을 자는 동안 비가 왔다. 내 옷은 젖었고, 팔 다리에는 축축한 차가움이 느껴졌다. 어둠이 더욱 짙어졌다. 내 앞에 서 있는 경찰관의 윤곽도 가까스로 구분할 수 있었다. 그가 말했다.

"자. 일어나시오!"

나는 즉시 일어섰다. 그가 도로 누우라고 명령했다면, 나는 마찬가지로 복종했을 것이다. 기운이 하나도 없었고 완전히 의기소침했다. 게다가 거의 즉각적으로 배고픔이 느껴지기 시작했다. 경찰관이 외쳤다.

"좀 기다려요. 바보 같으니! 모자를 빠뜨리고 가고 있잖소. 좋아요, 이젠 가시오!"

"뭐랄까… 뭐랄까, 뭔가를 잊어버리는 것도 괜찮을 것 같아서요. 고맙습니다, 안녕히!"

하고. 나는 정신이 멍해서 더듬거렸다.

그리고는 비틀거리며 떠났다.

그저 조금이라도 입안에 넣을 빵이 있다면! 길거리를 걸어다니면서 깨물어 먹을 수 있는 그 맛있는 호밀빵이 말이다. 그래서 나는 먹었으면 좋겠을 특별한 호밀빵 종류를 자세하게 머릿속에 그려보았다. 잔인하도록 배가 고팠다. 죽어서 없어져 버렸으면 싶었다. 감상적인 기분이 들어서 눈물을 흘리기 시작했다. 내 가난은 언제까지나 끝나지 않을 것인가! 그러다가 불쑥 거리 한복판에서 발걸음을 멈추고, 발로 길바닥을 탁 차고서 커다랗게 소리를 질렀다. 그 자가 나를 뭐라고 불렀던가? 바보라고? 나를 바보라고 부르면 어떤 대가를 치러야 하는지 그 경찰놈에게 보여주겠다! 그래서 나는 뒤로 돌아서 왔던 곳으로 달려갔다. 화가 부글부글 끓어오르고 얼굴이 새빨갛게 달아오른 것이 느껴졌다. 거리 아래에서 발을 헛디뎌서 넘어졌지만 개의치 않았다. 벌떡 도로 일어나서 계속 달렸다. 그렇지만, 역전 광장까지 내려왔을 때는 하도 지쳐서 부두까지는 계속 달릴 상태가 못 된다고 느껴졌다. 그리고 달리는 동안 나의 분노는 가라앉았다. 결국은 발길을 멈추고서 숨을 돌렸다. 어쨌거나 그 경찰관 나부랭이는 전적으로 무심코 그런 말을 한 것이 아니겠는가? 그래, 하지만 거기에는 내가 허용할 수 없는 것이 있었어! 그렇고말고! 하고 나는 스스로 말을 잘랐다. 하지만 그 놈은 자기가 무슨 말을 하고 있는지 몰랐을 거야. 이 변명은 만족스럽게 생각되었다. 나는 그가 자기가 무슨 말을 하고 있는지 몰랐던 거라고 혼자서 되풀이해 중얼거렸다. 거기서 다시 발걸음을 돌이켰다.

맙소사! 너는 잘도 꾸며대는구나! 하고 나는 분개에 차서 생각했다. 한밤중에 젖은 골목을 미친 사람처럼 달리다니! 굶주림이 용서 없이 나를 물어뜯으며 내게 쉴 틈을 주지 않았다.

포만감이 생길지도 모른다는 희망에서 자꾸자꾸 침을 삼켜댔다. 그렇게 해보니 도움이 되는 것 같았다. 벌써 여러 주일 동안 이런 완벽한 굶주림을 겪기까지, 나는 너무도 음식을 먹지 못해서 요새 며칠간 형편없이 기력이 쇠약해져 있었다. 요행히 이런 저런 일로 5크로네짜리 지폐라도 건져내게 되어도, 또다시 굶주리는 시기가 닥칠 때까지 내가 완전히 기운을 차릴 수 있도록 그 돈이 충분히 오랫동안 지탱되는 적은 한 번도 없었다. 무엇보다도 등과 어깨가 아팠다. 아직 가슴이 쥐어뜯기는 기분은 심하게 기침을 한다거나 완전히 등을 굽히고서 걸으면 잠시 멈추게 할 수 있었다. 하지만 등과 어깨는 도저히 방도가 없었다. 대체 어째서 내 상황이 나아지는 것을 꼭 이렇게 방해해야만 하는 일이 일어나야만 할까? 다른 보통 사람처럼 살 권리가 내게는 없는 것일까? 가령 서적 상인이자 골동품상인 파샤라든지 해군 경리관인 헨네크한처럼 말이다. 마치 내게는 일할 수 있는 듬직한 어깨와 튼튼한 두 팔이 없기라도 한 듯이! 일용할 빵을 구하기 위해 방앗간 거리에 있는 목재 절단공의 일자리까지 지원해 보았다. 내가 게을렀던가? 일자리를 찾아보지 않았고, 강의들을 듣지 않았고, 기사를 쓰지 않았고, 미친놈처럼 밤낮없이 연구를 하면서 일을 안 했던가? 그리고 돈이 많이 있을 때는 빵과 우유를 먹고, 별로 없을 때는 맨빵을 먹고, 아무것도 없을 때는 굶으면서, 수전노처럼 살지 않았던가? 내가 호텔에서 지냈는가? 1층에 아파트라도 가지고 있는가? 나는 겨울이면 눈이 내리기 때문에 모두가 달아나버리는 땜장이의 작업장에서, 다락방에서 지냈다. 그러니 나로서는 도무지 아무것도 이해가 되지 않았다.

별의별 것들을 생각하며 나는 걸었다. 내 마음속에는 심술이나 욕심이나 쓸쓸함은 그림자도 없었다. 페인트 가게 앞에서 발걸음을 멈추고 진열장 안을 들여다보았다. 몇 개의 양철통 위의 딱지를 읽어보려고 했지만, 너무 어두웠다. 또 다른 변덕맞은 생각이 나서 나 자신에 대해 역정이 났다. 그 통 속에 무엇이 들어 있는지 알아낼 수가 없어서 노기가 나고 골이 나서, 나는 진열장을 한 번 탁 치고서 떠나버렸다. 거리 저편에 경찰관이 한 명 있는 것이 보였다. 나는 걸음을 서둘러 곧장 그에게로 가서 난데없이 이렇게 말했다.

"지금은 10시입니다."

"아니오. 2시오."

하고 그가 놀라서 대답했다.

"아니, 10시오. 10시입니다."

하고 내가 말했다. 그리고 분노로 신음을 하며 몇 걸음 더 앞으로 나아가서 주먹을 쥐고는 이렇게 말했다.

"이것 보시오! 10시란 말이오!"

그는 잠시 생각을 하더니 내 모습을 살펴보고 놀란 눈으로 나를 뚫어져라 쳐다보았다. 마침내 그는 아주 부드럽게 말했다.

"어쨌든 댁으로 돌아갈 시간입니다. 댁까지 모셔다 드릴까요?"

그런 상냥함에 나는 힘이 쭉 빠져버렸다. 눈물이 쏟아질 것만 같아서 서둘러 이렇게 대답했다.

"아니, 괜찮아요! 카페에서 좀 너무 지체했을 뿐이오. 고맙습니다."

내가 떠나가자 그는 챙 달린 모자에 손을 갖다 댔다. 그의 친절함에 압도되어 나는 그에게 줄 5크로네가 없어서 울었다. 발걸음을 멈추고 시선으로 그를 좇았다. 그는 느린 걸음으로 자기 길을 계속 가고 있었다. 나는 이마를 탁 치고서 그가 멀어져 갈수록 더욱 더 서럽게 울었다. 가난한 내 자신에게 욕설을 퍼부었다. 내 자신에게 새 이름들을 모욕적인 호칭을 지어 붙였다. 조잡한 욕설을 찾아내어 스스로에게 퍼부었다. 거의 집 문 앞에 도달할 때까지 계속 그랬다. 문 앞에 도착해서야 나는 열쇠를 잃어버렸음을 알았다.

그렇고말고! 하고 나는 쓰디쓰게 중얼거렸다. 내가 열쇠를 왜 안 잃어버리겠는가? 나는 밑에 마구간이 있고 위에는 땜장이의 작업장이 있는 안뜰에 살고 있다. 문은 밤이면 닫힌다. 아무도 절대로 아무도 문을 열 수는 없다. 그런데 어떻게 내가 열쇠를 잃어버리지 않겠는가? 나는 개처럼 젖어 있었다. 배가 고팠다. 조금. 아주 조금. 무릎이 약간 피곤했다. 그러니 내가 왜 열쇠를 잃어버리지 않겠는가? 집 전체가 왜 아케르 동네로 이사가 버리지 않았을까? 내가 돌아왔을 때 집이 더 이상 안보이게 말이다. 나는 굶주림과 추위로 뻣뻣해진 턱수염 속에서 웃었다.

마구간에서 말들이 발로 땅을 걷어차는 소리가 들렸다. 윗쪽으로는 내 방 창문이 보였다 하지만 문은 열 수가 없었다. 안뜰로 들어갈 수가 없었다. 그래서 결국 지치고 씁쓸한 마음으로 부두로 되돌아가 열쇠를 찾아오기로 결심했다.

 다시 비가 오기 시작했다. 벌써 빗물이 윗저고리 어깨에 스며드는 것이 느껴졌다. 시청 앞에서 갑자기 섬광처럼 생각이 하나 떠올랐다. 경찰서에 가서 문을 열어달라고 부탁하자는 것이었다. 나는 당장에 어떤 경찰관에게 가서, 할 수 있다면 집까지 같이 가서 들어가도록 도와달라고 즉시 간청했다.

 "아! 할 수만 있다면, 그러지요! 하지만 방법이 없군요. 내게는 열쇠가 없거든요. 경찰의 열쇠는 여기 없습니다. 형사 사무실에 있습니다."

 "그러면 어떻게 할까요?"

 "그러면! 호텔에 가서 주무시는 수밖에 없군요."

 "하지만 호텔에 가서 잘 수는 없습니다. 돈이 없어요. 카페에서 진탕 마셨거든요. 아시겠어요."

 우리는 유치장 앞 층계에서 잠시 그렇게 있었다. 그는 생각했다. 내 모습을 살펴보면서 깊이 생각했다. 주위에서는 비가 억수같이 쏟아졌다. 결국 그가 말했다.

 "그러면 경비소에 가서 노숙자라고 신고를 하십시오."

 노숙자라고? 그 생각을 못했다. 이거야말로 좋은 생각이로구나! 나는 그 훌륭한 생각을 해낸 경찰관에게 즉시 고맙다고 인사했다.

"그러면, 들어가서 내가 무숙자라고 말만 하면 됩니까?"

"그렇게만 하면 됩니다."

담당 경찰관이 물었다.

"이름은?"

"탕겐… 안드레아스 탕겐입니다."

내가 왜 거짓말을 했는지 모르겠다. 머릿속에서 생각들이 어수선하게 뒤얽혔다. 상당히 이상한 충동들이 솟구쳤다. 내 이름과는 전혀 다른 그 이름을 즉석에서 꾸며내서는 밑도 끝도 없이 허공에 내던지듯 말했다. 필요도 없이 거짓말을 했다.

"직업은?"

여기서 나는 궁지에 빠졌다 흠! 맨 처음에는 양철공이라고 대답할까 생각했다. 하지만 감히 그러지는 못했다. 나는 땜장이들이 흔히 갖고 있지 않은 이름을 댔던 것이다. 게다가 나는 콧등에 안경을 걸치고 있었다. 그래서 대담하게 밀고 나가보기로 마음을 먹었다. 한 발자국 앞으로 나서서 단호하고 엄숙한 어조로 말했다.

"기자입니다."

비서는 깜짝 놀라더니 글씨를 써넣었다. 나는 마치 거처는 없지만 장관이나 되는 것처럼 당당하게 철창 앞에 버티고 있었다. 그래서 아무런 의심도 사지 않았다.

비서는 내가 대답을 주저하는 것을 완전히 이해했다. 유치장에 집도 절도 없는 기자라, 이상하지 않은가!

"어느 신문사에 계십니까? 탕겐 씨?"

"《모르겐블라데트》사입니다. 불행하게도 오늘 저녁은 좀 너무 늦게 쏘다니다 보니 그만…"

"그런 말씀은 안 하셔도 됩니다!"

그가 내 말을 중단시키고서 미소 지으며 이렇게 덧붙여 말했다.

"사람이 젊을 때는 가끔… 그게 어떤지는 우리도 알지요!"

그는 일어나서 내게 예의바르게 인사를 하고는 어떤 경찰관에게 이렇게 말했다.

"해당 구역으로 이 분을 안내해 드리게. 안녕히 주무십시오."

내가 대담했다는 생각에 등허리가 서늘해지는 것이 느껴졌다. 내내 걸으면서 태연한 척하기 위해 두 주먹을 꽉 쥐었다. 문간에 서서 경찰관이 말했다.

"가스불은 10분간 켜집니다."

"그 다음엔 꺼집니까?"

"그 다음엔 꺼집니다."

나는 침대 위에 앉았다. 열쇠가 돌려지는 소리가 들렸다. 밝은 방은 쾌적해 보였다. 이제는 살았다는 느낌이 들었다.

밖에서 비 내리는 소리를 편안한 기분으로 들었다. 이렇게 아늑한 방보다 더 좋은 방은 절대로 바랄 수가 없으리라! 내 만족감은 갈수록 커졌다. 침대 위에 앉아 손에 모자를 들고서 눈은 저쪽 벽에 달린 가스 불꽃에 고정시킨 채, 나는 경찰관과 나누었던 처음 대화들을 되새겨보기 시작했다. 그는 잘도 속아 넘어갔다. 기자 탕겐이라고? 그리고 《모르겐블라데트

≫ 신문사라고. ≪모르겐블라데트≫ 신문사라고 해서 그 자에게 멋지게 한방 먹였다. 그런 말씀은 안 하셔도 됩니다. 나는 새벽 2시까지 내각 총리실의 리셉션에 가 있었고, 집에다 1000크로네짜리 지폐 몇 장이 든 지갑과 열쇠를 잊어버리고 나온 것이다. 이 분을 해당 구역으로 안내해 드리게.

갑자기 가스불이 꺼졌다. 놀라울 정도로 갑자기, 불이 약해지지도 작아지지도 않고서 갑자기. 나는 깊은 어둠 속에 있게 되었다. 내 손도 주위의 하얀 벽도 아무 것도 보이지가 않았다. 침대 속으로 들어가는 수밖에 달리 할 일이 없었다. 옷을 벗었다.

그러나 졸리지가 않아서 잠을 이룰 수가 없었다. 어둠을 바라보며 잠시 누워 있었다. 깊이도 없고 보이지도 않는 두렵고도 무거운 암흑이었다. 내 생각은 그것을 포착할 수가 없었다. 도저히 측정할 수 없을 정도로 어두웠다. 어둠이라는 존재가 나를 짓눌렀다. 나는 두 눈을 감고 낮은 목소리로 노래를 흥얼거리기 시작했다. 생각을 딴 데로 돌리려고 초라한 침대 위에서 이리저리 뒤척였지만 소용이 없었다. 어둠이 내 생각을 사로잡고, 한순간도 쉴 틈을 주지 않았다. 내 스스로가 암흑 속에 녹아버린다면, 내가 암흑과 함께 일체가 된다면 어떨까? 나는 일어나서 침대 위에 앉아 두 팔을 움직거려 보았다.

내 신경은 완전히 흥분 상태에 달했다. 그 상태에서 벗어나려고 온갖 노력을 다 해보았지만, 아무런 소용이 없었다. 나는 더할 수 없이 이상한 환상에 사로잡혔다. 입을 다물고 있다가

자장가를 흥얼거리기도 했으며, 기분을 가라앉히기 위해 발버둥친 나머지 땀을 흘리기도 했다. 두 눈으로 암흑 속을 뚫어져라 바라보았다. 내 평생 이런 암흑은 본 적이 없었다. 의심할 여지가 없었다. 나는 일종의 특별한 암흑 속에 들어있는 것이었다. 아직 아무도 본 적이 없는 기묘한 어둠이었다. 더할 수 없이 어처구니없는 생각들이 머릿속에 들어찼다. 물건 하나하나가 두려워졌다. 침대 옆 벽 속에 난 조그만 구멍이 내 생각을 사로잡았다. 못 구멍은 벽 속에 난 무슨 표시일 거라고 상상되었다. 그것을 더듬거려 보았다.

그 안에 숨을 불어넣어 보고, 그 깊이를 헤아려 보려고 애썼다. 그것은 그저 단순하고 아무것도 아닌 구멍이 아니었다. 천만의 말씀이었다. 그건 정말로 수상쩍은 구멍이었다. 경계해야 할 비밀스런 구멍이었다. 그 구멍 생각에 완전히 정신이 팔려, 호기심과 두려움에서, 나는 결국 침대에서 나와 반쪽짜리 주머니칼을 찾아 구멍의 깊이를 재어 보고는 구멍이 옆방까지 꿰뚫지는 않겠다고 확신했다.

다시 잠을 이루어 보려고 자리에 도로 누웠지만 실제로는 다시 암흑과 싸우기 시작했다. 밖에서는 비가 그쳤다. 아무런 소리도 들려오지 않았다. 나는 잠시 거리의 발소리를 귀 기울여 듣기 시작했다. 어떤 보행자가 지나가는 소리가 들리기까지 끊임없이 귀를 기울였다. 그 소리로 판단해 보건대 아마 경찰관인 듯싶었다. 갑자기 나는 여러 차례나 연속해서 손가락을 꺾어 소리를 내며 웃기 시작했다. 정말이지 우스웠다. 하, 새로운 단어를 하나 만들어낸 것이다. 나는 이부자리에 일어나 앉아 이렇게 말했다. '쿠보아'라는 말은 언어에 존재하지 않는 말로서, 내가 지어낸 것이다. 그건 단어처럼 철자로 이루어져 있다. 야, 이것 봐라, 넌 단어를 하나 만들어냈어. 쿠보아, 문법적으로 굉장히 중요한 말이야.

암흑 속에서 그 단어가 눈앞에 선명하게 보였다.

나는 내가 만들어낸 그 단어에 놀라 두 눈을 뜨고서 그렇게 있었다. 그리고 즐거워서 웃었다. 그리고 나서 낮은 소리로 중얼거리기 시작했다. 사람들이 내 말을 들을 수도 있었기 때문이다. 내 의도는 이 비밀스런 신조어를 기억해두는 것이었다. 나는 굶주림으로 인하여 완전히 광기에 이르렀다. 텅 빈 상태였으며 괴로움도 느껴지지 않았다. 나는 더 이상 내 생각의 고삐를 쥐고 있지 않았다. 조용히 생각했다. 느닷없는 변덕이 일어나서, 새로 발견한 말의 의미를 심화시키려고 해보았다. 그 단어가 '하느님'이나 '티볼리'를 의미해야 한다는 법은 아무 데도 없었다. 그리고 '가축 품평회'를 의미할 이유가 어디 있는가? 나는 격렬하게 주먹을 쥐고서, "가축 품평회를 의미할 이유가 어디 있는가?" 하고 되풀이해 말했다. 잘 생각해 보면, '자물통'이나 '해돋이'를 의미할 필요조차도 없었다. 그런 말에 의미를 찾아준다는 것은 어렵지 않다. 기다리겠다. 생각이 떠오르기를 두고 보겠다. 그때까지 생각을 하며 잠을 자면 된다.

초라한 침대 위에 누워 나는 아무런 말도 하지 않고, 찬성이

나 반대한다는 말도 없이, 히죽히죽 웃었다. 몇 분이 지나갔다. 신경이 예민해졌다. 그 새로운 단어가 나를 쉬지 않고 괴롭히고, 결국은 줄곧 머리에서 떠나지 않으면서, 나를 심각하게 만들었다. 내게는 그것이 의미하지 말아야 할 것들에 관해서는 생각이 있었지만, 그것이 의미해야 할 것에 관해서는 아무런 결정도 내릴 수가 없었다. 그런 것은 중요하지 않다. 하고 나는 큰 소리로 말했다. 나는 팔로 몸통을 휘어 감고서 그것은 중요하지 않다고 되풀이했다. 그 단어를 찾아냈다. 운 좋게도. 중요한 건 그거다. 그러나 생각은 꼬리를 물어 나를 끝도 없이 괴롭히고 잠을 못 이루게 만들었다. 이 희한한 말에 충분히 좋다고 생각되는 의미는 전혀 없었다. 결국 나는 이부자리에서 일어나 앉아 두 손으로 머리를 움켜쥐고 이렇게 말했다. 안 된다, 그 단어에 '이민'이라든지 (담배 공장) 따위의 의미를 부여한다는 것은 정말이지 말도 안 된다. 그런 분위기가 나는 뭔가를 의미하도록 할 계획이었다면, 맹세코 이미 오래 전에 그런 의미로 결정을 보았을 것이다. 안 된다, 제대로 하자면 그 말은 무엇인가 '정신적인' 것을, 느낌이라든가 영혼의 상태를 의미하는 데에 알맞다… 이해가 되는가? 그래서 나는 무엇인가 '정신적인' 것을 찾아내려고 기억을 팠다. 그러자 누군가가 말을 걸며 내 혼자만의 대화에 참견을 하는 것 같았다. 나는 노기등등해서 이렇게 대꾸했다. 뭐라고 말했나? 아니다, 너는 어리석기 짝이 없는 놈이야! '뜨개질하는 실?' 지옥에나 떨어져라! 그 말이 '뜨개질하는 실'을 의미한다는 것은 이루 말할 수 없이 혐오스럽다. 도대체 왜 그것에게 '뜨개질하는 실'이라는 의미를 부여해야만 한단 말인가? 이 말을 지어낸 사람은 나다. 그러니 그 말에 아무것이든 의미를 부여하는 것은 절대적으로 내 권리다. 아직 결정을 내리지 못한 것뿐이다….

하지만 점점 더 내 머릿속은 착잡하게 헝클어져 갔다. 결국 나는 수도꼭지를 찾아서 침대 아래로 뛰어내렸다. 목이 마르지는 않았지만 머리에 열이 났고 절박하게 물이 필요했다. 본능적인 필요였다. 물을 마시고 나서 두 눈을 감고 억지로 조용히 있으려고 해보았다. 몇 분 동안 꼼짝도 하지 않고 누워 있었다. 땀에 뒤범벅이 되었다. 동맥에서 피가 심하게 뛰는 것이 느껴졌다. 아무래도 그건 우스꽝스러웠다. 그 자가 그 원뿔꼴에서 돈을 찾아내려 했다는 것은 너무나도 우스웠다! 그런데 그는 한 번밖에 기침을 하지 않았다. 그가 아직도 거기서 순찰을 하고 있을까 생각해 보았다. 아직도 내 벤치에 앉아 있을까? 푸른 진주, 선박들….

눈을 떴다. 잠을 이룰 수 없으니 눈을 감고 있어 보았자 무슨 소용인가. 그러자 똑같은 암흑이 주위를 지배했다. 깊이를 알 수 없고 까만 바로 그 영원성이었다. 내 생각은 그것에 반항을 했지만, 이해되지는 않았다. 그것을 무엇에 비교할 수 있을까? 무섭도록 검어서 발설하면 내 입이 검어질 수도 있을 그말, 그 어둠을 지칭할 만한 충분히 검은 말을 찾아내기 위해 나는 필사적인 노력을 했다. 맙소사! 정말 어둡기도 하구나!

나는 다시 항구, 선박, 그리고 나를 기다리고 있는 검은 괴물들을 생각하기 시작했다. 그것들은 나를 들이마시고, 삼켜버리고, 죄수처럼 나를 붙잡아두고, 바다와 육지를 가로질러, 아무도 보지 못한 어두운 왕국들 너머로 나를 데려가려고 항해를 할 것이다. 나는 배에 올라탄 기분이었다. 물속으로 이끌리고 구름 속을 날고 내려가고 또 내려가는 기분을 느꼈다. 목쉰 소리로 비명을 질렀다. 고뇌에 찬 비명을. 그리고는 침대에 매달렸다. 마치 어떤 꾸러미처럼 허공에서 떨어지는 위험한 여행을 했다. 손에 딱딱한 침대가 잡혔을 때 얼마나 안도감이 느껴졌는지! 사람이 죽을 때는 그런가보다, 하고 혼자서 생각했다. 너는 죽을 것이다! 잠시 그렇게 생각했다. 나는 죽을 것이다. 그래서 침대 위에 앉아서 준엄하게 물었다. 내가 죽을 거라고 누가 말했는가? 그 말을 찾아낸 것은 나다. 그러니 나는 그것이 무엇을 의미해야 하는지 결정할 절대적인 권리를 가지고 있다.

내가 헛소리를 하고 있는 것이 분명했다. 말을 끝마치기도 전에 내 말이 들렸다. 나의 광기는 쇠약과 피로에서 나온 정신착란이었다. 그러나 의식을 잃지는 않았다. 그러자 갑자기 한 가지 생각이 머리를 스치고 지나갔다. 내가 미쳤다는 생각이었다. 문득 두려움에 사로잡혀, 침대 아래로 뛰어내렸다. 문쪽으로 비틀비틀 걸어가 문을 열려고 애썼다. 문을 부수려고 두세 번 몸으로 부딪쳤다. 벽에 머리를 찧었다. 큰 소리로 탄식을 하고, 손가락을 깨물고, 울고, 저주를 하고….

모든 것이 조용했다. 내 목소리만 벽에 부딪쳐 울렸다. 나는 바닥으로 와르르 무너져 내렸다. 더 이상은 방 안에서 소란을 피울 상태가 아니었다. 그때 맨 위에 내 눈 바로 위의 칸막이 벽 속에 희끄무레한 네모 모양이, 하얀 모양이, 하나의 의혹이 보였다…. 날이 밝은 것이었다. 아! 나는 얼마나 안도의 한숨을 내쉬었는지! 바닥에 엎드려서, 그 축복받은 섬광 때문에, 그 빛의 계시 때문에 기뻐서 눈물을 흘렸다. 감사하는 마음으로 흐느껴 울었다. 창문으로 키스를 보냈다. 미친 사람처럼 굴었다. 또한 그 순간 내가 무슨 짓을 하고 있는지 의식했다. 단번에 모든 실의는 사라졌다. 모든 절망감과 괴로움이 멈추어졌다. 당분간 나는 생각이 미치는 만큼만 소망을 했다. 바닥에 앉아 두 손을 모으고 참을성 있게 여명을 기다렸다.

지독한 밤이었다! 그런데 사람들에게 내 소리가 들리지 않다니, 나는 놀라움으로 가득 찼다. 하기야, 나는 다른 모든 죄수들의 훨씬 위에 있는 특별 구역에 있었다. 나 자신을 표현해 보자면, 거처 없는 장관이었다. 여전히 기분이 썩 좋아서, 두 눈을 벽 쪽으로, 점점 더 밝아지는 창 쪽으로 돌리고서, 나는 장관 흉내를 내며 장난했다. 내 이름은 폰 탕겐입니다, 하고 행정적인 어투로 스스로에게 말을 걸었다. 끊임없이 기괴한 생각이 나왔다. 다만 신경은 훨씬 덜 흥분되어 있었다. 유감스럽게도 지갑을 집에다 놓고 오는 바보짓을 저지르지 않았더라면! 영광스럽게도 너는 장관 각하를 침대에 넣을 참이 아닌가? 나는 지극히 진지하고 공손하게 나 자신을 침대로 모셔다

뉘었다.

이제는 날이 상당히 밝아서 방의 윤곽을 대충 볼 수 있었다. 좀 더 후에는 엄청나게 큰 문의 빗장이 보였다. 그러고 보니 기분이 나아졌다. 변함없고 신경질 나도록 짙고 하도 짙어서 내 몸도 볼 수 없던 어둠이 그런 어둠이 그쳤다. 혈관의 피가 잠잠해졌다. 곧 두 눈이 감기는 것이 느껴졌다.

그때 문에 노크 소리가 몇 번 나서 나는 잠에서 깨어났다. 부리나케 침대에서 뛰어내려 부랴부랴 옷을 입었다. 옷은 아직 엊저녁의 비에 젖어 있었다.

"낮 당번 경찰관에게 출두하십시오."

하고 경찰관이 말했다.

그러니까 아직도 작성해야 할 서류가 있다는 말인가! 하고 나는 두려움에 차서 생각했다.

아래층의 큰방으로 들어갔다. 거기에는 30~40명이 앉아 있었는데, 모두가 노숙자였다. 기록부에 적힌 순서대로 한명씩 차례로 불려갔다. 그 각자에게는 식권이 하나씩 주어졌다. 형사는 매번 자기 옆에 있는 경찰관에게 이렇게 말하는 것이었다.

"그 사람도 식권을 가졌나? 저 사람들에게 식권 주는 일을 잊지 말게나. 식사를 꼭 해야 할 필요가 있는 사람들이야."

나는 그 식권들을 바라보았다. 나도 하나 얻고 싶었다.

"안드레아스 탕겐, 기자입니다!"

나는 앞으로 나서서 인사를 했다

"이런! '당신은' 어떻게 여기 계십니까?"

나는 자초지종을 이야기했다. 어제와 똑같은 이야기를 했다. 두 눈을 버젓이 뜨고 눈썹 하나 까딱 않고 거짓말을 했다. 진지하게 거짓말을 했다. 좀 너무 오랫동안 쏘다녔고, 그러다 보니 유감스럽게도 카페에서 열쇠를 잃어버렸고… 그가 웃으며 말했다.

"그렇군요. 그렇게 되셨군요! 잠은 잘 주무셨습니까?"

"장관처럼요. 장관처럼 잘 잤습니다!"

하고 나는 대답했다.

"잘 됐군요! 안녕히 가십시오!"

하고 그는 일어서며 말했다. 그래서 나는 길을 나섰다. 식권을 내게도 식권 하나만 주시오! 음식을 못 먹은 지가 사흘 낮 사흘 밤이 되었습니다. 빵 하나만! 그러나 아무도 내게 식권을 주지 않았다. 나는 감히 하나 달라고 하지를 못했다. 그렇게 했더라면 즉시 의심을 받았을 것이다. 내 개인용품을 뒤지기 시작해서 내가 실제로 누구인지 알아냈을 것이다. 허위 진술죄로 나를 체포했을 것이다. 나는 고개를 들고 백만장자라도 되는 듯이 윗저고리 안쪽을 손으로 움켜잡고 유치장에서 나왔다.

벌써 태양이 뜨겁게 빛나고 있었다.

10시였다. 시장에서는 영 교통이 복잡하기가 이루 말할 데가 없었다. 이 발길을 어디로 향할 것인가? 주머니를 손으로 쓰다듬어서 원고를 더듬어 보았다. 11시가 되면 편집부장을 만나 보아야겠다. 잠시 난간에 기대어서 목전의 삶을 관찰해 보았다. 그러는 동안 옷에서 김이 증발되어 나오기 시작했다. 다시 배고픔이 시작되어 가슴을 갉아먹고 나를 뒤흔들었다. 굶주림이 내게 욱신욱신 쑤시고 쿡쿡 찌르는 통증을 주었다. 내게는 정말로 호소해 볼 만한 친구나 아는 사람이 하나도 없단 말인가? 10외레쯤 얻어낼 만한 적당한 사람을 찾아보려고 기억을 더듬어 보았으나 찾아내지를 못했다. 하지만 날씨가 눈부셨다. 태양이 밝았고 내 주위에는 빛이 찬란했다. 하늘은 리예르 산맥 위로 바다처럼 펼쳐지고 있었다.

나는 어느덧 집으로 가는 길로 접어들고 있었다.

지독하게도 배가 고팠다. 땅바닥에서 대팻밥을 주워 씹어 보았다. 괜찮았다. 왜 진작 이 생각을 못했을까? 문은 열려 있었다. 마부가 평소대로 내게 인사를 했다. 그가 이렇게 말했다.

"날씨가 좋군요!"

"응."

하고 내가 대답했다.

내가 찾아낸 말은 고작 그것뿐이었다. 그에게 1크로네만 빌려달라고 부탁을 할까? 할 수만 있다면 틀림없이 그는 기꺼이 그렇게 해줄 것이다. 게다가 나는 언젠가 그를 위해 편지를 한 장 써준 적이 있었다.

그는 뭔가 할 말이 있는 것처럼 거기 우물쭈물하며 그대로 있었다.

"날씨가 좋군요, 예. 저어, 오늘 방세를 지불해야 하는데요.

제게 5크로네를 빌려 주실 수는 없을까요? 며칠이면 됩니다. 선생님께서는 벌써 전에 저를 도와주신 적이 있지요."

내가 대답했다.

"아니, 그럴 수가 없군, 정말이야, 옌스 올라이. 지금은 안 돼. 조금 후에는 모르겠어, 오늘 오후쯤에는 혹시."

나는 비틀거리며 내 방의 계단을 올라갔다. 거기서 침대에 몸을 던지고 웃어대기 시작했다. 그가 나를 앞지르다니, 이건 기가 막힌 행운이 아닌가! 내 체면은 온전했다. 5크로네라고… 하느님께서 자네를 지켜보실 걸세, 이 친구야! 자네는 나한테 서민 식당의 주식 5주나 아케르의 별장을 부탁할 수도 있었겠군.

그 5크로네를 생각하니 점점 더 웃음이 났다. 나야말로 굉장한 녀석이 아닌가, 응? 5크로네라고! 아! 때도 잘 맞추었군 그래! 나는 갈수록 기분이 좋아졌다. 정신없이 웃어댔다. 푸아! 여기서는 요리 냄새가 많이 나는군! 점심 때 먹을 신선한 커틀릿 냄새가 푸아! 나는 환기를 시키고 그 기분 나쁜 냄새를 쫓아내기 위해 창문을 열었다. 웨이터, 비프스테이크를! 식탁 쪽으로 돌아서서, 글씨를 쓰기 위해 두 무릎으로 지탱해야 하는 이 힘없는 식탁 쪽으로 돌아서서, 나는 깊숙이 허리를 구부리고는 나 자신에게 이렇게 물었다. 한 가지 여쭤보겠습니다. 포도주 한 잔 드시겠습니까? 안 드신다구요? 나는 탕겐, 장관 탕겐입니다. 불행히도 좀 너무 밤늦게 흥청거렸습니다. 대문의 열쇠가….

고삐 풀린 내 생각은 또 다시 엉뚱한 길로 달아났다. 나는 내 말이 조리에 닿지 않는다는 것을 줄곧 의식하고 있었다. 내가 발설하는 말마다 귀에 들려왔고 이해가 되었다. 나는 혼자서 이렇게 중얼거렸다. 이제 또 횡설수설하기 시작하는구나! 하지만 그러지 않을 수가 없었다. 이것은 마치 잠을 이루지 못하면서도 누워 있는 것이라든지, 꿈속에서 말을 하는 것과 같았다. 내 머리는 아프지도 않고 완전히 자유로워져 가벼웠다. 내 영혼에는 구름 한 점 없었다. 나는 어떤 저항도 하지 않고 되는 대로 자신을 내맡기고 있었다.

"들어오세요! 자아, 들어오시라니까요! 보시다시피, 모든 것이 루비로 되어 있습니다. 일라얄리, 일라얄리! 붉고 솜털로 뒤덮인 비단 의자입니다! 당신은 숨을 거칠게도 쉬는군요! 키스를, 내 사랑하는 사람이여, 더, 더! 당신의 두 팔은 마치 용연향과 같고, 당신의 입술은 불붙는 듯 뜨겁군요.

웨이터, 내가 비프스테이크를 가져오라고 말했을 텐데…"

햇빛이 창문을 통해 들어왔다. 아래층에서는 말들이 귀리를 씹는 소리가 들려왔다. 나는 어린애처럼 마음이 즐거워져서 대팻밥을 씹었다. 나는 원고를 자꾸 더듬곤 했다. 원고는 생각조차 하지 않았지만, 본능이 원고의 존재를 자꾸 일깨워 주었고, 피가 그것을 상기시켜 주곤 했다. 나는 그것을 주머니에서 끄집어내었다.

젖어 있었다. 그것을 펼쳐서 햇빛에 널어놓았다. 그리고 나서 방안을 이리저리 거닐기 시작했다. 참으로 사람을 의기소침하게 만드는 분위기였다. 주위에는 온통 마룻바닥 위에 조그만 양철 부스러기가 있었지만, 앉을 의자 하나 없었고 헐벗은 벽에는 못 하나도 없었다. 모든 것을 다 털어먹었고 전당포에 갖다 줄 것도 아무것도 없었다. 책상 위에 두터운 먼지로 뒤덮인 종이 몇 장이 내가 가진 전 재산이었다. 침대 위의 초록색 낡은 담요를 몇 달 전에 내게 빌려준 사람은 한스 파울리였다. 한스 파울리! 나는 손가락을 꺾어 뚝 뚝 소리를 냈다. 한스 파울리 페테르센이 나를 도와줄 것이다. 그의 주소를 기억해 내려고 애써보았다. 어떻게 한스 파울리를 잊어버릴 수 있었을까? 즉시 자기에게 호소하지 않았다고 그는 틀림없이 기분이 상해할 것이다. 나는 급히 모자를 쓰고 원고를 집어 들고 부랴부랴 계단을 내려갔다. 마구간에 대고 이렇게 소리 질렀다.

"여보게, 옌스 올라이. 오늘 오후쯤에 자네에게 틀림없이 뭔가 해줄 수 있을 것 같아!"

시청에 당도하니 11시가 넘어 있었다. 당장에 편집실로 가보기로 결심했다. 사무실 문 앞에서, 나는 페이지가 순서대로 정돈되어 있는지 원고를 확인해 보기 위해 걸음을 멈추었다. 조심스럽게 읽어보고 주머니에 도로 넣고는 노크를 했다. 심장이 뛰는 소리를 들으며 안으로 들어섰다.

'가위'가 여느 때처럼 자기 자리에 있었다. 나는 조심스럽게 편집부장이 있느냐고 물었다. 대답이 없었다. 사내는 커다란 가위로 무장을 하고서 여러 지방 신문에 나온 조그만 뉴스들을 살펴보고 있었다.

나는 질문을 반복하고 안으로 들어갔다. 마침내 '가위'가 눈도 들지 않고 말했다.

"편집부장님은 아직 안 오셨습니다."

"언제 오십니까?"

"말씀드릴 수가 없군요. 전혀 모르겠습니다."

"사무실은 몇 시까지 열려 있습니까?"

대답이 없었으므로 나는 물러서지 않을 수 없었다. 그러는 동안 내내 '가위'는 내게 한 번도 시선을 돌리지 않았다. 그는 분명히 내 목소리를 들었고, 그래서 나라는 것을 알아보았다. 너는 여기서 단단히 잘못 보았구나, 하고 나는 생각했다. 대답조차 해주지 않는군. 혹시 편집부장의 명령일지도 모른다! 하기야 저 굉장한 10크로네짜리 기사가 받아들여지고 난 후, 나는 내 작업결과를 그에게 쏟아 붓다시피 했다. 거의 매일같이 그의 사무실을 드나들며 쓸모도 없는 것들을 갖다 주었다. 그는 처음부터 끝까지 읽었겠지만, 내게 그것들을 되돌려주었다. 그는 아마 이런 짓에 끝장을 낼 조처를 취하고 싶었는지도 모른다. 나는 호만스비엔 변두리로 발길을 돌렸다.

한스 파울리 페테르센은 시골 출신 대학생이었다. 그는 5층짜리 건물의 고미 다락방에서 살고 있었다. 한스 파울리 페테르센도 가난했다. 하지만 그에게 1크로네가 있다면, 내게 거절하지는 않을 사람이다. 내게 줄 것이다. 그것은 이미 내 손안에 들어 있는 것만큼이나 확실했다. 길 가는 동안 내내 그

1크로네 때문에 나는 즐거웠다. 그 돈을 갖게 되리라고 확신했다.

대문에 도착했다. 문이 닫혀 있었다. 벨을 눌러야 했다.

"페테르센 씨를 만나러 왔습니다. 그 사람 방은 어딘지 압니다."

나는 들어가는 시늉을 하며 이렇게 말했다. 식모가 말했다.

"페테르센 씨라구요, 대학생 말씀이세요? 고미 다락방에 사시던 분 말씀입니까? 이사 가셨어요."

어디로 갔는지는 모르나, 편지가 오면 세관원 거리의 페르만센 집으로 돌려 보내달라고 부탁했다면서, 식모는 번지수를 알려 주었다.

믿음과 희망으로 가득 차서, 나는 세관원 거리를 내내 뒤지며 한스 파울리가 사는 집의 주소를 물어보았다. 그것이 내 마지막 수단이었다. 그것을 놓쳐서는 안 되었다. 도중에 새로 짓는 집 앞을 지나갔다. 인도 위에 목수 두 명이 대패질을 하느라고 바빴다. 나는 대팻밥 더미에서 윤기 나는 대팻밥 두 개를 집어서 하나는 입 속에 넣고 다른 하나는 나중을 위해 주머니 속에 간직해 두었다. 그리고 길을 계속 걸었다. 배가 고파서 신음이 나왔다. 어느 빵집에서 진열되어 있는 어마어마하게 큰 10외레짜리 빵을 하나 보았다. 그 값으로 살 수 있는 것으로는 가장 큰 빵이었다.

"대학생인 페테르센 씨의 주소를 알고 싶습니다만."

"베른트 아제르 거리 10번지, 고미 다락방입니다."

그대로 갈 것인가? 그렇다면 그에게 온 편지들을 갖다주면 고마워할 것이다.

나는 올 때 거쳐 왔던 그 길을 통해 시내로 거슬러 올라갔다. 다시 목수들 앞을 지나갔다. 이제 그들은 무릎 위에 도시락을 놓고 앉아 서민식당의 따뜻하고 맛있는 점심밥을 먹고 있었다. 다시 빵집 앞을 지나가는데, 거기에는 여전히 그 빵이 제자리에 놓여 있었다. 나는 허기져서 초주검이 된 채로 마침내 베른트 아케르 거리에 도착했다. 문은 열려 있었다. 고미 다락방까지 힘든 계단 모두를 기어 올라가야만 했다. 들어서자마자 한스 파울리를 기분 좋게 해주기 위해 주머니에서 편지를 꺼냈다. 그는 틀림없이 내가 내미는 손을 거절하지 않을 것이다. 내 사정을 설명하면, 틀림없다, 한스 파울리는 마음씨가 너그럽다, 나는 언제나 그렇게 생각해 왔다.

그런데 문에 이렇게 메모가 붙어 있었다. <H.P. 페테르센, 신학 대학생… 시골로 떠남.>

나는 그 자리에 털썩 주저앉아 버렸다. 무거운 피로감 속에, 온몸이 마비된 듯이 마룻바닥에 그대로 앉았다. 여러 번 기계처럼 이렇게 뇌까렸다. '시골로 떠남! 시골로 떠남!'

그리고 나서 말없이 있었다. 눈물이 한 방울도 나지 않았다. 아무런 생각도 아무런 느낌도 없었다. 두 눈을 커다랗게 뜬 채 나는 편지를 뚫어져라 바라보며 아무 것도 할 엄두를 못 내고 그렇게 있었다.

10분이 지났다. 어쩌면 20분일지도 몰랐다. 그 이상일지도.

나는 손가락 하나 까딱 않고 같은 자리에 여전히 앉아 있었다. 이 서글픈 마비 상태는 거의 수면 상태와 비슷했다. 계단에서 누군가가 올라오는 소리가 들렸다. 나는 일어나서 이렇게 말했다.

"대학생 페테르센 씨 말입니다… 그에게 온 편지입니다."

여자가 대답했다.

"그 사람은 가족을 만나러 갔어요. 하지만 방학이 끝나면 돌아올 거예요. 원하신다면 제가 편지를 맡아두지요."

"예, 고맙습니다, 잘 됐군요. 그러면 돌아오는 대로 편지를 받아볼 수 있겠지요. 그 속에 중요한 것이 있을지도 모르니까요. 안녕히 계십시오."

일단 나와서 걸음을 멈추었다. 길 한복판에서, 두 주먹을 쥐고서 큰 소리로 이렇게 외쳤다. '한 가지 말해두지만, 하느님. 당신은 참 이상도 하시군요!' 화가 나서 이를 악물고 구름을 향해 고개를 흔들었다. '나는 악마에게 휩쓸려 가고 있습니다. 당신은 이상도 하시군요!'

몇 걸음 걷다가 다시 걸음을 멈추었다. 그리고는 불쑥 태도를 바꾸었다. 두 손을 모으고 옆으로 고개를 기울이고서, 부드럽고 매끄러운 목소리로 이렇게 물었다. '그런데, 너는 하느님께 호소를 해보았느냐, 애야?'

어조가 어울리지 않았다.

큰 소리로 우레처럼 큰 소리로 하느님이라고 해보란 말야! 이렇게! '하지만 애야, 넌 하느님께 구원을 빌어본 적이 있느

나?' 그리고서 고개를 숙이고서 슬픈 목소리로 '아니오.'라고 대답했다.'

이번에도 어조는 어울리지 않았다.

그러니까 너는 위선자 노릇도 할 수 없어, 미친 녀석아. 이렇게 말해야 된단 말야. '예. 나는 하느님 아버지께 구원을 빌어 보았습니다!' 그리고 이제껏 들어본 것 중 가장 불쌍한 어조로 말을 해야 해. 자, 해봐! 그래, 좀 낫군. 한숨을 내쉬어야 해. 복통이 난 망아지처럼 탄식을 해야 한단 말야. 그렇게 말야!

걸으면서 내내 자신에게 훈계를 했다. 잘 안 될 때면 발로 초조하게 바닥을 찼다. 내 자신에게 얼간이라고 욕했다. 지나가는 사람들이 놀라서 뒤로 돌아서 나를 쳐다보았다.

나는 쉬지 않고 대팻밥을 씹으며, 거리를 비틀거리며 될 수 있는 한 빨리 걸었다. 나도 모르는 사이에 역전 광장에 와 있었다. 구세주 성당의 벽시계가 1시 30분을 가리키고 있었다. 잠시 걸음을 멈추고 생각을 해보기 시작했다. 피로의 땀이 얼굴에 방울방울 눈으로 흘러내렸다. '부두로 가서 한 바퀴 돌자!'하고 생각했다. '물론, 시간이 있다면 말이야!' 나는 한바탕 큰절을 하고 철도가 있는 부두로 내려갔다.

거기에는 선박들이 있었다. 바다는 태양 아래서 물결치고 있었다. 사방에서 움직이고 활동하는 모습, 뱃고동 소리, 어깨에 상자들을 걸머진 하역 인부들, 거룻배를 끄는 사람들의 즐거운 노랫소리. 내 옆에는 과자 장수가 앉아 있었다. 그녀의 갈색 코는 상품 쪽으로 처박혀 있었다. 그녀의 앞에 있는 작은 탁자는 다리가 휘어질 듯이 맛있는 것들로 들어차 있었다. 나는 비위가 거슬려서 고개를 돌렸다. 그 탁자가 음식 냄새로 온 부두를 가득 채우고 있었다. 푸아! 창문을 열어야 하겠군요! 나는 옆에 앉아 있는 신사에게 말을 걸고, 아주 다급하게 그 월권행위를 지적했다. 여기도 과자 장수, 저기도 과자 장수… 그렇지 않습니까? 이런 일은… 하지만 신사는 의혹을 품고, 내게 말을 미처 끝마칠 시간도 남겨주지 않았다. 그는 일어나서 가버렸다. 나도 역시 일어나서, 그 사나이가 자기 잘못을 깨닫도록 해주기로 단단히 결심하고 그를 뒤쫓아 갔다.

나는 그의 어깨에 손을 얹으면서 이렇게 말했다.

"위생의 측면에서 보더라도…."

"실례지만, 나는 이방인입니다. 위생 규칙 같은 것은 아무것도 모릅니다."

하고 그는 겁이 난 듯 나를 뚫어져라 쳐다보며 말했다.

"아! 좋습니다. 이방인이시라면 주제를 바꾸지요…… 좀 도와드릴까요? 시내 구경을 시켜드리면 어떨까요? 제게는 즐거운 일이 될 테고, 선생께는 한 푼도 들지 않을 테니……."

그러나 사내는 무슨 일이 있어도 나를 떼어버리고 싶어 했다. 성큼성큼 거리를 가로지르더니 반대편 인도로 건너가 버렸다.

나는 벤치로 돌아와 앉았다. 마음이 매우 심란했다. 좀 멀리서 연주되기 시작한 바르바리 오르간 소리가 흥분 상태를 더욱 악화시켰다. 뻣뻣한 금속성의 음악으로서 베버의 일절이었는데, 그 곡조에 맞추어 어떤 여자 아이가 멜랑콜리한 애가(哀歌)를 노래하고 있었다. 그 오르간은 애절한 플루트 소리를 냈다. 그 소리는 내 오장을 파고들었다. 온 신경이 메아리치듯이 한꺼번에 떨리기 시작했다. 머지않아 나는 신음을 하고 베버의 곡조를 읊조리며 벤치 위에 쓰러져 버렸다. 사람이 배가 고프다 보면 감각에 별 이상한 현상이 다 일어나는 법이다! 나는 그 음악에 완전히 빠져버리고 녹아버리고 동화되어 버린 것을 느꼈다. 내 자신이 강물처럼 흘러 산꼭대기에 떠돌며, 별이 반짝이는 하늘에서 춤을 추었다. 그 여자 아이가 양철 그릇을 내밀며 말했다.

"1외레만 주세요! 1외레만!"

"그래."

나는 나도 모르게 그렇게 대답하고 벌떡 일어나 주머니 속을 뒤졌다. 하지만 아이는 내가 그저 장난을 치는 줄로 알고서 아무 말도 하지 않고 곧 가버리는 것이었다. 그 말없는 체념은 내게 너무 가혹했다. 그 아이가 내게 욕설을 퍼부었더라면 차라리 더 나았을 것이다. 통증이 내 폐부를 찔렀다. 나는 그 여자 아이를 다시 불러서 이렇게 말했다.

"1외레도 없지만, 나중을 위해 널 기억해 두마, 내일쯤. 이름이 뭐니? 아! 예쁜 이름이구나. 잊지 않으마. 그럼 내일 만나자."

그러나 그 아이가 아무 말도 하지는 않았지만, 나는 그녀가 내 말을 믿지 않는다는 것을 깨달았다. 길거리의 부랑아조차

날 믿으려 하지 않다니, 나는 절망감에 울었다. 다시 한번 그 아이를 불러서, 조끼를 벗어주려고 윗저고리를 얼른 벗었다. 그리고 이렇게 말했다.

"대신 다른 것을 주마. 잠시 기다려 봐."

그러나 내게는 조끼가 없었다.

내가 어떻게 조끼를 찾을 수 있었을까? 조끼는 이제 내 것이 아닌 지 여러 주일이 되었다. 대체 나에게 어떤 귀신이 씐 것인가? 여자 아이는 놀라서 더 이상 기다리지 않고 서둘러서 달아나 버렸다. 그래서 나는 그 아이가 가버리도록 내버려두어야만 했다. 사람들이 주위로 모여들어 막 웃어댔다. 경찰관이 군중의 틈 사이로 내게 다가와 무슨 일이냐고 물었다. 내가 대답했다.

"아무 일도 아닙니다. 아무 일도! 난 그저 저기 저 꼬마 아이에게 내 조끼를 주려고 했을 뿐입니다. 아버지에게 드리라고… 그런 일로 웃을 필요는 없어요. 난 집에 돌아가서 다른 조끼를 입으면 되니까요."

경찰관이 말했다.

"길거리에서 이상한 짓은 하지 마시오! 자, 어서 가시오!"

그러면서 그는 내 어깨를 밀고는 이렇게 외쳤다.

"이 종이는 당신 거요?"

"아! 이런, 그렇습니다. 신문사에 낼 기사입니다. 굉장히 중요한 글들입니다. 이렇게 경솔해서야 원…."

나는 원고를 받아들고 종이가 순서대로 되어 있는지 확인했다. 잠시도 걸음을 멈추지 않고 주위를 쳐다보지도 않고서 편집실로 갔다. 구세주 성당의 벽시계를 보니 4시였다.

사무실은 닫혀 있었다. 나는 도둑놈처럼 겁을 먹고 계단 아래로 미끄러지듯 내려가서, 문을 지나서 우물쭈물 걸음을 멈추었다. 이제 어떻게 한다? 벽에 기대고 두 눈을 길바닥에 고정시키고 생각해 보았다. 옷핀 하나가 발 밑 땅바닥에서 빛났다. 몸을 숙여 그것을 주웠다. 내 윗저고리의 단추를 뜯어내서 주면 혹시라도 무얼 얻을 수 있을까? 어쩌면 아무 소용도 없을지 모른다. 단추는 어쨌거나 단추에 지나지 않는다. 하지만 나는 단추를 잡고서 요모조모로 살펴보았다. 그럭저럭 새것 같아 보였다. 괜찮은 생각이었다. 반쪽 난 주머니칼로 단추를 떼어서 전당포로 가져갈 수 있겠다. 그 다섯 개의 단추를 팔 수 있겠다는 희망에 나는 곧 용기를 얻었다. 나는 이렇게 말했다. '그것 봐, 모든 게 잘 되어가잖아!' 그리고는 용기백배하여 당장에 단추를 하나씩 뜯어내기 시작했다. 그러는 동안 속으로 이렇게 중얼거렸다.

그렇습니다. 보시다시피, 좀 궁하게 되어서 잠시 난처해졌습니다… 단추가 닳았다구요? 무슨 말씀을. 나보다 더 단추를 단정하게 쓰는 사람이 있다면 누군지 만나보고 싶군요.

나는 언제나 단추를 잠그지 않고 윗저고리를 입고 다닌답니다. 그건 내게 있어서 하나의 습관이며, 하나의 특징이지요.

아니, 아닙니다. 당신이 원하지 않는다면, 괜찮습니다. 하지만 단추를 갖고 싶으시다면 적어도 10외레는 주셔야 합니다.

그런데 맙소사, 대체 왜 그러시는 겁니까? 입 다물고 나를 좀 가만히 내버려 두세요. 물론입니다, 얼마든지 가서 경찰을 부르십시오. 경찰관을 불러오시는 동안 난 여기서 기다리겠습니다. 아무것도 훔쳐가지 않겠습니다. 좋습니다, 안녕히 계십시오, 안녕히! 내 이름은 탕겐입니다. 좀 너무 밤늦게 쏘다녔더니….

누군가가 계단을 내려왔다. 불현듯 나는 현실로 돌아왔다. 그가 '가위'임을 알아보고서 얼른 주머니에 단추를 쑤셔 넣었다. 그는 내 인사에 답례도 하지 않고 곧장 지나가려고 했다. 그는 갑자기 손톱을 쳐다보며 정신을 팔았다. 나는 그를 불러 세우고 편집부장이 지금 있느냐고 물었다.

"안 계십니다."

"거짓말 마시오!"

나는 이렇게 말하고 나 자신도 놀랄 만큼 체면 불구하고 이렇게 말을 계속했다.

"그분한테 꼭 드릴 말씀이 있어요. 긴급한 일입니다. 내각 총리실에서 나온 정보를 전해드릴 수 있다구요."

"그렇다면 저한테 말씀해주실 수는 없습니까?"

"당신한테요?"

이렇게 말하면서 나는 잠시 경멸스럽다는 눈초리로 그를 아래위로 훑어보았다.

효과가 나타났다. 그는 즉시 나와 함께 도로 올라가서 문을 열어주었다. 나는 가슴이 조여드는 것 같았다. 용기를 내기 위해 이를 꽉 다물고서 노크를 하고 편집부장의 개인 사무실로 들어갔다.

"안녕하십니까! 아, 선생님이시군요? 앉으십시오."

하고 그는 싹싹하게 말했다. 그가 내게 나가라고 당장 문을 가리켰더라면 차라리 괜찮았을 것이다. 나는 울음이 터져 나올 것만 같아서 이렇게 말했다.

"죄송합니다…."

"앉으십시오."

하고 그는 되풀이해 말했다.

나는 앉아서 신문에 꼭 내고 싶은 새 기사를 가져왔다고 설명했다. 굉장히 힘들여 썼으며 많이 노력을 기울인 글이라고 했다. 그는 그것을 집어 들며 말했다.

"읽어 보겠습니다. 아마 선생께서 쓰시는 글은 전부 노력을 많이 기울이신 것이겠지요. 하지만 선생의 글은 너무 어조가 격합니다. 좀 더 침착하게 써주시면 좋을 텐데요! 언제나 열기가 지나치게 많습니다. 어쨌거나 읽어보겠습니다."

그리고서 그는 테이블 쪽으로 돌아앉았다.

나는 여전히 조마조마하게 기다리고 있었다. 그에게 1크로네만 빌려 달라고 해볼까? 왜 글 속에는 언제나 너무 열기가 많은지 설명을 할까? 틀림없이 그는 나를 도와줄 것이다. 이번이 처음은 아니다.

나는 일어섰다. 흠! 하지만 지난번에 만났을 때 그는 돈 문제로 나를 걱정해주었다. 수금하는 아이를 보내어 나를 위해 좀 모아오라고, 대금을 수령해오라고 하기까지 했다. 오늘도 같은 일이 일어날지 모른다. 아니다, 그렇게 되지는 않을 것이다. 그가 일하고 있는 것이 보이지 않는가? 그가 물었다.

"다른 하실 말씀이 있습니까?"

나는 목소리를 굳히며 말했다.

"아니오. 결과를 알려면 언제 오면 되겠습니까?"

"오! 언제든지, 지나시는 길에 들르십시오. 이틀 후라든지요, 가령."

하고 그가 대답했다.

나는 목구멍까지 올라온 부탁을 입 밖에 낼 수가 없었다. 내게 대한 그 남자의 친절은 끝이 없는 것 같았다. 나는 괜찮은 사람이라는 것을 이번에는 내가 보여줄 차례였다. 차라리 굶어 죽을지언정. 그래서 나는 자리에서 일어났다.

일단 밖으로 나와서 다시금 배고픔에 시달리게 되었어도, 나는 그 1크로네를 부탁하지 않고 사무실을 나온 일을 조금도 후회하지 않았다. 주머니에서 두 번째 대팻밥을 꺼내어 입 속에 넣었다. 다시 기분이 가라앉았다. 왜 진작 이렇게 하지 않았을까? 나는 큰 소리로 말했다. '너는 부끄럽지도 않은가! 정말로 그 사람에게 1크로네를 부탁해서 그를 다시 한 번 난처하게 만들 생각이었나?' 나는 자신이게 지극히 가혹해져서 잠시 떠올렸던 뻔뻔한 생각에 대해 자신을 힐난했다. '그렇고말고, 그거야말로 내가 아는 가장 천박한 짓이야! 그저 비루한 개 같은 네게 1크로네가 필요하다고 해서, 사람을 못살게 굴고 거의 그 사람의 눈알을 뽑아내려 하다니! 자, 걸어라! 더 빨리! 더 빨리! 게으름뱅이 같으니! 내가 버릇을 가르쳐주지!' 나는 자신을 벌하기 위해 달리기 시작했다. 골목을 이리저리 뛰어다니며, 미친 듯이 분노의 소리를 지르며, 발길이 멈추어지려 하면 노기에 차서 마음속으로 자신에게 욕설을 퍼부었다. 그러는 동안, 버드나무 거리 끝에 다다라 있었다. 마침내 더 이상은 달릴 수 없어서, 분노로 눈물이 쏟아질 것만 같아서야 발길을 멈추었다. 온몸이 떨렸다. 계단 앞에 털썩 쓰러져버렸다. 정지! 하고 나는 말했다. 그리고 나 자신을 좀 더 괴롭히기 위해 도로 일어나서 억지로 서 있었다. 그리고 스스로를 비웃고 기진맥진한 나 자신을 보며 즐거워했다. 결국 한참이 지난 후에, 나는 고개를 끄덕여서 자리에 앉으라고 자신에게 허락을 내렸다. 하지만 계단에서 가장 불편한 자리를 골라 앉았다.

아아, 휴식을 취한다는 것은 얼마나 좋은 일인가? 나는 얼굴의 땀을 닦아내고, 크게 신선한 공기를 들이마셨다. 많이도 달렸다! 하지만 후회는 않는다. 충분히 그럴 만했다. 대체 무슨 귀신이 씌어서 그 1크로네를 부탁하려고 했느냐? 이제 그 결과가 어떤지 봐라! 나는 다시 내 자신에게 부드럽게 말하기 시작했다. 마치 어머니가 하듯이 스스로에게 꾸중을 하기 시작했다. 나는 갈수록 감동이 되어서, 피곤하고 지쳐서 울기 시작했다. 깊고 말 없는 슬픔이, 눈물 없는 내부의 흐느낌이 터졌다.

나는 15분을 아니 그 이상을 그 자리에 그러고 있었다. 사람들이 오고 갔지만, 아무도 나를 방해하지는 않았다. 꼬마 아이들이 내 주위 여기저기서 놀고 있었고, 새들이 거리 저편의 나무에서 지저귀었다.

　경찰관이 와서 말했다.

　"왜 거기 앉아 있는 거요?"

　"왜 여기 앉아 있는 거냐구요? 그러고 싶으니까요."

　"당신을 지켜보고 있은 지가 30분이 되었고, 당신이 거기 앉아 있은 지가 30분이 되었단 말이오."

　"그쯤 되었을 겁니다. 내게 다른 할 말이 있나요?"

　나는 화가 나서 일어나 자리를 떴다.

　시장에 와서 걸음을 멈추고 포도를 바라보았다. 그러고 싶으니까요. 그것도 대답이라고 했는가? 넌 울먹이는 목소리로 '피곤해서요.'라고 말했어야 했어. 참으로 얼간이로구나. 넌 절대로 위선자 노릇은 배우지 못할 거야. 허기져서요! 하며 넌 망아지처럼 숨을 내쉬었어야 했어.

　소방서까지 왔을 때, 문득 새로운 생각이 떠올라서 다시 걸음을 멈췄다. 나는 손가락을 꺾으면서 웃음을 터뜨렸다. 지나가던 사람들이 놀라서 쳐다보았다. 나는 이렇게 말했다. 이제 넌 레비손 목사님께 가봐야 해. 그렇고말고! 그래, 그리로 가라. 그저 한 번 그렇게 해보는 거야. 손해 볼 게 뭐 있어? 날씨도 이렇게 좋잖아.

　나는 파샤 서점으로 들어가서 명부에서 래비손 목사의 주소를 찾고는 그리로 갔다. 이번에는 진지해야 해! 바보 같은 짓은 하지 말아! 양심이라고? 유치한 짓은 말아. 양심을 간직하기에는 너는 너무 가난해. 배가 고프잖아. 넌 중요한 일 때문에 온 거야. 먼저 급한 일부터 해결하는 거야. 어깨로 고개를 기울이고서 말에다 불쌍한 어조를 섞고 음률을 깃들여야 해. 싫단 말이야? 그렇다면 널 포기하겠어. 한 발자국도 더는 안 가겠어. 내 말을 명심하라구. 그래. 넌 굉장히 상태가 불안해. 밤이면 암흑의 힘에 사로잡히고 있단 말야. 넌 말 없는 거대한 괴물들과 끔찍한 싸움을 벌이고 있어. 무서운 일이야! 넌 배가 고프고 목이 말라. 우유와 포도주가 필요한데 네게는 없어. 너는 지금 그 꼴이 되어 있단 말이야. 네겐 입에 램프를 끌 침도 없는 지경이야. 하지만 넌 신의 은총을 믿지. 천만 다행으로, 넌 아직 신앙을 잃지 않았어! 그래서 너는 두 손을 모으고, 귀신들린 사람처럼 신의 은총을 믿는단 말이야. 너는 온갖 형태의 맘몬(역주:시리아의 황금의 신)을 증오해. 나는 목사의 사택 문 앞에서, 걸음을 멈추었다. 거기에는 이렇게 씌어 있었다. <사무실은 낮 12시부터 오후 4시까지 열림.>

 어리석은 짓은 말아! 하고 중얼거렸다. 이제 심각해지는 거야! 자, 고개를 기울여, 조금 더… 그리고 나는 그 사택의 벨을 눌렀다. 나온 식모에게 이렇게 말했다.

 "목사님을 만나 뵙고 싶습니다."

 그러나 내 입에서는 하느님이라는 말이 나오지가 않았다.

 "외출하셨는데요."

라고 그녀가 대답했다.

외출이라! 외출했다고! 그 말 한 마디로 내 모든 계획은 뒤집히고 말았다. 말하려고 생각해 놓았던 모든 것이 완전히 뒤죽박죽이 되고 말았다. 그러면 이렇게 먼 길을 달려온 것이 다 무슨 소용인가? 내가 너무 일찍 온 것이다.

"특별한 일인가요?"

하고 식모가 물었다. 내가 대답했다.

"전혀! 전혀 그렇지 않습니다! 날씨가 하도 좋아서요. 인사나 드리려고 왔습니다."

우리는 그렇게 마주보고 있었다. 나는 의도적으로 가슴을 부풀려서 어깨 위로 틈이 벌어진 윗저고리에 그녀의 주의를 끌려고 했다. 내가 왜 왔는지 보라고 눈으로 간청했다. 하지만 식모는 아무것도 알아차리지 못했다.

"예. 날씨가 좋습니다. 사모님께서도 댁에 안 계신가요?"

"아니오. 하지만 류머티즘을 앓고 계세요. 움직이지 못하시고 긴 의자에 누워 계십니다… 뭐, 전하실 말씀이라도 있으신가요?"

"아니, 없습니다. 가끔 그냥 운동 좀 하느라고 산책을 하곤 합니다. 점심식사 후에는 건강에 아주 좋거든요."

나는 다시 길을 떠났다. 이런 대화를 연장해서 무슨 소용이 있는가? 게다가 다시 현기증이 나기 시작했다. 틀림없었다. 나는 정말로 쓰러지기 직전이었다. <사무실은 낮 12시부터 오후 4시까지 열림.> 나는 1시간 늦게 노크를 했다. 은총의 순간은 지나갔다!

큰 시장 광장에서, 교회 근처의 어느 벤치에 앉았다. 아아! 미래가 깜깜해 보이기 시작했다. 나는 울지 않았다. 울기에는 너무 지쳐 있었다. 괴로운 나머지 움직이지도 않고 굶주린 채로 아무것도 할 생각을 못하고 그렇게 있었다. 무엇보다도 가슴이 불이 타는 듯이 아팠다. 끔찍하게 화상을 입은 느낌이었다. 대팻밥을 씹어보아도 이제는 아무런 소용이 없을 것이다. 내 턱은 이런 보람 없는 운동으로 지쳐 있었다. 턱이 쉬도록 내버려 두었다. 나는 자포자기하고 말았다. 게다가 땅바닥에서 주워서 당장에 갉아먹기 시작한, 벌써 갈색으로 바랜 오렌지 껍질 조각 때문에 구역질이 났다. 몸이 불편했다. 손목의 혈관이 파랗게 부풀어 있었다.

사실을 고백하는 데에 나는 왜 많은 시간을 잃고 있었을까? 무엇하러 목숨을 몇 시간 더 부지하려고 1크로네를 찾아서 이리저리로 하루 온종일 달렸단 말인가? 닥치고야 말 일이 하루 일찍 찾아오든 하루 늦게 찾아오든 사실 상관없지 않은가?

상식 있는 사람으로 행동하자면, 나는 오래 전에 집으로 돌아가 자리에 누워서 포기를 하고 있었어야 했다. 당분간은 머리가 맑다. 나는 곧 죽을 것이다. 지금은 가을이다. 모든 것이 마비 상태에 놓여 있다. 나는 모든 방법을 다 해보았고 내가 아는 온갖 구원책을 다 써보았다. 머릿속으로 줄곧 생각을 했었다. 그러나 살아날 수 있다는 희망이 다시 생겨날 때마다, 이렇게 생각하며 희망을 외면해 왔다. 미친 녀석 같으니! 넌 이미 죽기 시작했어! 편지를 몇 장 쓰고, 모든 것을 정돈해 두고, 준비를 하고 있어야 해. 정성들여 목욕을 하고 침대를 예쁘게 해놓아야지. 백지 몇 장 위에 머리를 얹어 놓으리라… 그것이 내게 남은 것 중에서 가장 깨끗한 것이니까… 초록색 담요는….

초록색 담요! 그 생각을 하니, 정신이 번쩍 들었다. 머리로 피가 올라왔고 가슴이 막 뛰었다. 벤치에서 일어나 걷기 시작했다. 다시 삶이 온몸에서 요동을 쳤다. 나는 그저 이 말만 자꾸자꾸 되풀이했다. 초록색 담요! 초록색 담요! 마치 무엇인가를 따라잡으려는 듯이 점점 더 빨리 걸었다. 잠시 후에는 집에, 즉 땜장이의 작업장에 와 있었다.

잠시도 걸음을 멈추지 않고, 결심을 굽히지 않고, 나는 침대로 곧장 가서 한스 파울리의 담요를 둘둘 말기 시작했다. 요행히 떠오른 생각이 나를 살려내지 못한다면 말도 안 된다. 어리석은 양심이 내 마음속에 솟구쳐 올랐지만, 너끈히 그것을 짓눌러버렸다. 양심 따위에게 나는 작별 인사를 했다.

나는 성인군자도 아니었고, 미덕만으로 가득한 바보도 아니었다. 나는 이성이 온전한 사람이었다.

겨드랑이에 담요를 끼고서 스테네르 거리 5번지로 내려갔다.

노크를 하고 생전 처음으로 모르는 커다란 방으로 들어갔다. 머리 위의 초인종에서 불협화음이 났다. 남자가 옆방에서 나왔다. 그는 먹을 것을 입안 가득히 넣고서 우물우물 씹으면서 카운터 앞에 섰다. 내가 말했다.

"저! 안경을 맡길 테니 반 크로네만 빌려주시겠습니까? 며칠 후에 틀림없이 찾아가겠습니다."

"그래요? 하지만 이건 쇠테 안경이 아니오?"

"그렇습니다."

"아니, 안 돼요."

"예, 물론 안 되시겠지요. 사실, 그저 농담했을 뿐입니다. 사실은 오래 전부터 쓰지 않는 담요가 하나 있는데요, 처분하실 수 없을까 하는 생각이 들어서요."

"안 됐지만 담요가 산더미처럼 쌓여 있어요."

그는 이렇게 대답하고, 내가 담요를 펼쳐 보이자 힐끗 쳐다보더니 이렇게 소리 질렀다.

"아니, 미안하지만, 안 돼요. 쓸모가 없소!"

내가 말했다.

"먼저 제일 안 좋은 쪽을 보여드린 겁니다. 다른 쪽은 훨씬 나아요."

"아! 아무래도 좋소, 싫어요. 10외레도 줄 수 없소. 절대로!"

내가 말했다.

"예. 담요가 별 가치 없다는 것은 분명한 사실입니다. 하지만 경매장에서 낡은 담요를 또 하나 사서 이것 하고 같이 침대를 만들 수 있을 겁니다."

"안 돼요, 소용없는 짓이오."

"25외레만 주십시오."

하고 내가 말했다.

"아니, 무슨 일이 있어도 싫소. 이보시오, 우리 집에 이런 물건은 싫단 말이오."

나는 다시 겨드랑이에 담요를 끼고서 집으로 돌아왔다.

내 자신에게는 마치 아무 일도 없었던 듯이 했다. 침대 위에 도로 담요를 펼쳐놓고, 평소에 하던 대로 담요의 주름을 폈다. 방금 한 짓의 흔적을 모두 없애려고 애썼다. 이럴 수가 없었다. 이런 비천한 짓거리를 저지르려고 결심했을 때 나는 내 정신이 아니었다. 생각할수록 그건 있을 수 없는 일로 보였다. 정신이 쇠약해진 나머지, 자신이 빈털터리로 여겨져 말하자면 기력이 해이해진 것이었다. 하지만 나는 덫에 걸리지 않았다. 나쁜 길로 접어들고 있음을 깨달았다. 처음에는 안경을 담보로 맡기려고 해보았다. 내 인생의 마지막 몇 시간을 더럽히고 말았을 그 잘못을 끝까지 밀고 나갈 기회를 갖지 않게 된 것이 매우 기뻤다.

다시 시내로 돌아갔다.

다시 구세주 성당 근처의 벤치에 앉아, 턱을 가슴에 묻고 마음을 가라앉혔다. 방금 초흥분 상태를 겪고 나니, 지치고 아프고 배고파서 신경이 마비되었다. 시간이 지나갔다.

그러고도 한 시간은 넉넉히 거기 그러고 있었다. 내 방 안보다 바깥이 더 밝았다. 게다가 바깥 공기 속에서는 가슴 뛰는 것이 고통스럽지 않은 것 같았다. 그리고서 일찍 돌아가리라.

졸면서 생각을 했다. 몹시 잔인하게도 통증이 느껴졌다. 나는 조그만 돌 하나를 주워들고 닦아서, 뭔가 씹을 것을 갖기 위해 입 속에 넣었다. 그것을 제외하고는 조금도 움직이지 않았다. 눈도 깜빡이지 않았다. 사람들이 오갔다. 마차 소리, 말발굽 소리와 사람들의 말소리가 공기를 채우고 있었다.

단추를 팔아볼 수도 있으리라. 물론 아무 소용도 없을 것이다. 게다가 나는 상당히 몸이 불편했다. 하지만 생각을 해보니, 집으로 가려면 바로 전당포 방향으로 가야했다. 다름 아닌 전당포로.

결국 일어나서 느린 걸음으로 조금씩 거리를 따라 발길을 끌었다. 눈썹 윗부분에서 타는 듯한 느낌이 오기 시작했다. 열이 올라오기 시작했다. 온힘을 다하여 서둘렀다. 좀 전의 빵이 있는 빵집 앞을 다시 지나갔다. 안 돼, 여기서 걸음을 멈추지 않는다, 하고 나는 짐짓 결심을 꾸미며 말했다. 하지만 들어가서 빵을 한입만 달라고 해보면 어떨까? 순간적인 생각이었다. 쳇! 하고 나는 고개를 흔들며 나지막이 말했다.

나 자신을 철저히 비웃으며, 다시 길을 떠났다. 가게로 들어가서 부탁을 해보았자 소용없다는 것을 너무도 잘 알고 있었다.

밧줄 제조공 거리의 샛길에서 한 쌍의 연인들이 대문 아래서 속삭이고 있었다. 좀 더 멀리서는 어떤 여자가 창밖으로 머리를 내밀고 있었다. 나는 아주 천천히 조심조심 걸었으므로 머릿속으로 무슨 꿍꿍이 생각을 하고 있는 듯이 보였던 모양이다. 그 여자가 거리로 나왔다.

"자! 어때요, 아저씨? 뭐에요? 아프다구요? 하느님 맙소사,

이 얼굴 좀 봐!"

그리고서 여자는 부리나케 달아나 버렸다.

나는 그 자리에 우뚝 걸음을 멈추었다. 내 얼굴이 어떻단 말인가? 나는 정말로 죽기 시작한 것인가? 손으로 두 뺨을 만져보았다. 말랐다. 물론 나는 말라 있었다. 내 두 뺨은 두 개의 거지 쪽박처럼 안이 움푹 패어 있었다. 맙소사! 다시 살살 걷기 시작했다.

다시 걸음을 멈추었다. 아마 상상도 못하게 말라 있는 모양이다. 두 눈이 머리통 속으로 틀어박히고 있었다. 내 몰골은 어떨까? 그저 굶주림 때문에 산 채로 이렇게 모양이 일그러지도록 자신을 버려두고 있어야만 한다는 것은 정말이지 못할 일이다. 나는 다시 한 번 분노에, 마지막 격노에, 마지막 경련에 사로잡히는 것을 느꼈다. 신이여, 나를 지켜주소서. 내가 이런 모습이라니, 이런! 나는 온 나라에서도 비길 데 없는 머리와 하역 인부라도 때려눕히고 콩가루로 만들 만한 두 주먹을 가지고 있다(신이여 용서하소서). 그런데도 크리스티아나 도시 한복판에서 인간의 모습을 잃을 정도로 굶주리고 있다! 거기에는 어떤 의미라도 있는 것일까, 아니면 세상의 질서와 순서가 그런 것인가? 나는 열심히 일했고, 목사가 끌고 다니는 여윈 말처럼 밤이고 낮이고 등뼈가 휘어지도록 일했으며, 머리통에서 눈알이 튀어나오도록 연구를 했고, 두뇌에서 이성이 빠져나올 정도로 굶주렸다. 그 대가로 내게 돌아온 것이 무엇인가? 거리의 여자조차 내가 자기 눈에 보이지 않도록 해

달라고 하느님께 빌고 있었다. 하지만 이제는 끝이다… 알겠나? '끝났다.' 악마가 끼어들면 끝장이 나야 하는 것이다! 몸이 이토록 지치다니 이가 떨렸다. 자꾸만 화가 나서 나는 내 앞을 지나가는 사람들을 개의치 않고 눈물과 욕설을 퍼부으며 계속해서 분노를 터뜨렸다. 다시금 자신을 학대하고, 일부러 가로등에 이마를 찧기도 하고, 손바닥에 손톱을 박고, 뚜렷하게 혀가 놀려지지 않을 때면 미친 사람처럼 혓바닥을 깨물고, 그래서 아플 때마다 미친 듯이 웃어댔다.

결국, '그래, 하지만 난 어떻게 한단 말야?'하고 중얼거렸다. 그리고 '어떻게? 어떻게?'하고 뇌까리면서 땅바닥을 여러 번 발로 찼다. 그때 어떤 신사가 지나가다가 웃으며 이렇게 지적했다.

"당신은 잡아 가두어야 하겠군."

나는 그를 바라보았다. 유명한 부인과 의사로서, 사람들은 그를 '공작님'이라고 불렀다. 내가 아는 사람이었고, 나와 악수까지 한 사람이었는데, 그조차도 내 사정을 이해하지 못했다. 나는 마음을 진정시켰다. 잡혀간다? 그렇다. 나는 미쳤다. 그의 말이 옳다. 나는 혈관 속에 광기가 들어 있음을 느꼈다. 머릿속에서 광기가 날뛰고 있음을 느꼈다. 내게 남겨진 종말이란 이런 것이었다! 그렇고말고! 나는 다시 느리고 슬픈 걸음으로 걷기 시작했다. 내가 표착하게 된 것은 바로 이런 곳이었다!

문득 다시 한 번 걸음을 멈추었다. 하지만 감옥은 안 돼. 그건 안 돼! 내 목소리는 불안감으로 거의 쉬어 버렸다. 나는 나를 잡아가지 말아달라고 허공에 대고 빌고 애원을 했다. 그렇게 된다면 유치장으로 돌아가, 한 줄기 빛도 없는 캄캄한 방에 갇히게 될 것이다. 안 된다, 그건 안 된다! 아직 시도해 보지 않은 다른 해결책이 남아 있다. 그러니 그것을 시도해 보자. 좀 더 노력을 해보자. 시간을 갖고 집집마다 지치지 말고 다녀보자. 예를 들면 악보상인 시슬레가 있다. 그의 집에는 발도 들여놓아 보지 않았다. 틀림없이 어떤 방법이 있을 것이다. 그렇게 나는 걸으며 말을 하며, 다시 한 번 감동으로 울었다. 잡혀가지만 않는다면, 무슨 짓이라도 해야 해!

시슬레? 신의 계시였을까? 뚜렷한 동기도 없이 그의 이름이 떠올랐다. 그는 아득히 먼 곳에 살고 있었다. 하지만 그래도 그를 찾아가보고 싶었다. 사이사이에 쉬어가면서 느릿느릿 걸었다. 그가 사는 곳이 어딘지 나는 알고 있었다. 좋았던 시절에는 악보를 좀 사러 그곳에 자주 들르곤 했었다. 그에게 반 크로네를 부탁해볼까? 그러면 오히려 거북해 할지도 모른다. 1크로네 전부를 부탁해 보자.

가게로 들어가 주인을 청구했다. 나는 그의 사무실로 안내되었다. 잘생긴 그는 최근 유행하는 옷을 입고 거기 앉아서 악보들을 살펴보고 있었다.

나는 실례한다고 더듬거리며 말하고는 내 용건을 설명했다. 당신에게 호소하지 않으면 안 될 사정이 있다. 돈은 지체하지 않고 곧 갚겠다. 신문사에서 원고료를 받으면⋯ 당신의 배려는 내게 큰 도움이 될 것이다….

내가 아직 말을 하고 있는데 그는 이미 책상 쪽으로 돌아앉아서 하던 일을 계속했다. 내 말이 끝나자 그는 힐끗 나를 쳐다보더니, 그 잘생긴 머리를 흔들고는 '안 됩니다!'라고 말했다. 그저 '안 됩니다'라고. 설명도 없었다. 한마디 다른 말도 없었다.

내 두 무릎이 격렬하게 떨렸다. 나는 몸을 반들반들한 난간에 기댔다. 다시 한 번 말해 보아야 한다. 나는 저쪽 바테클란드 동네에 있었는데, 왜 하필 그의 이름이 내 머리에 떠올랐을까? 몸 왼쪽이 욱신욱신 쑤셨고 식은 땀이 났다. 아, 나는 정말로 쇠약해져 있구나, 하고 생각했다. 몸이 꽤 불편해졌다. 슬프게도! 틀림없이 48시간 이내에 돈을 갚아드리겠다. 조금만 친절을 베풀어 달라!

그가 말했다.

"이보시오. 왜 나를 찾아왔소? 나한테 당신은 길거리에서 들어온 전혀 모르는 사람이오. 당신이 일한다는 그 신문사로 가보시오."

내가 말했다.

"아니, 오늘 저녁 지낼 것만이라도 주십시오! 편집실은 벌써 문이 닫혔고, 저는 배가 몹시 고픕니다."

그는 하던 일을 멈추지 않고 고개를 흔들었다. 내가 손으로 문의 손잡이를 잡은 다음에도 계속 고개를 흔들고 있었다.

"안녕히 계십시오!"

하고 내가 말했다.

이건 하늘의 신호가 아니었어, 하고 나는 생각했다. 그리고 그 오만한 태도에 씁쓸하게 웃었다. 나도 필요하다면 그런 신호를 할 수 있어. 나는 층계 위 여기저기서 쉬어가며 15분을, 그리고 또 15분을 질질 끌었다. 잡혀가지만 않는다면. 독방에 갇힐 두려움이 잠시도 쉴 틈을 주지 않고 언제까지나 내 뒤를 쫓아다녔다. 길에서 경찰관이 보일 때마다 그와 부딪치지 않으려고 거리를 슬그머니 달아나곤 했다. 마음속으로 이렇게 말했다. 100걸음을 세어보자. 그리고서 새로이 행운을 시도해보는 거야! 틀림없이 구제책이 발견될 거야.

나는 조촐한 잡화점에 와 있었다. 내가 아직 발을 들여놓아 본 적이 없는 곳이었다. 어떤 남자가 혼자 카운터 뒤에 있었고, 문에는 사기로 된 명패가 있고 안에는 책상이 있었으며, 종이로 뒤덮인 선반과 길게 일렬로 늘어선 테이블이 있었다. 나는 마지막 여자 손님이 가게를 나가기를 기다렸다. 보조개가 있는 젊은 여자였다. 그녀는 얼마나 행복해 보였는지! 나는 옷핀으로 잠근 윗저고리 차림의 내 모습을 그녀에게 보이고 싶지 않아서 외면을 했다. 직원이 물었다.

"뭘 드릴까요?"

"주인 계십니까?"

"조툰아이멘으로 소풍을 가셨습니다. 특별한 용건인가요?"

"먹을 것을 사게 몇 외레만 빌릴까 해서요. 배가 고픈데 한 푼도 없습니다."

하고 나는 웃음을 지으려 애쓰며 말했다.

그는 '나도 당신만큼 빈털터리오.' 하고 말하더니 실 꾸러미를 정리하기 시작했다.

"오! 날 돌려보내진 마십시오… 지금은 제발 그러지 마십시오!"

하고 나는 갑자기 온몸이 얼음처럼 굳어져서 말했다.

"사실 나는 거의 아사 직전입니다. 아무것도 못 먹은 지가 며칠쨉니다."

그는 더할 수 없이 진지하게 아무 말도 없이 자기 주머니를 하나씩 뒤집어 보이기 시작했다. 자기 말을 못 믿겠느냐면서.

"5외레만요. 며칠 후에 10외레로 갚아드리겠습니다."

"이것 보시오. 나더러 금고라도 털라는 말입니까?"

하고 그는 참지 못하고 물었다.

"그래요. 금고에서 5외레만 꺼내주시오."

"난 그런 짓 안 합니다. 그리고 말해두지만, 이런 장난은 그만 둡시다."

나는 굶주림에 병들고 수치심으로 화끈거려 물러나왔다. 안된다. 끝장을 내야 해! 난 정말이지 너무도 오래 버티었다. 오랜 세월 동안 자신을 지탱해 왔어. 그 오랜 잔인한 시간들을 정직하게 살아 왔어. 그런데 이제 갑자기 불쑥 거지 상태로 굴러 떨어졌구나. 오늘 단 하루 때문에 내 모든 인격은 타락을 했고 내 영혼은 파렴치함으로 흙탕물이 끼었어졌다. 관심을 끌기 위해서는 비천한 장사치들 앞에서 눈물을 흘리면서도 부끄러워하지 않았어. 그랬는데 그것이 내게 무슨 소용이 있었나? 입속에 넣을 빵 한 조각도 얻지 못하고 전과 똑같은 상태가 아닌가? 내가 얻어낸 것이라고는 내 자신에 대한 혐오 감뿐이다. 그래, 그렇다, 이제 끝장을 내야 해! 그런데 잠시 후면 집 문이 닫힌다. 오늘 밤도 유치장에서 자고 싶지 않다면 서둘러야 한다.

그 생각에 나는 힘을 냈다. 유치장에서 잠을 자기는 싫었다. 앞으로 몸을 구부리고, 격통을 진정시키기 위해 손으로 왼쪽 갈비뼈 부분을 떠받친 채, 혹시 아는 사람이라도 만나게 되면 인사를 해야 하므로 길바닥에 눈을 고정시키고서, 애를 써가며 발을 끌었다. 소방서 쪽으로 걸음을 서둘렀다. 다행히도, 구세주 성당을 보니 7시밖에 안 되었다. 문이 닫기까지는 아직 3시간이 남아 있었다. 얼마나 겁이 났었는지!

이제는 더 이상 시도해볼 일이 하나도 남아 있지 않았다. 내가 할 수 있는 일은 전부 다 해보았다. 하루 온종일 다녀 보았지만 한 가지도 되는 일이 없었다! 누구한테 이 이야기를 해도 아무도 믿지 않을 것이다. 글로 쓰면 내가 지어낸 이야기라고 사람들은 말하겠지. 한군데서도 되는 일이 없었다! 아, 도저히 어쩔 수가 없었다. 무엇보다도 이제는 더 이상 동정심을 사려 하지 말자. 쳇! 구역질난다. 너는 구역질난단 말이다! 모든 희망이 사라졌다면, 그건 사라진 거야. 그런데 적어도, 마구간에서 귀리 한 주먹을 훔쳐올 수는 없을까? 그것은 불빛이었고 광명이었다. 하지만 나는 마구간이 자물쇠로 잠겨 있다는 것을 알고 있었다.

마음을 가라앉히고 거북이걸음으로 집을 향해 기어갔다. 다행히 오늘 하루 중 처음으로 나는 목이 말랐다. 걸으면서 내내 물을 마실 곳을 찾아보았다. 나는 지금 고기 시장에서 너무 멀리 있었고, 개인 집으로 들어가 보고 싶지는 않았다. 집에 도착할 때까지 기다릴 수 있을지도 모르겠다. 거기까지 15분쯤 걸릴 것이다. 게다가 물 한 모금이라도 속에 들어가면 내가 견디고 있을 수 있는 상태인지도 확실하지 않았다. 내 위는 이제는 아무것도 받아들이지 못할 것이다. 내가 삼키는 침조차도 구토를 일으켰다.

그런데 단추! 아직 단추를 가지고는 아무런 시도도 해보지 않았다! 나는 불쑥 걸음을 멈추고 미소를 짓기 시작했다.

그래도 어떤 구제책이 생길지도 모르는 일이다! 내가 가차 없이 단죄된 것은 아니다! 단추로 틀림없이 10외레는 얻어낼 수 있을 것이다. 내일은 다른 데서 또 10외레를 찾아내고, 목요일은 신문사에서 원고료를 받게 될 것이다. 두고 보자. 일은 해결될 것이다! 정말, 단추를 잊고 있었다니! 나는 주머니에서 단추를 꺼내어 그것들을 바라보며 다시 걷기 시작했다. 기쁜 나머지 앞이 안 보였다. 내가 어디로 걸어가고 있는지 거리가 더 이상 보이지 않았다.

나는 그 큰 지하실을, 즉 막다른 저녁이면 내 피난처가 되어 주곤 하던 그 흡혈귀 같은 친구를 정확하게 알고 있었다! 보잘 것 없는 내 집안 물건들, 내 마지막 책까지 해서 내 물건이 하나씩 그 소굴 속으로 사라졌다. 경매 날이면 나는 기꺼이 그리로 내려가 구경꾼이 되었다. 내 책이 괜찮아 보이는 사람들의 손으로 들어가게 될 때마다 나는 기뻤다.

어떤 아는 사람이 내가 처음으로 쓴 조그만 시적(詩的) 산문이 적혀 있는 달력을 사갔다. 내 외투는 어떤 사진사의 아틀리에에 악세서리로 가게 되었다. 그러니 무슨 물건이 되었든 내겐 아무런 불평이 없었다.

나는 손에 준비된 단추를 쥐고서 들어갔다. 그 사람의 일을 방해하면 내 요구에 그가 신경질을 낼까 봐 이렇게 말했다. "급한 일이 아닙니다."

내 목소리는 하도 이상하게 빈 것이 울리는 소리처럼 들려서 내 자신도 내 목소리라고 생각하기가 어려웠다. 심장이 망치처럼 뛰었다.

그는 평소 하던 대로 미소를 지으며 내 쪽으로 와서 두 손을 펴서 카운터 위에 올려놓고는 아무 말도 하지 않고 내 얼굴을 뜯어보았다.

"예, 뭣 좀 가져왔습니다. 어딘가 쓸모가 있을까 해서요. 우리 집에서는 귀찮기만 한 거라서, 정말이지 골칫거리랍니다. 단추 몇 갠데요."

"아니, 이게 뭐요, 이 단추는 대체 뭡니까?"

그는 내 손에 두 눈을 바짝 갖다 댔다.

"몇 외레만 주신다면… 괜찮다고 생각되신다면… 얼마든 마음대로 값을 매겨 주십시오…."

"이 단추를 말이오? 이 단추를?"

전당포 주인은 놀라서 나를 뚫어져라 쳐다보았다.

"그저 시거 한 대 살 값이나, 아니면 좋으실 대로요. 문 앞을 지나가다가 좀 알아보려고 들어왔습니다."

그러자 늙은 고리대금업자는 웃음을 터뜨리더니 한 마디도 덧붙이지 않고 자기 책상으로 돌아갔다. 나는 거기 그렇게 못 박힌 듯 서 있었다.

사실대로 말하자면 내가 크게 희망을 가졌던 것은 아니었다. 하지만 일이 해결될 수도 있다고 믿었다. 그 웃음은 내게는 사형 선고였다. 내 안경을 말해 보았자 아무런 소용도 없겠지. 하지만 나는 안경을 벗으며 말했다.

"물론, 이 안경을 한 묶음으로 내놓겠습니다. 당연하지요. 10외레만 주십시오, 안된다면, 5외레면 어떨까요?"

"당신 안경을 담보로는 한 푼도 빌려드릴 수 없다는 것을 잘 아시지 않소. 이미 말씀드렸잖소."

하고 전당포 주인이 말했다. 나는 꺼져 들어가는 목소리로 말했다.

"하지만 우표 한 장이 필요합니다. 써놓은 편지도 부치지를 못했습니다. 10외레나 5외레짜리 우표 하나만 주십시오. 값은 얼마든지 마음대로 매겨 주십시오."

"당장 꺼지시오!"

그는 내게 손가락질을 하며 대답했다.

좋아, 좋아. 그만 두자! 하고 나는 속으로 생각했다. 기계적으로 안경을 도로 쓰고 단추를 집어 들고서 나왔다. 안녕히 계시라고 인사를 하고 보통 때처럼 문을 닫았다. 이제는 더 이상 도저히 어쩔 도리가 없었다. 계단의 층계참에서 걸음을 멈추고 다시 한 번 단추를 바라보았다. 그 자가 어떤 값으로도 이 단추를 원하지 않았다니! 하지만 이건 거의 새것이나 다름없는데, 도저히 이해가 안 되는군!

이런 생각에 빠져 있는데 어떤 남자가 지하실로 내려가다가 내 앞을 지나가게 되었다. 서둘러 가다가 그는 가볍게 나와 부딪쳤다. 우리는 서로 미안하다고 말했다. 나는 뒤로 돌아서 그가 누군가 보았다.

"아니 ! 자네로군?"

하고 그가 불쑥 계단 아래서 말했다. 그가 다시 올라와서 나는 그가 누구인지 알아보았다. 그가 말했다.

"하느님 맙소사, 안색이 말이 아니군! 거기서 뭘 했지?"

"오… 일이 있어서. 자네, 그리로 내려가는 거로군?"

하고 내가 말했다.

"거기다 뭘 갖다 줬지?"

무릎이 떨렸다. 벽에 기대고 단추를 쥔 손을 펼쳐서 내밀었다. 그가 외쳤다.

"아니! 이런! 이건, 너무했군!"

"잘 가게!"

이렇게 말하고서 나는 떠나려는 시늉을 했다. 가슴속에서 흐느낌이 울컥 올라왔다.

"아니, 잠깐만 기다리게!"

내가 무얼 기다린단 말인가? 그 친구도 전당포로 가는 길이었다. 어쩌면 약혼반지를 맡기러 가는지도 모를 일이었다. 그 친구도 여러 날이나 굶었을 것이다. 집주인에게 돈을 빚지고 있을 것이다. 내가 대답했다.

"그래, 빨리하고 오게…."

그가 내 팔을 잡으며 말했다.

"물론이지. 하지만 내 말을 들어 봐. 자네를 못 믿겠어. 자넨 바보야. 나와 함께 내려가는 게 좋겠네."

나는 그의 의도를 깨달았다. 문득 체면 생각이 나서 이렇게 대답했다.

"그럴 수 없네. 7시 반에 베른트 아케르 거리에서 약속이 있어. 그래서…."

"7시 반이라고, 그거 잘됐군 그래! 지금은 8시야. 내 손에는 시계가 들어 있단 말이야. 지금 그것을 맡기려는 중이야. 자, 들어가세! 가엾은 친구 같으니라구! 자네한테 적어도 5크로네는 줄 수 있을 거야."

그리고 그는 나를 지하실로 밀었다.

제 3 부

1주일이 즐겁고도 화려하게 지나갔다.

이번에도 가장 어려운 고비는 넘어갔다. 매일 먹을 것이 있었다. 용기가 생겼다. 하나씩 차례로 본격적으로 일에 매달렸다. 한꺼번에 3, 4편의 기사를 시작하고 있었다. 나의 엷은 두뇌는 이것들에 휩쓸리고 말았다. 뭔가 생각이 싹트거나 번뜩일 때마다, 그 생각은 머리에서 달아나 내 가엾은 두뇌를 혹사시키곤 했다. 예전보다 일이 잘 되어 가는 것 같았다. 그러나 몹시 고심해서 썼고 많은 기대를 품었던 최근 기사는 이미 편집부장으로부터 퇴짜를 당했다. 나는 화가 나고 기분이 상해서 그것을 다시 읽어보지도 않고서 그 자리에서 찢어버렸다. 앞날을 위해 여러 가지 방편을 만들어 놓기 위해서, 다른 신문사에서 시도를 해보고 싶었다. 최악의 경우 거기서도 일이 안 된다면, 배를 타는 방법이 아직 남아 있었다. 저편 부두에서는 '수녀' 호가 출범 준비를 갖추고 있었다. 어쩌면 노동으로 대가를 지불하고 아르크한겔이든지 아니면 그 배가 가는 어느 항구로든지 떠날 여행비를 얻어낼 수 있을 것이다. 그러니까 어느 모로 보나 전망이 없지는 않았다.

지난 번 위기 때문에 내 몸은 망가져 있었다. 한 뭉텅이씩 머리카락이 빠지기 시작했다. 두통도 나곤 해서, 특히 아침이 되면 몹시 통증이 심했다. 그리고 신경의 흥분 상태도 그칠 날이 없었다.

이제는 헝겊으로 손을 감고서 글을 썼다. 살갗에 내 자신의 숨결을 느낀다는 것이 참을 수 없이 느껴졌기 때문이다. 옌스 올라이가 아래층의 마구간 문을 세게 두드리거나 뒤뜰에 들어온 개가 짖어대기 시작하면, 마치 뼛속까지 작은 얼음 덩어리가 꿰뚫고 들어와 나를 사방에서 찔러대는 것 같았다. 건강 상태가 별로 좋지 않았다.

나는 하루하루 고되게 일을 했고, 겨우 음식물을 삼킬 시간만 스스로에게 허락하며 곧 다시 글을 쓰기 시작하곤 했다. 그 당시 불빛이 흔들거리는 내 조그만 책상과 침대는 내가 번갈아서 다루는 원고지와 메모지로 온통 뒤덮여 있었다. 하루 중 어느 때라도 머리에 떠오르는 새로운 것들을 거기다 덧붙여 쓰곤 했다. 삭제를 하기도 하고, 여기저기 생기가 넘치는 단어를 써서 죽어 있는 점들을 되살려 놓곤 했다. 더없이 고통스러운 노력을 치러가며 이 문장에서 저 문장으로 어렵사리 진전해 갔다. 어느 날 오후에 마침내 기사 한 편이 마무리되었다. 나는 행복하고 즐거운 기분으로 그것을 주머니에 넣고 '사령관'에게 갔다. 돈을 좀 벌어두기 위해 일을 처리해야만 할 때였다. 돈이 몇 외레밖에 남아 있지 않았다.

'사령관'은 내게 잠시 앉으라고 했다. 곧 상대를 해주겠다는 말이었다. 그리고서 그는 글 쓰는 일을 계속했다.

조그만 사무실을 한번 휘둘러보았다. 흉상(胸像)들, 석판화들, 오려낸 기사들, 사람 전체라도 삼켜버릴 수 있을 것 같이 엄청나게 큰 휴지통이 있었다. 그 커다란 주둥이를 보니 마음이 슬퍼졌다. 그 용의 아가리는 언제나 열려 있었고, 언제나 거부된 새 원고들을… 새로이 꺾어진 희망을 받아 삼킬 준비가 되어 있었다.

"오늘이 며칠이지요?"

하고 갑자기 저쪽 자기 테이블에서 '사령관'이 말했다.

"28일입니다."

나는 그에게 뭔가 도움이 될 수 있다는 것이 기뻐서 대답했다.

"28일."

그리고 그는 글 쓰는 일을 계속했다. 마침내 편지 몇 통을 봉투 속에 넣고, 휴지통에 종이를 던져 넣고서 펜을 내려놓았다. 의자에 앉은 채로 빙글 돌아서 나를 바라보았다. 내가 문 옆에 그대로 있는 것을 보고서, 절반은 코믹하고 절반은 진지하게 내게 손짓을 하고는 의자를 가리켰다.

내게 조끼가 없다는 것을 그가 알아차릴까 두려워, 나는 돌아서서 외투를 벗고 주머니에서 원고를 꺼냈다. 그리고 말했다.

"이것은 코레지오에 관한 조그만 연구서일 뿐입니다. 안 됐지만 이것이 써진 방식이 아마…"

그는 손으로 종이를 받아들더니 뒤적거려보기 시작했다. 그리고 얼굴을 내 쪽으로 돌렸다.

그리하여 나는 가까이서 그 남자의 모습을 보게 되었다.

나는 그의 이름을 이미 어렸을 때부터 들어 왔었고, 그의 신문은 오랜 세월 동안 내게 매우 큰 영향을 미쳐 왔다. 머리가 곱슬이었다. 아름다운 갈색 눈은 약간 불안스러워 보였다. 그는 이따금 코로 숨을 내뿜는 버릇이 있었다. 스코틀랜드의 목사님이라도 이 무서운 문인보다 더 경외심을 일으킬 수는 없었으리라. 그의 말이 떨어지는 곳은 어디든지 피 흘리는 고통과 아픔이 남곤 했다. 그 남자에 대한 야릇한 두려움과 찬미감이 나를 사로잡았다. 눈물이 솟구쳐 흐르려는 찰나였다. 나는 그에게서 많은 것을 배웠으므로 매우 깊은 애정을 품고 있다고 말하고 나를 나쁘게 생각하지 말아달라고 부탁하려고, 나도 모르게 한 발 앞으로 나섰다. 그가 그러지 않더라도 나는 이미 충분히 불행하고 불쌍한 사람이다.

그는 눈을 들고 깊이 생각하면서 천천히 내 원고를 접었다. 그가 거절을 쉽게 할 수 있도록 해주려고 나는 조금 손을 내밀며 이렇게 말했다.

"물론, 쓸모가 없겠지요?"

그리고서 그에게 내가 그 일을 심각하게 생각하지 않는다는 인상을 주기 위해 미소를 지어보였다. 그가 대답했다.

"우리가 발표하는 것들은 아주 대중적이어야 합니다. 우리가 대상으로 하는 독자들이 어떤 층인지 당신도 아시겠지요. 좀 단순하게 다듬어보실 수는 없겠습니까? 아니면 사람들이 좀 쉽게 이해할 수 있는 다른 주제를 찾아내시든지요?"

그의 존경의 표시에 나는 놀랐다. 내 기사가 거부당했다는 것은 이해가 됐지만, 이보다 더 우아한 거절은 바라지 못했을 것이다. 그를 더 오래 붙잡고 있지 않기 위해 이렇게 대답했다.

"오! 그러지요, 그럴 수 있고말고요."

나는 문 쪽으로 걸어갔다. 흠, 그 기사로 시간을 빼앗아서 죄송하다고 사과했다. 고개 숙여 인사를 하고 손잡이 위에 손을 얹었다. 그가 말했다.

"필요하시다면 좀 선불해 드리겠습니다. 글만 잘 써주십시오."

그는 내가 글을 쓸 능력이 되지 않는다는 것을 잘 알고 있었다. 나는 그의 제안에 좀 자존심이 상했다. 그래서 이렇게 대답했다.

"아니 괜찮습니다. 아직 얼마 동안은 견딜 수 있습니다. 어쨌든 대단히 감사합니다. 안녕히 계십시오!"

"안녕히 가십시오."

하고 '사령관'은 곧 자기 책상 쪽으로 돌아앉으며 대답했다.

그는 그럴 가치도 없는 내게 그래도 호의적으로 대해 주었다. 그것이 고맙게 생각되었다. 그러니 그 은혜를 갚아주자.

나는 철저히 만족스럽게 생각하는 원고를 가져다 줄 수 있을 때까지는 그에게 돌아가지 않겠다고 생각했다. '사령관'이 놀라서 조금도 주저 없이 내게 10크로네를 지불해 줄 수 있을 원고를 말이다. 집으로 돌아와 다시 글을 쓰기 시작했다.

그런데 그 다음부터 저녁때, 가스등이 켜지는 8시쯤이 되면, 규칙적으로 다음과 같은 일이 일어났다.

작업과 하루의 성가신 일들에 지쳐 거리를 산보하러 대문을 나설 때면, 검은 옷을 입은 어느 여자가 문에 바짝 기대고 가로등 옆에 서 있는 것이었다. 그녀는 내 쪽으로 얼굴을 돌리고, 내가 그녀 앞을 지나갈 때면 두 눈으로 나를 뒤쫓았다. 나는 그녀가 줄곧 똑같은 옷을 입고 있음을 알아차렸다. 그녀는 얼굴을 감추고 가슴까지 내려오는 두터운 베일을 쓰고 있었으며, 손에는 손잡이에 상아 고리가 달린 양산을 들고 있었다.

오늘 저녁으로 그녀가 여전히 같은 곳에 있는 것이 벌써 세 번째였다. 내가 그녀를 지나쳐가자 그녀는 곧 천천히 뒤로 돌더니 거리로 내려와 내게서 멀어져갔다.

신경이 흥분해 있던 나는 촉각을 곤두세웠다. 그녀가 나를 위해 오는 것이라고, 금방 터무니없는 생각을 해보았다. 종국엔 그녀에게 말을 걸고서, 누구를 찾고 있는 것인지, 혹시 무슨 일이든 내 도움이 필요한지 어떤지(슬프게도 내 옷차림이 형편없기는 했지만!), 그녀를 집까지 바래다주고 어두운 골목길에서 보호해 주어야 할지, 거의 물어보기 직전이었다. 그러나 뭐든 한 잔 마시거나 마차로 한 바퀴 산책하려면 어느 정도 돈이 들어야 할 것을 생각하고 어렴풋이 겁이 났다. 내게는 돈이 거의 다 떨어져 있었던 것이다. 절망적으로 텅 빈 내 주머니에 너무도 기가 죽어서 나는 옆을 지나가면서도 그녀를 호기심으로 살펴볼 용기조차 내지 못했다. 다시 배고픔이 나를 괴롭히기 시작했다. 어제 저녁부터 먹지를 못했다. 이번은 그다지 긴 시간이 아니었다. 전에는 흔히 며칠씩 견디어 내곤 했었다. 그러나 지금은 현저하게 건강이 약해지기 시작해서, 더 이상 예전처럼 굶고 지내지를 못했다. 이제는 단 하루만 굶어도 몹시 현기증이 났으며, 물을 마시면 곧 잦은 구토증이 일어났다. 게다가 밤이면 추웠다. 낮과 똑같이 옷을 입은 채로 잠자리에 들었다. 몸이 퍼래지도록 얼곤 했다. 매일 저녁 덜덜 떨리도록 추웠다. 잠자는 동안 몸이 뻣뻣해졌다. 낡은 담요는 더 이상 바람막이도 되지 못했다. 아침이면 몸으로 스며들어오는 매서운 서리 같은 바람에 코가 막혀서 잠에서 깨어나곤 했다.

거리로 나서서, 다음 기사를 끝낼 때까지 어떻게 하면 곤경에서 헤어날 수 있을까 생각했다. 양초 하나만 있으면 밤을 새워가며 일을 해볼 수 있을 것이다. 그렇게 되면 일단 시작된 작업을 두 배로 할 수 있을 것이다. 그러면 내일쯤 다시 '사령관'에게 가서 말을 붙여볼 수 있을 것이다.

더 생각할 것도 없이, 양초 값 10외레를 얻어내기 위해 나는 내 은행 친구를 찾아서 오플란드스크 카페로 들어갔다. 별 문제 없이 모든 방들을 돌아다닐 수 있었다. 손님들이 먹고 마시고 떠들고 있는 12개의 테이블 앞을 지나갔다. 카페 안쪽까지, '붉은 살롱' 안까지 들어가 보았지만 내가 찾는 사람을 발견하지는 못했다. 난처하기도 하고 신경질도 나서 거리로 다시 나와 성 방향으로 걷기 시작했다.

도대체 나는 악마인가, 불처럼 살아서 죽지도 않는 악마인가! 내 고난은 대체 언제나 끝나려나! 불쑥 목덜미에 윗저고리 깃을 치켜 올린 채, 바지 주머니에 움켜쥔 두 주먹을 넣고, 화가 나서 성큼성큼 걸었다. 걸으면서 내내 내 불행한 운명의 별자리에게 고함을 질렀다. 그야말로 7, 8개월 동안 걱정 없이는 한 시간도 보낼 수가 없었고, 가난 앞에 또 다시 무릎을 꿇기까지 단 1주일을 지탱할 음식물도 없었다. 나는 내 빈곤의 한가운데서 정직하게, 머리끝에서 발끝까지 정직하게 살았다. 신이여, 용서하소서! 나는 얼마나 우스운 꼴이었나! 전에 한스 파울리의 담요를 전당포로 가져갔던 일만으로도 얼마나 후회를 했는지 곱씹어보기 시작했다. 내 까다로운 청렴함에 대해 조롱어린 쓴웃음을 지었다. 경멸감으로 땅바닥에 침을 뱉았다. 내 어리석음을 비웃어 줄 만한 말이 찾아지지 않았다. 아! 지금 이 순간! 지금 이 순간 초등학생의 저금통이라도, 가난한 과부의 1외레라도 길바닥에서 찾아낼 수 있다면, 그것을 주워서 주머니에 처넣을 것이다. 그리고 누워서 온밤 내내 나무 밑등처럼 편안히 잠을 잘 것이다. 나는 이루 형용할 수 없는 고통을 겪으면서도 반드시 벌을 받아 왔다. 이제 나의 인내심은 한계에 달했다. 나는 무슨 짓이든 할 각오가 되어 있었다.

서너 바퀴 성을 돌고 나서, 집으로 돌아가기로 결심했다. 공원을 다시 한 바퀴 돌고서 마침내 카를 요한 거리를 도로 내려갔다.

11시쯤 되었다. 거리는 제법 어두워져 있었고, 사람들은 때로는 말 없는 커플로, 때로는 소란스러운 그룹을 지어서 도처에서 어슬렁거리고 있었다. 바로 그 시간이 되었다. 비밀 이야기가 한창이고, 즐거운 연애가 시작되는 쌍쌍 모임의 시간이었다. 치맛자락이 살랑 살랑거리는 소리, 여기저기서는 짧고 선정적인 웃음소리, 높이 들썩이는 가슴, 격렬하고 헐떡거리는 숨소리. 저쪽 그랜드 호텔 쪽에서 엠마! 하고 부르는 소리가 들렸다. 온 거리가 뜨거운 김이 올라오는 늪과 같았다.

나는 나도 모르게 2크로네를 찾아 주머니를 뒤졌다. 행인들의 움직임마다 떨리는 이 정열, 가로등의 이 어두운 불빛, 성벽처럼 고요한 이 밤(이 모든 것이 내 신경계를 공격하기 시작하고 있었다), 속삭임과 포옹과 떨리는 고백과 소리 없는 말과 작은 비명으로 가득한 이 공기, 몇몇 뻔뻔한 녀석들은 블롬크비스트 사창가에서 비명을 질러가며 사랑을 나누었다. 그런데 내게는 2크로네가 없었다. 이 정도로까지 가난하다는 것은 정말이지 비참하고 참담했다! 수모였고 치욕이었다! 그래서 나는 다시 내가 훔치게 될지도 모를 불쌍한 과부의 마지막 한 푼을, 초등학생의 챙 달린 모자나 손수건을, 파렴치하게 그 돈으로 흥청거리기 위해 여자의 돈지갑에 넣어줄 거지의 쪽박을 생각했다. 스스로 죄가 없다고 자위하기 위해, 나를 스치고 지나가는 즐거운 사람들이 가지고 있을 만한 모든 결점들을 꾸며내기 시작했다. 화가 나서 어깨를 으쓱하고는, 쌍쌍이 내 앞을 지나가는 모든 사람들에게 경멸 어린 시선을 던졌다. 봉제 여공의 가슴을 쓰다듬을 수 있으면 '유럽식' 연애를 질탕하게 벌이는 거라고 생각하는 이 소심한 대학생들, 사탕이나 빨고 앉았을 녀석들! 맥주 한 컵 사주면 얼마든지 아무하고나 놀아날 암소 시장의 뚱뚱한 추녀들과 뱃놈들의 딸들까지도 마다하지 않는 이 젊은 신사분들, 은행가들, 장사치들, 거리의 멋쟁이들! 이들을 부르는 여자들의 목소리! 광장 쪽은 아직도 간밤의 소방대원과 마부의 온기로 뜨겁다구요. 자리는 언제나 비어 있어요. 언제나 활짝 열려 있다구요. 어서, 올라오세요…! 나는 누군가에게 떨어질 수도 있다는 생각도 안 하고서 멀리 인도 위로 침을 뱉었다. 서로 몸을 비비고 바로 내 눈 앞에서 짝짓기 놀이를 하고 있는 이 작자들에 대한 경멸감으로 가득 차고 분노가 치밀었다. 나는 고개를 들고 나 혼자만의 샛길을 순수하게 보존할 수 있기를 마음속으로 축복했다.

의사당 광장에서 어떤 여자를 만났다. 내가 그녀가 있는 곳에 다다르자 그 여자는 뚫어져라 내 얼굴을 뜯어보았다.

내가 말했다.

"안녕하시오."

"안녕!"

그리고서 그녀는 걸음을 멈추었다.

"음! 이렇게 밤이 늦었는데 밖에 나와 있습니까? 젊은 여자분이 이런 시각에 카를 요한 거리를 돌아다닌다는 것은 좀 위험하지 않을까요? 사람들이 말을 걸거나 귀찮게 굴거나 단도직입적으로 말하자면 같이 들어가자고 하지는 않소?"

그녀는 놀라서 나를 뚫어져라 쳐다보더니, 내 속셈이 어떤 것인지 알아보려고 내 얼굴을 살펴보았다. 그러더니 갑자기 내게 팔짱을 끼더니 이렇게 말하는 것이었다.

"그러면, 가요!"

나는 그녀를 따라갔다. 마차가 서 있는 곳을 따라 같이 몇 발자국 걸었다. 나는 멈추고 팔을 빼고서 이렇게 말했다.

"이봐요, 아가씨, 내겐 1외레도 없어요. 난 돌아갈 참이었다구요."

처음에 그녀는 내 말을 믿으려 하지 않았다. 하지만 내 주머니를 전부 뒤져보고 아무것도 나오지 않자 화를 내고서, 오만하게 고개를 뒤로 젖히더니 내게 빈털터리라고 욕했다.

"잘 가요."

하고 내가 말했다. 그녀가 외쳤다.

"잠깐 기다려요! 아저씨 안경은 금테인가요?"

"아니오."

"그럼, 지옥에나 가요!"

그래서 나는 그곳을 떠났다.

1분쯤 후에 그녀는 내 뒤를 쫓아오기 시작하더니 또 나를 불렀다.

"그래도 나랑 같이 가요."

나는 이 불쌍한 거리의 여자의 선심에 자존심이 상해서 사양했다. 게다가 밤이 꽤 이슥하였고, 내 방이 나를 기다리고 있었다. 그리고 그녀가 내게 그런 희생을 할 이유가 없었다.

"이젠 아저씨가 나와 함께 갔으면 좋겠어요."

"하지만 그런 조건이라면 응할 수 없소."

"물론, 다른 여자한테 가는 거겠지요."

하고 그녀가 말했다. 내가 대답했다.

"아니오."

아! 내 모든 인간적 기능은 고장 나 있었다. 나는 여자란 거의 남자와 비슷했다. 가난 때문에 내 마음은 완전히 고갈되어 있었다. 하지만 이 이상한 여자 앞에 비참한 꼴이 되었다는 느낌이 들었다. 그래서 체면을 세우기로 결심했다. 내가 물었다.

"이름이 뭐요?"

마리? 좋아요. 그러면, 잘 들어요, 마리! 그리고서 나는 그녀에게 내 행동을 설명하기 시작했다. 여자는 점점 더 놀랐다. 당신은 내가 밤중에 거리로 여자나 낚으러 다니는 사람이라고 생각하는가? 나에 대해 그렇게 나쁜 생각을 갖고 있는가? 내가 애초에 무슨 불성실한 말이라도 했는가? 못된 생각을 품고 있는 사람이 나처럼 행동하는가? 간단히 말해, 나는 당신이 어디까지 게임을 밀고 나가는지 보려고 당신에게 말을 걸었고 몇 걸음 같이 걸어본 것이다. 게다가 나는 이름이 이러

이러한 사람으로서 아무개 목사다. 그러면 안녕히! 가서 더 이상은 죄를 짓지 말라!

그리고서 자리를 떴다.

나는 내가 생각해낸 기발한 아이디어에 매우 흡족해서 두 손을 비비고 혼자서 큰 소리로 중얼거렸다. 이렇게 좋은 일을 하면서 돌아다닌다는 것은 참으로 기쁜 일이다. 어쩌면 이 타락한 피조물은 내 말에 자극을 받고 다시 일어서서 여생을 보낼지도 모르는 일이다. 깊이 생각해보면 그녀는 내게 감사할 수 있을 것이다. 임종의 자리에서까지 가슴에 가득 고마운 마음을 품고 나를 기억해줄 것이다. 오! 아무리 그래도 정직한 사람은 정직하고 청렴한 사람은 결코 패배하지 않는다. 나는 이루 말할 수 없이 기분이 명랑해졌다. 무슨 일이 일어난다 해도 건강하고 용기가 날 기분이었다. 양초 한 자루만 있었다면 기사를 끝마칠 수 있었을 텐데! 손가락 끝으로 새 열쇠를 흔들며, 노래를 흥얼거리며 휘파람을 불며 걸었다. 불빛을 얻기 위해 궁여지책을 찾아보았다. 달리 방법이 없으면, 글 쓰는 도구 일체를 가지고 거리의 가로등 아래로 내려가야만 한다. 나는 대문을 열고 종이를 찾으러 올라갔다.

다시 내려오며 밖에서 열쇠로 문을 잠그고 가로등 불빛 가운데 자리를 잡았다. 사방은 고요하고 가로장 거리 저쪽에서 경찰관의 딱딱거리는 무거운 구두 소리와 성 요한 언덕 방향으로 저쪽에서 개 짖는 소리밖에 아무 소리도 들리지 않았다. 아무것도 나를 방해하는 것이 없었다. 귀까지 윗저고리 깃을 올려 세우고 정신을 집중해서 생각하기 시작했다. 운 좋게 이 조그만 연구서의 결론을 낼 수 있다면, 내게 귀중한 도움이 될 것이다. 마침 좀 어려운 점을 다루고 있는 참이었다. 새로운 아이디어로 넘어가기 위해 약간의 변화를 찾아내고, 그 다음에는 피날레를, 소리 없는 '글리산도'를, 마침내는 산이 무너지는 소리나 대포 소리처럼 정신을 멍하게 할 정도로 굉장한 '클라이막스'로 끝나는 긴 속삭임을 찾아내야 한다. 하나의 마침표를.

그러나 말이 생각나지 않았다. 처음부터 그 부분을 전부 다시 읽어보았다. 각 문장을 큰 소리로 읽었다. 돋보이는 '클라이막스'를 위해 생각들을 모으는 일이 도무지 되지가 않았다. 게다가 작업을 하는 동안 경찰관이 와서 내게서 멀지 않은 거리 한가운데에 자리를 잡고서 내 모든 생각을 망쳐놓았다. 내가 '사령관'을 위해 기사의 '클라이막스'를 멋지게 쓰는 일이 그와 무슨 상관이 있단 말인가? 아아, 아무리 노력을 해도 도저히 곤경에서 헤어나지지가 않았다! 그렇게 1시간을 보냈다. 경찰관이 가버렸다. 움직이지 않고 있기에는 추위가 극심해지기 시작했다. 새로운 시도가 유산되어 실망하고 의기소침해져서, 나는 다시 문을 열고 방으로 올라왔다.

위층은 몹시 추웠다. 짙은 암흑 속에 창문이 가까스로 보였다. 침대까지 더듬거려 가서 구두를 벗고 두 손으로 발을 덥히기 위해 앉았다. 그리고서 오래전부터 그래왔듯이 옷을 고스란히 입은 채로 누웠다.

다음 날 아침, 날이 밝자마자 침대에 일어나 앉아 기사를 다시 집어 들었다. 그런 자세로 정오까지 있었다. 그러나 겨우 10~20줄을 써놓았을 뿐이다. 아직 마무리까지는 멀었다.

나는 일어나 구두를 신고 몸을 덥히기 위해 방 안을 이리저리 걷기 시작했다. 창문 유리에는 서리가 끼어 있었다. 밖을 내다보았다. 눈이 내리고 있었다. 저 아래 뒤뜰에서는 두터운 눈이 길바닥과 샘터에 쌓여 있었다.

창문을 통해서 밖을 살펴보기도 하고, 이리저리 아무렇게나 몇 바퀴 돌아보기도 하고, 손톱으로 벽을 긁어 보기도 하고, 조심스럽게 이마를 문에다 대보기도 하고, 집게손가락으로 마룻바닥을 톡톡 쳐보기도 하고, 주의 깊게 귀를 기울여도 보았다. 이 모든 일을 전혀 무슨 목적이 있어서 한 것은 아니었지만, 마치 무슨 중요한 일을 하고 있는 듯이 신중하고 조용하게 했다. 그러면서 그때그때 내 자신에게 들릴 만큼 충분히 큰 소리로 이렇게 이야기했다. 하지만, 맙소사, 이건 말도 안 돼! 그리고는 계속 말을 뇌까렸다. 오랜 시간이 지나서, 아마 두어 시간쯤 지나서 힘을 모아 입술을 깨물고 할 수 있는 한 몸을 뻗쳤다. 일을 끝내야 한다. 씹을 대팻밥을 찾고서 단단히 결심을 하고 다시 글을 쓰기 시작했다.

어렵사리 짧은 문장 몇 개를 썼다. 적어도 이야기라도 진전시키기 위해 온 힘을 다하여 뽑아낸 20여 줄의 빈약한 말들이었다. 그리고 나서 멈추었다. 내 머리는 비어 있었다. 더 이상은 도저히 어찌할 수가 없었다. 더 이상은 진행이 되지 않았으므로 이 마지막 말들을, 이 미완성된 종잇장을 두 눈을 커다랗게 뜨고 바라보았다. 마치 작은 형상들이 종이에서 나와 털을 곤두세우고 나를 보고 있는 것 같았다. 그 이상하고 꼬불꼬불한 글자들을 바보같이 바라보았다. 나중엔 아무것도 이해가 안 되었고, 아무 생각도 나지 않았다.

시간이 흘렀다. 거리에서는 사람들이 오가는 소리, 마차 소리와 말 달리는 소리가 들렸다. 옌스 올라이가 마구간에서 말들에게 말을 할 때면 그의 목소리가 내 쪽으로 올라왔다. 나는 완전히 멍한 상태였다. 꼼짝도 하지 않은 채로 아주 천천히 헛바닥을 찼다. 우울했다

날이 어두워지기 시작했다. 갈수록 기운이 떨어졌다. 피로가 몰려들었다. 다시 침대에 누웠다. 손을 덥히기 위해 머리카락 속에 손가락을 넣고 가로로 세로로 대각선으로 훑었다. 손가락 사이에 남아 있던 머리털과 베개 위에 빠져 있던 머리털을 모아 작은 뭉치로 감았다. 그때 내가 꼭 머리카락을 생각하고 있던 것은 아니었다. 마치 그 일은 나와 상관없는 듯이 느껴졌다. 게다가 내게는 아직 남아 있는 머리카락이 많았다. 마치 안개처럼 팔다리에 스며드는 이상한 무감각 상태에서 다시 깨어나 보려고 해 보았다. 일어나 앉아서 손바닥으로 무릎을 치고, 가슴이 허락하는 한 심하게 기침도 해 보았다. 그러다가 다시 쓰러졌다. 아무래도 효과가 없었다. 뜬눈을 곧장 천장에 고정시킨 채, 도리 없이 생명이 꺼져가고 있었다. 집게손가락을 입 안에 넣고 빨아보기 시작했다. 무엇인가가 머릿속에서

움직이기 시작했다. 한 가지 생각이 떠오르고 있었다. 완전히 정신 나간 생각이. 음! 손가락을 깨물어보면 어떨까? 두 번 생각할 것도 없이, 눈을 감고 이를 악물었다.

펄떡 뛰었다. 마침내 정신이 깨어났다. 손가락에서 피가 조금 났다. 나는 대로 피를 훑았다. 아프지 않았다. 상처는 아무렇지도 않았다. 하지만 곧 정신이 들었다. 고개를 흔들고, 창가로 가서, 상처에 감을 천조각을 찾았다. 그러는 동안, 내 눈에는 물이 가득 고였다. 혼자서 소리 없이 흐느꼈다. 물린, 이 마른 손가락은 몹시도 슬퍼 보였다. 하느님 맙소사, 나는 대체 어느 지경까지 이르러 있는 것인가!

어둠이 짙어지고 있었다. 양초만 하나 있으면 저녁나절에 마지막 구절을 쓰는 것이 불가능하지 않을지도 모른다. 다시 머리가 맑아져 있었다. 여느 때처럼 생각이 떠올랐다 사라지곤 했다. 특별히 괴롭진 않았다. 오히려 몇 시간 전보다 배고픔이 덜 느껴졌다. 내일까지 견뎌낼 수 있을 것이다. 가정용품을 파는 가게에 가서 사정을 하고 내 상황을 설명하면 잠시 외상으로 양초를 하나 얻어올 수 있을지도 모른다. 그 곳 사람들을 나는 아주 잘 알았다. 시절이 괜찮았을 때, 돈이 생기면 그곳에서 빵을 많이 샀다. 내 평판은 좋으니 양초를 틀림없이 하나 얻어올 수 있을 것이다. 참으로 오래간만에, 어둠 속에서 보이는 한, 옷에 솔질을 좀 하고 윗저고리에 떨어진 머리카락을 털어내기 시작했다. 그리고 나서 계단을 더듬거리며 내려왔다.

거리에 당도하자 빵을 구걸해보는 게 더 나을지도 모른다는 생각이 들었다. 생각이 갈팡질팡해서, 걸음을 멈추고 생각해보기 시작했다. 결국, '절대로 안 돼!' 하고 스스로에게 대답했다. 불행히도 나는 어떤 음식물도 더 이상 받아들일 수 없는 상태였다. 환각과 불길한 예감과 정신 나간 생각과 함께 똑같은 일이 재현될 것이다. 기사는 결코 끝맺지 못할 것이다. '사령관'이 나를 잊어버리기 전에 그를 만나보러 가야 한다. '절대로 안 돼!' 나는 양초로 결정을 보았다.

가게로 들어섰다.

어떤 여자가 카운터 옆에 서서 물건을 사고 있었다. 내 옆에는 각기 다른 종이 속에 포장된 여러 개의 조그만 꾸러미들이 진열되어 있었다. 나를 알고 있고 내가 대개 무엇을 사는지 알고 있는 점원이 여자를 떠나서, 스스럼없이 신문지에 빵을 하나 싸더니 내게 내밀었다.

"아닙니다. 오늘 저녁은 양초를 하나 주세요."

나는 그의 신경을 거스르지 않고 외상으로 양초를 얻어낼 행운을 망쳐버리지 않기 위해 매우 부드럽고 겸손하게 그렇게 말했다.

내 대답은 그의 허를 찔렀다. 내가 빵이 아닌 다른 것을 그에게 달라고 하는 것은 이번이 처음이었기 때문이다.

"아! 좋습니다. 그러면 조금만 기다려 주십시오."

그는 그렇게 말하고서 다시 여자의 시중을 들기 시작했다. 그녀는 산 물건들을 집어 들고 값을 지불했다. 5크로네짜리 지폐를 주고는 잔돈을 받고서 가버렸다.

이제 점원과 나만 남았다. 그가 말했다.

"아! 예, 자, 양초 여기 있습니다."

그러면서 양초 상자를 뜯더니 내게 하나를 꺼내 주었다.

그는 나를 바라보고 나는 그를 바라보았다. 나는 부탁할 말이 목구멍까지 올라왔으나 입 밖으로 내놓지 못했다.

"아이고 이런 돈을 내셨지요."

그가 이렇게 말했다. 그는 그저 내가 돈을 냈다고 말했다. 나는 그 한마디 한마디를 들었다. 그는 금고에서 잔돈을 꺼내더니 1크로네씩 세보기 시작했다. 통통하고 번쩍거리는 동전을… 그는 그 여자의 5크로네, 그 5크로네에 대한 거스름돈을 내게 내주었다.

"여기 있습니다."

나는 잠시 그 돈을 바라보았다. 뭔가가 잘못되고 있다고 느껴졌다. 생각을 하지 않았다. 아무 생각도 나지 않았다. 그저 내 눈 앞에서 펼쳐져 번쩍이는 그 모든 돈 앞에서 황홀감에 빠질 뿐이었다.

나는 놀라고 기가 질리고 기운이 빠져 멍청하게 카운터 앞에 그대로 있었다. 문 쪽으로 한 걸음 나아가서 걸음을 멈추었다. 시선을 방의 칸막이 어느 한 곳으로 옮겼다. 그는 거기서 가죽 고리 줄에 달린 조그만 종과 그 아래의 끈 꾸러미를 집어 들었다. 나는 그 물건들에 시선을 고정시키고 있었다.

점원은 내가 별로 서두르지 않자 내가 대화를 시작하고 싶어

하는 줄로 생각하고서, 카운터에 널려 있는 포장지 몇 장을 정돈하며 이렇게 말했다.

"이젠 겨울이 다된 것 같아요."

"음! 그렇군요. 겨울이 다된 것 같아요. 정말 그런 것 같군요."

이렇게 대답하고, 조금 후에 이렇게 덧붙였다.

"뭐! 별로 이른 것도 아니지요. 하지만 정말 겨울 같군요. 하기야, 별로 이른 것 같지도 않아요."

이 바보 같은 소리를 내뱉는 내 말소리가 들렸다. 마치 다른 사람이 하는 말처럼 내가 하는 말 한마디 한마디가 들려왔다.

"아! 그러세요."

하고 점원이 말했다.

나는 돈을 쥔 손을 주머니에 넣고 오리 부리 모양의 문손잡이를 돌려 문을 열고서 나왔다. 안녕히 계시라고 내가 말하는 소리와 점원이 대답하는 소리가 들렸다.

현관 계단에서 이미 몇 발자국 내려온 참인데, 가게 문이 난폭하게 열리더니 점원이 나를 불렀다. 나는 놀라지도 않고 전혀 불안해할 것도 없이 돌아섰다. 그저 손에 잔돈을 움켜쥐고서 그에게 돌려줄 준비를 했다.

"죄송합니다. 양초를 잊어버리셨습니다."

하고 점원이 말했다.

"아! 고맙습니다. 고마워요! 고마워요!"

나는 조용히 이렇게 대답했다.

그리고서 손에 양초를 들고 거리를 다시 내려왔다.

내가 먼저 이성적으로 생각을 한 것은 잔돈에 대해서였다. 가로등 쪽으로 가서 잔돈을 다시 세어보고 손으로 들어 무게를 재어 보고 미소를 지었다. 이렇게 해서 그래도 곤경에서 훌륭하게 헤어났다. 당당하게 화려하게 앞으로 오랜 시간 동안 곤경에서 헤어난 것이다! 나는 돈을 쥔 손을 다시 주머니에 넣고 길을 떠났다.

큰 거리의 어느 싸구려 식당 앞에서 걸음을 멈추고, 이제 부터 점심 식사를 하는 위험을 감수할 것인지 말 것인지 냉정하고 조용하게 숙고해 보았다. 안에서는 사람들이 자르는 고기 소리와 접시와 나이프가 부딪치는 소리가 들려왔다. 그것은 내게 너무도 큰 유혹이었다. 안으로 들어갔다.

"비프스테이크 하나요!"

하고 내가 말했다. 식모가 창구에다 소리 질렀다.

"비프스테이크 하나!"

출입문 바로 옆 빈 테이블에 자리를 잡았다. 그리고 기다렸다. 내가 앉아 있는 구석은 좀 어두웠다. 몸이 잘 숨겨진 기분이 들었다. 생각을 하기 시작했다. 이따금 식모가 내게 약간 호기심어린 눈길을 던졌다.

생전 처음으로 정말로 나쁜 짓을 저지르고 말았다. 처음으로 도둑질을 했다. 이제 지금까지 해 온 곡예처럼 어려운 내 모든 일들은 아무런 가치도 없게 되었다. 처음으로 조그만… 아니, 큰 타락을… 흥, 그러면 어때! 돌이켜 생각해 볼 필요는 없어. 그리고 식료품 장수와 나중에 얼마든지 사태를 마무리하면 돼. 나중에 좋은 기회가 생기면 말이지, 내가 반드시 이런 길로 계속 나아가리란 법은 없다. 내가 다른 모든 사람들보다 더 정직하게 살 수 있도록 강하게 태어난 것은 아니다. 누구와 계약을 한 것도 아니다.

"비프스테이크는 나오는 겁니까?"

"예, 곧 갑니다."

식모가 창구를 열고 주방을 들여다보았다.

하지만 일이 발각된다면? 그 점원이 의혹을 품는다면? 빵일을 생각하기 시작해서, 여자에게 5크로네에 대한 잔돈을 돌려준 사실을 생각해 낸다면? 어쩌면 내가 다음번에 가게에 들어가면, 그 일이 그의 기억에 떠오를 수도 있다. 그러면 맙소사…! 나는 도망치듯 어깨를 으쓱했다.

식모가 테이블에 비프스테이크를 내려놓으며 상냥하게 말했다.

"죄송하지만, 다른 자리로 가시지 않겠어요? 여긴 어두워서요."

내가 대답했다.

"아니, 괜찮아요. 여기가 좋아요."

문득 그녀의 상냥함이 나를 감동시켰다. 나는 즉시 비프스테이크 값을 지불했다. 주머니 속에서 잡히는 대로 그녀에게 쥐어주었다. 그녀가 미소를 지었다. 나는 눈물을 글썽이며 농담을 해보려고 이렇게 말했다. 잔돈으로 농장이나 하나 사보시구려… 행운을 빌어요!

먹기 시작했다. 시간이 지남에 따라 갈수록 식욕이 왕성해졌다. 씹지도 않고서 커다란 덩어리를 삼켜댔다. 마치 식인귀처럼 고기를 먹었다. 식모가 다시 내 쪽으로 왔다.

"마실 것도 드릴까요?"

그녀는 이렇게 말하고, 내 쪽으로 조금 몸을 기울였다. 그녀를 바라보았다. 그녀는 거의 겁을 먹은 듯이 아주 낮게 말을 하고 있었다. 그리고 두 눈을 내리깔았다.

"가령, 맥주 반병이나, 뭐든지 좋으실 대로요… 제가… 값은 안 받을 게요… 원하신다면…."

"아니, 괜찮아요. 지금은 싫소. 다음번에 또 오지요."
하고 내가 대답했다. 그녀는 물러나서 카운터 뒤에 앉았다. 그녀의 머리만 보이게 되었다. 이상한 여자로군!

식사를 마치고, 곧장 문으로 갔다. 벌써 구토증이 났다. 식모가 일어났다. 불빛 속으로 나가기가 두려웠다. 내 가난한 모습에 의혹을 품지 않는 그 여자에게 너무 내 자신을 노출시키기가 두려웠다. 그래서 그녀에게 급히 안녕히 계시라고 인사를 하고 길을 나섰다.

음식물이 효력을 내기 시작했다. 몹시 괴로웠다. 음식물이 속에 오래 남아 있을 것 같지가 않았다. 걷는 동안 내내, 어두운 구석을 지나칠 때마다 입 속을 비워냈다. 다시금 나를 파고드는 구토감을 가라앉히려고 몸부림을 쳤다. 두 주먹을 꽉 쥐고서 몸을 긴장시켰다. 발로 길바닥을 차기도 하고 속에서 올라오는 것을 미친 듯이 도로 삼켜댔다. 소용이 없었다! 결국은 두 눈에 솟구치는 눈물로 앞도 안 보인 채, 허리를 굽히고 대문 밑으로 달려가서 또 게워냈다.

그러자 고통이 심해졌다. 나는 울면서 거리를 거슬러 올라갔다. 그가 누가 되었든 나를 이렇게 박해하는 잔인한 천상의 지배자를 저주했다. 그 천박함에 벌 받으라고 그 지배자에게 지옥의 저주와 영원한 형벌을 받으라고 욕설을 퍼부었다. 그 천상의 지배자에게는 기사도 정신이 별로 없었다. 기사도 정신이 눈곱만치도 없었다. 나는 진열장 앞에서 비질을 하고 있는 남자에게 곧장 가서 부랴부랴, 굶은 지 오래되는 사람에게 무엇을 먹여야 하느냐고 물었다. 이건 생명에 관계되는 일이며, 그 사람은 비프스테이크를 견뎌내지 못하는 사람이라고 말했다. 남자가 깜짝 놀라서 대답했다.

"우유요, 끓인 우유가 좋다는 말을 들은 적이 있습니다. 그런데 대체 누가 그렇습니까?"

"고맙습니다! 고맙습니다! 끓인 우유라, 나쁘지 않을 것 같군요."

하고 내가 말했다. 그리고 자리를 떠났다.

첫 번째 카페가 보이자 그리로 들어가서 끓인 우유를 부탁했다. 우유를 가져오자, 굉장히 뜨거웠지만 들이마셨다. 마지막 한 방울까지 게걸스럽게 삼키고서, 값을 지불하고 나왔다. 집 쪽으로 길을 접어들었다.

그때 이상한 일이 일어났다. 문 앞에 있는 가로등에 기댄 채 가득히 불빛을 받으며 어떤 사람이 서 있었다. 벌써 멀리서도 그 모습이 보였다. 또 그 검은 옷차림의 여자였다. 그 전에도 저녁이면 보이던 검은 옷을 입은 바로 그 여자였다. 틀림이 없었다. 같은 장소에 그녀가 와 있는 것이 이번이 네 번째였다. 그녀는 옴짝달싹도 하지 않고 서 있었다.

하도 이상하게 생각되어 나도 모르게 걸음을 늦추었다. 그때는 정신이 제대로 수습되어 있었지만, 초흥분 상태라서 방금 했던 식사 때문에 신경이 곤두서 있었다. 여느 때처럼 그녀 바로 뒤로 지나가서 거의 문에 들어서기 직전이었다. 거기서 걸음을 멈추었다. 불쑥 생각이 하나 떠올랐다. 미처 내가 무슨 짓을 하고 있는지 이해도 못한 채로, 돌아서서 그 여자에게로 곧장 가서 정면으로 바라보고 인사를 했다.

"안녕하세요, 아가씨!"

"안녕하세요."

하고 그녀가 대답했다.

"실례합니다만, 누구를 찾고 계십니까? 벌써 전에도 뵌 적이 있는데요. 무슨 일이든, 도와드릴 수 있을까요? 대단히 실례입니다만."

"오! 꼭 그런 것은…"

"이 문 뒤편에는 말 서너 마리하고 저를 빼면 아무도 살지 않습니다. 요컨대 마구간하고 양철공의 작업장이지요. 이 근처에서 누군가를 찾으시는 것이라면 길을 잘못 드신 것이 아닌가 싶군요."

그러자 그녀는 외면을 하며 이렇게 말했다.

"아무도 찾지 않아요. 그냥 이렇게 있을 뿐이에요."

"아! 그렇군요! 그냥 계셨군요."

그냥 변덕이 나서 저녁마다 이렇게 와 계시는군. 좀 이상하잖은가. 생각할수록 아가씨는 나를 당황하게 했다. 나는 대담해지기로 마음먹었다. 주머니에서 돈 소리를 좀 짤랑거리고, 예의 차릴 것 없이 어디 가서 한잔 하자고 말했다. 겨울이 온 것을 기념하기 위해, 흐음… 오래 걸릴 필요는 없다… 하지만 싫으신가?

"아! 아니, 괜찮아요."

그건 조신한 행동이 못될지도 모른다. 그렇다, 그럴 수는 없다. 하지만 나를 좀 바래다주는 친절을 베풀어주시면 어떨까? 그러니까… 우리 집으로 가는 길은 상당히 어둡고, 이렇게 이슥한 밤에 카를 요한 거리를 혼자서 거슬러 올라간다는 것은 재미없는 일이다.

우리는 걷기 시작했다. 그녀는 내 오른쪽에서 걸었다. 야릇한 감정이 나를 사로잡았다. 아름다운 감정이었다. 젊은 여자와 함께 있다는 것을 의식한 것이다. 나는 길을 가면서 내내 그녀를 바라보았다. 그녀의 머리카락 냄새, 몸에서 나오는 따뜻함, 그녀가 풍기는 여자 냄새, 내 쪽으로 얼굴을 돌릴 때마다 느껴지는 부드러운 숨결, 이 모든 것이 내 마음속에 넘쳐 흘러 내 모든 감각 속에서 격렬하게 스며들어 왔다. 베일 속에서 좀 창백한 그녀의 얼굴과 외투 위로 부풀어 오른 가슴이 가까스로 엿보였다. 외투와 베일 속으로 느낄 수 있는 그 모든 숨겨진 화려함에 대한 생각이 나를 혼란하게 만들었고, 뚜렷한 이유도 없이 바보처럼 행복하게 만들었다. 나는 더 이상 견딜 수가 없어서 손으로 그녀의 어깨를 만지고서 바보처럼 미소를 지었다. 내 가슴이 뛰는 소리가 들렸다.

"아가씨는 참 이상도 하시군요!"

하고 내가 말했다.

"뭐가?"

"그러니까 우선, 그냥 그런 생각이 머리에 떠올랐다고 해서 아무런 목적도 없이 저녁마다 마구간 앞에 못박힌 듯 서 있으시니까…."

"아! 그것에 대해서는 나름대로 이유가 있을 수 있어요. 게다가 저는 한밤까지 잠을 안자고 있기를 좋아하거든요. 늘 그랬어요. 선생님은 자정 이전에 잠자리에 들기가 좋으신가요?"

"저요? 제가 세상에서 싫어하는 것이 하나 있다면, 그건 자정 전에 잠자리에 드는 거지요. 허허!"

"호호, 선생님도 그러시잖아요! 그래서 저는 할 일도 없는 저녁이면 산책을 하는 거랍니다. 저는 성 올라프 광장 저편에 살고 있어요."

"일라얄리!"

하고 내가 외쳤다.

"뭐라고요?"

"그냥 일라얄리라고 해 보았을 뿐입니다. 아무것도 아니에요. 말씀 계속하세요!"

"성 올라프 광장 저편에서 엄마와 함께 다분히 고독하게 살고 있답니다. 하지만 엄마는 귀가 먹히셔서 함께 이야기를 할 수가 없어요. 그래서 좀 외출하고 싶은 것인데, 그게 뭐가 이상한가요?"

"아! 아무것도 이상할 것 없지요!"

"그러면요?"

그 목소리로 보아 그녀가 웃음을 짓고 있다는 것을 알았다.

"언니가 있지 않으세요?"

"그래요, 언니가… 그런데, 어떻게 아셨지요… 하지만 언니는 함부르크에 갔어요."

"최근에 가셨겠지요?"

"아! 5주 정도 됐어요. 언니가 있다는 것을 어떻게 알고 계세요?"

"전혀 알고 있지 않았어요. 그저 여쭤본 것뿐입니다."

우리는 입을 다물었다. 겨드랑이에 구두 한 켤레를 낀 어떤 남자가 우리를 앞질러 갔다. 그것을 빼면 우리 눈에 보이는 한, 거리는 텅 비어 있었다. 저쪽 '티볼리' 쪽에서 색깔 있는 전등이 일렬로 길게 번쩍이고 있었다. 눈은 더 이상 내리지 않았다. 하늘이 맑았다.

"맙소사! 외투도 없이, 춥지 않으세요?"

하고 그녀가 갑자기 나를 바라보며 말했다. 내게 왜 외투가 없는지 말을 해야만 할까? 지금부터 내가 처한 상황을 폭로해서 그녀를 놀라게 만들고 당장에 달아나게 만들어야 할까? 하지만 그녀의 옆에서 걸으며 아직 조금 더 모르는 상태로 두는 것이 달콤했다. 나는 거짓말로 이렇게 대답했다.

"아니, 천만에요."

그리고 다른 이야기로 넘어가려고 이렇게 물었다.

"티볼리 동물원에 가보신 적이 있습니까?"

그녀가 대답했다.

"아뇨. 볼 만한 가치가 있나요?"

그녀가 거기에 가볼 생각이라도 품게 되면 어쩌나? 그 많은 사람 가운데로 불빛 속으로 나가볼 생각이라도 하게 되면? 그녀는 매우 난처해질 것이다. 내 형편없는 옷차림과 이틀 전부터 세수도 안한 내 상한 얼굴에 그녀는 달아나버리고, 내게 조끼도 없다는 것을 발견하게 될지도 모른다.

그래서 즉시 이렇게 대답했다.

"아! 아뇨. 그럴 가치가 없을 겁니다."

다행히 몇 가지 생각이 머리에 떠올라서, 즉시 그 생각을 말했다. 내 바닥난 머리에 남은 몇 마디 보잘 것 없는 말이었다.

저렇게 조그만 동물원에 대해 뭘 기대하겠는가? 게다가 우리에 갇힌 동물을 보는 일에 나는 흥미 없다. 동물들은 사람들이 자기들을 바라보기 위해 와 있다는 것을 알고 있다. 동물들은 그 호기심에 찬 수백 개의 시선을 느끼고 거기서 영향을 받는다. 아니 사람들이 자기들을 관찰하고 있다는 것을 모르는 동물이 있다면, 말해 보라. 그 야생 동물들은 무력하게 푸른 눈을 하고 소굴 안을 돌아다니거나 누워서 다리를 핥으며 생각을 한다. 그렇지 않은가?

"아! 제 생각이 옳았군요."

"날 때부터 포악하고 온전히 야생 상태에 있는 동물들이야말로 진짜 볼 맛이 나지요. 밤의 짙은 암흑 속에서 소리 없고 은밀한 그 걸음, 그것들이 숨 쉬는 소리와 숲의 공포, 날아가는 새의 비명, 바람, 피 냄새, 저 멀리 허공에서 뭔가 부러지는 소리 등, 한마디로 말해, 야생 동물 위로 떠도는 동물계의 영혼이야말로…"

그러나 나는 그녀를 피곤하게 할까 봐 두려웠다. 다시금 엄청나게 헐벗은 기분에 사로잡혔다. 그런 감정에 나는 짓눌렸다. 내가 그저 그럭저럭 옷만 괜찮게 입었더라면, 그녀에게 '티볼리'로 가보는 즐거움을 선사할 수 있었을 텐데! 반쯤 거지같은 사람에게 카를 요한 거리를 내내 같이 가자면서 즐거움을 느낄 수 있는 이 여자가 이해가 되지 않았다. 하느님 맙소사. 그녀는 대체 무슨 생각을 하고 있는 것일까? 그리고 나는 왜 자화자찬을 하고 걸맞지 않게 바보같이 미소를 지으며, 걷고 있는 것인가! 내가 이 오랜 산책에 이끌려 다니며 이 섬세한 비단새에게 고문을 당할 납득할 만한 어떤 이유라도 있는가? 이런 일을 하자면 많은 노력이 들지 않는가? 나는 얼굴에 가벼운 바람만 조금 불어와도 심장 속까지 꿰뚫고 들어오는 죽음 같은 추위를 느끼지 않는가? 그저 수개월 동안의 그치지 않는 빈곤 상태만으로도 이미 광기가, 내 머릿속에서 광기가 일어나고 있지 않은가? 이 아가씨는 내가 집으로 돌아가서 혓바닥에 약간의 우유를 맛보는 것조차 못하게 하고 있다. 왜 등을 돌리고서 내가 지옥에나 가도록 버려두지 않는 것일까?

나는 절망감이 극에 달해 그녀에게 이렇게 말했다.

"사실 저와 산책하셔서는 안 될 것입니다, 아가씨. 누가 보더라도 저는 당신의 평판을 위태롭게 하고 있습니다. 제 옷차림만으로도 그렇지요. 그래요, 이건 순전한 사실입니다. 저는 생각하는 대로 말씀을 드리는 겁니다."

그녀는 어리둥절해서 얼른 나를 힐끗 훑어보더니 이렇게 말했다.

"맙소사, 역시 그렇군요!"

그리고 더는 말하지 못했다. 내가 물었다.

"그게 무슨 뜻입니까?"

"아! 아니에요. 그만두지요… 조금만 더 가면 돼요."

그리고 그녀는 좀더 빨리 걷기 시작했다. 대학 거리로 돌아서니 벌써 성 올라프 광장의 가로등이 보였다. 그러자 그녀는 다시 걸음을 늦추었다. 내가 말했다.

"실례가 안 된다면, 헤어지기 전에 성함을 말해주시지 않겠습니까? 그리고 당신을 볼 수 있도록 베일을 잠시만 들어올려주시지 않겠습니까? 그러면 아주 고맙겠습니다."

말이 없었다. 나는 기다렸다. 그녀가 대답했다.

"벌써 보셨잖아요."

"일라알리 !"

하고 나는 또다시 말했다.

"저를 집까지 반나절이나 뒤쫓아 다니셨죠. 그때는 취하셨었 나요?"

다시 그녀가 웃음 짓는 소리가 들렸다.

"그래요, 불행하게도, 그때는 취해 있었습니다."

"참 심술궂으셨어요!"

나는 참으로 심굴 궂었다고 온 마음으로 뉘우치며 인정했다.

우리는 샘터에 당도하여, 걸음을 멈추고 2번지의 불 밝혀진 많은 창문들을 바라보았다. 그녀가 말했다.

"이제 그만 오세요. 오늘 저녁 고마웠어요!"

나는 아무 말도 못하고 고개를 숙였다. 모자를 벗고서 맨머리 그대로 있었다. 그녀는 내게 손을 내밀까?

"왜 좀 바래다달라고 하지 않으시죠?"

하고 그녀는 구두코 끝을 바라보며 장난기 있게 말했다. 내가 대답했다.

"아아, 원하신다면!"

"좋아요, 하지만 아주 조금만요."

나는 극히 혼란스러워졌다. 도무지 어찌할 바를 몰랐다. 이 여자는 내 생각을 온통 뒤죽박죽으로 만들 참인가 보다. 나는 뛸 듯이 기뻤고, 혼이라도 빠져나갈 듯이 즐거웠다. 달콤한 행복감 속에 빠져들었다. 그녀는 일부러 나를 바래다주고 싶어 했다. 그 생각은 내가 해낸 것이 아니었다. 그녀 자신의 바람이었다. 걸으면서 내내 그녀를 바라보았다. 점점 용기가 났다. 그녀는 내게 용기를 북돋워 주었다. 그녀가 하는 말 한마디 한마디에 나는 그녀에게 이끌렸다. 잠시 동안 내 가난함, 비천함과 모든 한심스런 삶을 잊어버렸다. 예전에 영락하기 전처럼 온몸에 뜨거운 피가 흐르는 것이 느껴졌다. 작은 꾀를 써서 눈치를 살펴보기로 결심했다. 그래서 이렇게 말했다.

"그런데 지난번에 제가 뒤쫓은 사람은 당신이 아니었습니다. 당신의 언니였어요."

"언니였다구요?"

하고 그녀는 소스라치게 놀라며 말했다. 걸음을 멈추고 나를 바라보고 진지하게 내 대답을 기다렸다. 진심에서 묻고 있었다. 내가 대답했다

"그래요. 흠! 그러니까, 제 앞에 걷고 있던 두 분 중에서 가장 나이가 어린 분이었지요."

"가장 나이가 어린 사람요! 아하!"

그러더니 그녀는 갑자기 어린 아이처럼 환하게 웃음을 터뜨리기 시작했다.

"오! 당신은 정말 꾀가 약군요! 그저 제가 베일을 들어 올리도록 그런 말씀을 하셨겠지요. 알았어요. 하지만 헛수고가 될 거예요… 이건 벌이에요."

우리는 웃고 농담을 하기 시작했다. 쉬지 않고 줄곧 이야기를 나누었다. 나는 내가 무슨 말을 하는지도 몰랐다. 즐거웠다. 그녀는 전에 한 번, 오래 전에 연극관에서 나를 본 적이

있다고 이야기했다. 세 친구와 함께 있었는데, 정신 나간 사람처럼 행동하더라는 것이었다. 틀림없이 그때도 내가 술에 취해 있었던 것 같았다고 말했다.

"왜 그렇게 생각하시죠?"

"굉장히 웃기셨거든요."

"허, 그러세요. 정말이에요. 그때는 많이 웃었지요."

"그럼 이제는 웃지 않으세요?"

"오! 아닙니다. 지금도 웃지요. 그때는 산다는 것이 멋있었는데."

카를 요한 거리에 당도했다. 그녀가 말했다.

"그만 가겠어요."

우리는 돌아서 대학 거리를 거슬러 올라갔다. 다시 샘터에 도착하자, 나는 조금 걸음을 늦추었다. 그 이상은 함께 가도록 허락하지 않을 것을 알고 있었다.

"이제, 돌아가셔야 해요."

하고 그녀가 걸음을 멈추며 말했다. 내가 대답했다.

"예, 그런 것 같군요."

그러나 잠시 후 그녀는 대문까지 더 같이 갈 수 있겠다고 생각했다.

"저, 안 될 것도 없겠지요. 안 그래요?"

내가 그렇다고 대답했다.

그러나 문에 다다랐을 때 나는 다시 비참한 마음에 휩싸였다. 사람이 이렇게 삶에 부서지고 나면 어떻게 용기를 잃지 않겠는가? 나는 더럽고 굶주림에 찢기고 얼굴도 일그러지고 씻지도 않고 옷도 절반쯤 입은 둥 만 둥 이런 모습으로, 젊은 아가씨 앞에 있었다. 쥐구멍이라도 찾아 숨어야 할 몰골이었다. 나는 몸을 움츠리고 나도 모르게 허리를 굽혀 인사를 하고는 이렇게 말했다.

"또 만날 수 없겠지요?"

그녀가 또 만나주리라는 희망을 나는 털끝만치도 품고 있지 않았다. 그녀가 퉁명스럽게 거절을 해서 내 얼굴을 찌푸리게 만들고 무관심하게 만들기를 거의 소망했다. 그런데 그녀가 말했다.

"아뇨."

"언제요?"

"글쎄요."

잠시.

내가 말했다.

"잠시, 아주 잠시만 베일을 들어 올려주실 수는 없겠습니까? 제가 누구와 이야기를 했는지 알도록 말입니다. 아주 잠시만요. 누구와 이야기했는지 알아야 하지 않겠습니까…."

말이 없었다.

"화요일 저녁, 여기, 문 앞에서 만나요. 오시겠지요?"

"아! 예. 허락해 주시겠지요?"

"8시에."

"좋습니다."

나는 그녀의 외투에 손을 댔다. 그저 그녀를 만져보려는 구실거리를 갖기 위해 외투의 눈을 털어주었다. 그녀와 이렇게 가까이 있다는 것은 비길 데 없는 즐거움이었다.

"하지만 저에 대해 너무 나쁘게 생각하시면 안 돼요."

하고 그녀는 말했다. 그리고 또 미소를 지었다.

"그러믄요…."

불쑥 그녀는 단호한 몸짓으로 이마 위의 베일을 들어올렸다. 잠시 우리는 서로를 바라보며 있었다. '일라알리' 하고 내가 말했다. 그녀는 발끝으로 서서 두 팔로 내 목을 감고 입술에 키스를 했다. 그녀의 가슴이 요란하게 숨 쉬며 파닥거리는 것이 느껴졌다.

그녀는 갑자기 내 팔을 억지로 떼어놓고, 숨 가쁘게 낮은 목소리로 안녕히 가시라고 외치고서, 뒤로 돌아, 계단을 달려 올라갔다. 한마디도 덧붙이지 않고서….

문이 도로 닫혔다.

그 다음날은 눈이 더 많이 내렸다. 푸르스름한 함박눈이 뒤섞인 무거운 진눈깨비가 내려서 진흙탕을 이루었다. 날씨는 습하고 몹시 추웠다.

나는 좀 늦게 잠에서 깨어났다. 머리는 어제 저녁의 감동으로 야릇하게 혼란스러웠고, 마음은 그 아름다운 만남에 도취해 있었다. 황홀감 속에 잠에서 완전히 깨어나, 일라알리가 내 곁에 있다고 상상하며 잠시 그대로 누워 있었다. 두 팔을 벌리고 나 자신을 포옹했다. 그리고 허공에 키스를 했다. 그리고서 마침내 자리에서 일어나, 다시 한 잔의 우유를 마시고, 곧 비프스테이크를 먹었다. 이제 배는 고프지 않았지만, 또다시 신경이 몹시 흥분되었다.

의류시장으로 내려갔다. 어쩌면 헌 조끼를 싼 값에, 외투 속에 입을 무엇인가를, 아무 거라도 발견할 수 있을지 모른다는 생각이 머리에 떠올랐던 것이다. 시장 충계를 올라가, 조끼를 하나 발견하여 살펴보기 시작했다. 그러고 있는데 한 친구가 지나갔다. 그가 내게 고갯짓을 하더니 나를 불렀다. 나는 조끼를 놓고서 그에게로 내려갔다. 그는 기술자였는데 출근하는 길이었다. 그가 말했다.

"가서 맥주 한잔 하세. 하지만 빨리 해야 돼. 시간이 별로 없어… 어제 저녁에 자네와 같이 거닐던 그 여자는 누구였지?"

나는 그가 그런 생각을 하고 있다는 것만으로도 질투가 나서 이렇게 말했다.

"이것 봐, 그녀가 내 약혼녀였다면 어쩔 텐가?"

"아! 그럴 수가!"

하고 그가 말했다.

"그렇다네, 어제 저녁에 결정된 일이야."

나는 그를 짓눌러 버렸다. 그는 내 말을 곧이곧대로 믿었다. 나는 그를 떼어버리기 위해 그에게 거짓말을 쏟아부었다. 맥주가 나와서 우리는 맥주를 마시고 떠났다.

"그러면, 잘 가게나…! 이보게."

하더니 갑자기 그가 말했다.

"자네한테 몇 크로네 빚이 있지. 갚지 못한 지가 오래 되어서 부끄럽네. 하지만 돈이 생기는 즉시 갚겠어."

"고맙네."

하고 나는 대답했다. 하지만 나는 그가 그 몇 크로네를 절대로 돌려주지 않을 것을 알고 있었다.

불행하게도 곧 맥주가 머리로 올라와서 불붙은 듯이 열이 났다. 지난밤의 일이 내 머리를 떠나지 않고 나를 거의 미치게 만들었다. 그녀가 화요일 약속에 오지 않는다면! 생각을 해보고서 의혹을 품는다면…. 하지만 무엇에 대해 의혹을 품는단 말인가…. 불현듯 내 생각은 뚜렷하게 돈을 중심으로 돌아가기 시작했다. 불안해지고 내 자신이 죽도록 두려워졌다. 돈을 훔친 일과 모든 세세한 내용들이 머릿속에 녹아 흘렀다. 그 가게, 카운터, 잔돈을 집어 드는 가느다랗고 메마른 내 손이 보였다. 경찰이 나를 체포하러 오면, 경찰이 내게 어떻게 할 것인지 그 모습을 그려보았다. 두 손과 두 발에 쇠고랑을, 아니 두 손에만, 어쩌면 한 손에만 쇠고랑을 채운다. 철창과 범인 신문, 종이를 긁는 경찰의 펜 소리, 그의 시선, 그의 끔찍한 시선. 좋아, 탕겐 씨? 독방이오, 영원한 암흑….

흠. 나는 용기를 내기 위해 두 주먹을 꽉 쥐었다. 발걸음을 재촉하여, 큰 시장 광장에 도달했다. 거기서 앉았다.

바보 같은 생각은 그만두자! 내가 도둑질했다는 것을 사람들이 어떻게 증명한단 말인가? 게다가, 그 식료품 가게 점원은 무슨 일이 일어났었는지 혹시 어느 날 기억을 해낸다고 하더라도 감히 덤벼들지는 못할 것이다. 그는 자기 일자리에 너무도 애착을 갖고 있다. 싸움도 소문도 일어나지 않을 것이다. 결코!

그러나 아무리 그래도 그 돈은 주머니 속에서 무겁게 느껴지며 나를 마음 편히 내버려 두지를 않았다. 나 자신을 자세히 살펴보기 시작했다. 그리고 청렴결백하게 괴로움을 겪던 예전보다 지금이 더 행복하다는 것을 너무나도 명확하게 깨달았다. 하지만 일라얄리는! 나는 이 죄 많은 손으로 그녀를 비천함 속으로 끌어들이지 않았는가! 하느님, 오 하느님! 일라얄리.

나는 술독에 빠진 것처럼 취한 기분을 느꼈다. 갑자기 벌떡 일어나 '코끼리' 약국 근처에서 과자 파는 여자를 향하여 곧장 갔다. 아직 내 불명예를 교정할 수가 있다. 너무 늦지는 않았다. 천만의 말씀이다. 내가 그럴 수 있다는 것을 온 세상에 보여주리라! 가면서 돈을 준비했다. 마지막 외레까지 손에 쥐고 있었다. 마치 뭔가 사려는 듯이 여주인이 늘어놓은 과자 위로 몸을 기울었다. 단지 그뿐, 불쑥 그녀의 손에 돈을 쥐어주었다. 그리고 한마디 말도 없이 곧 길을 떠나버렸다.

다시금 정직한 사람이 된다는 것은 얼마나 근사한 기분인가. 내 빈 주머니는 더 이상 무겁게 느껴지지 않았다. 다시 빈털터리가 되고 보니 즐거웠다. 잘 생각해 보면, 그 돈은 사실 내게 남모르는 많은 근심을 안겨주었다. 나는 실제로 그것을 생각하며 여러 번이나 몸을 떨곤 했다. 나는 냉혹한 영혼을 가진 사람이 아니었다. 내 정직한 천성이 완벽하게 비천한 짓에 저항을 한 것이다. 천만다행으로 내 스스로의 양심 앞에 다시 일어선 것이다. 나처럼 하시오! 하고 나는 사람들로 우글거리는 광장을 둘러보며 말했다. 그러니까 나처럼만 하시오! 나는 그 불쌍한 과자 장수 노파에게 기쁨을 주었다. 그것은 하나의 축복이었다. 그녀는 어떤 성자에게 감사를 드려야 할지 몰라 했다. 오늘 저녁 그녀의 아이들은 주린 배로 잠자리에 들지 않을 것이다. 이런 생각을 하니 흥분이 가시지 않았다. 내 행동이 훌륭했다고 생각되었다. 천만다행으로 돈은 이제 내 수중에 있지 않았다.

도취감과 흥분에 휩싸이고 자랑스러움에 부푼 마음으로 길을 건넜다. 이제는 일라얄리 앞에 순수하고 정직한 모습으로 나서고 그녀를 정면으로 바라볼 수 있었다! 도취감에 싸여 이보다 더 기쁠 수가 없었다. 더 이상 괴로움도 없었다. 머리가 맑고 가벼웠다. 내 머리는 두 어깨 위에서 영원히 찬란하게 빛났다. 나는 장난을 치고 놀라운 일들을 일으키고 소란을 피우고 도시를 온통 뒤죽박죽으로 만들어놓고 싶은 욕구에 사로잡혔다. 그라엔센 거리를 내내 거슬러 올라가며 나는 미친 사람처럼 굴었다. 귀에서 가볍게 윙윙거리는 소리가 들렸고, 머릿속에서는 도취감이 극에 달했다. 무작정 열광한 나는 어떤 상인에게 가서 그에게 내 나이를 말하고 그의 손을 잡고 꿰뚫을 듯한 시선으로 그의 얼굴을 뜯어보고서 아무런 설명도 없이 그를 내버려두고픈 생각이 떠올랐다. 지나가는 사람들의 목소리와 웃음 소리가 들렸다. 내 앞의 차도 위에서 팔짝팔짝 뛰는 몇 마리의 작은 새들을 관찰했다. 길바닥의 모습을 연구하기 시작했다. 거기서 온갖 종류의 기호와 이상한 형상들을 발견했다. 그러는 동안에 의사당 광장에 도달했다.

불쑥 걸음을 멈추고 주의 깊게 삯마차들을 바라보았다. 마부들은 이야기를 나누면서 돌아다녔고, 말들은 사나운 날씨 속에서 움츠리고 있었다. 자! 하고 나는 중얼거리며 팔꿈치로 나 자신을 쳤다. 그리고 맨 첫번째 마차로 얼른 가서 올라탔다.

"울레바알 거리 37번지!"

하고 외쳤다. 우리는 출발했다.

도중에 마부가 뒤를 돌아보기 시작했다. 허리를 기울이고서, 마차 속 흙받이 밑에 앉아 있는 나를 흘끗흘끗 곁눈질해 보는 것이었다. 어떤 의심이라도 떠오른 것일까? 아마 내 허름한 옷차림이 그의 주의를 끌었으리라.

"만나볼 사람이 있어서요."

하고 그에게 알려주려고 말했다. 무슨 일이 있어도 그 사람을 꼭 만나야만 한다고 간곡하게 설명했다.

마차가 37번지 건물 앞에서 멈추었다. 나는 마차에서 뛰어내려, 3층까지 계단을 달려 올라가서, 초인종을 쥐고 잡아 당겼다. 안에서 초인종이 무섭게 6, 7번 울렸다.

식모가 나와서 문을 열었다. 그녀가 금귀고리와 회색빛 블라우스에 검은 라스팅(역주:일종의 질긴 모직물)으로 된 단추를 달고 있는 것이 보였다. 그녀는 겁이 나는 듯이 나를 바라보았다.

"키에룰프를, 조아킴 키에룰프를 만나러 왔습니다. 양모 상인인데요, 틀림이 없을 텐데요…."

식모가 고개를 흔들었다. 그리고 말했다.

"키에룰프라는 사람은 여기 살지 않습니다."

그녀는 나를 뚫어져라 쳐다보더니 문손잡이 위에 손을 얹고 들어가 버릴 태세였다. 내가 찾는 사람을 찾아보려는 어떤 수고도 하려 들지 않았다. 자기가 조금이라도 생각을 해보기만 하면 내가 말하는 사람을 정말로 알아낼 듯도 한데. 게으른 여편네 같으니. 나는 화가 치밀어 그녀에게서 등을 돌리고 돌아서 계단을 달려 내려왔다.

"안 계시던가요?"

"예. 도깨비 거리 11번지로 갑시다."

나는 지극히 흥분한 상태였는데, 마부에게 그 영향이 전염된 모양이었다. 이건 죽느냐 사느냐 하는 문제라고 단단히 믿고서, 그는 지체 없이 출발했다. 맹렬한 속력으로 질주했다.

"그 분 성함이 어떻게 됩니까?"

하고 그가 의자에 앉은 채로 뒤를 돌아보며 물었다.

"키에룰프, 키에룰프요. 양모 상인입니다"

마부에게도 역시 그런 사람은 틀림없이 존재한다고 생각되는 모양이었다. 그는 그 사람이 평상시에 밝은 색 윗저고리를 입고 다니지 않느냐고 묻는 것이었다. 내가 외쳤다.

"뭐라구요? 밝은 색 윗저고리? 당신 미쳤소? 내가 찾고 있는 것이 무슨 찻잔이라도 되는 줄 아시오?"

그 밝은 색 윗저고리라는 말이 신경에 몹시 걸렸다. 내가 그 사람에 대해 만들어 놓았던 이미지가 망가지고 있었다.

"그 분 성함이 어떻게 된다고 하셨지요? 키에룰프요?"

내가 대답했다.

"그렇다니까요. 뭐 이상한 점이라도 있다는 말이오? 조금도 부끄러울 것 없는 이름이오."

"그 분, 혹시 빨강머리가 아닌가요?"

그렇고말고. 그 사람이 빨강머리일 가능성은 얼마든지 있었다. 마부가 그렇게 언급하고 나자, 나는 그의 말이 옳다고 금방 확신했다. 가엾은 마부에게 나는 고마움을 느꼈다. 그에게 바로 맞혔다고 말해주었다. 정확하게 그가 말하는 대로다, 그런 사람이 빨강머리가 아니라면 정말이지 이상할 거라고 말해주었다.

마부가 말했다.

"아마 제가 가끔 모셔드리던 그 분인 것 같군요. 마디가 많은 곤봉을 갖고 계시던데요."

"하하! 그 사람이 손에 곤봉을 쥐고 있지 않은 모습을 본 사람은 아직 아무도 없지요. 믿어도 좋아요, 확실하게 믿어도."

"예. 제가 실어드린 분이 분명해요. 생각이 납니다."

그리고 나서 우리는 하도 빨리 달려서 편자 박힌 말의 네 발에는 불이라도 날 것 같았다.

나는 이렇게 극도의 흥분 상태에 있으면서도 단 한순간도 정신을 잃지 않았다. 마차가 어느 경찰관 앞을 지나게 되었는데, 그가 69번을 달고 있는 것이 보였다. 이 숫자는 매우 정확하게 머릿속에 들어와 가시처럼 들어박혔다. 69번, 정확하게 69번, 잊어버리지 않겠다!

미친 사람처럼 변덕스런 생각에 휩싸여 마차의 안쪽 깊숙이 등을 기댔다. 아무도 내 입술이 움직이는 것을 보지 못하도록 마차 덮개 속에 몸을 오그리고 있었다. 바보처럼 나 자신과 대화를 나누기 시작했다. 머릿속에서는 광기가 기승을 부리고 있었다. 그냥 그대로 있었다. 나는 내 지배권을 벗어나는 어떤 영향력을 받고 있는 것이 분명했다. 좀 전에 마신 몇 잔의 맥주에 아직도 취하고 기분이 좋아서, 아무런 까닭도 없이 소리 없이 미친 듯 킥킥 웃어대기 시작했다. 차츰차츰 극도의 흥분 상태가 가라앉고 점점 기분이 안정되었다. 다친 손가락이 시렸다. 좀 따뜻이 하기 위해 손가락을 셔츠 깃 속에 넣었다. 도깨비 거리에 당도했다. 마부가 마차를 멈추었다.

무거운 머리로 기진맥진한 채 아무런 생각도 없고 서두를 것도 없이 마차에서 내렸다. 대문 아래에 내려 뒤뜰로 가서 뜰을 가로질렀다. 문을 열었다. 들어가니 복도가 나왔다. 복도는 창문이 두 개 달린 일종의 대기실이었다. 한 구석에는 두 개의 트렁크가 아래위로 놓여 있었고, 칸막이벽을 따라서는 흰 나무로 된 낡고 긴 의자에 담요가 씌워져 있었다. 오른쪽 옆 방에서는 아기들의 목소리와 외침소리가, 위쪽 2층에서는 철판을 망치로 두들기는 소리가 들렸다. 들어서자마자 이 모든 것이 낱낱이 다 보였다.

나는 조용히 방을 가로질러 반대편 문에 당도했다. 서두를 것도 없고 달아날 생각도 없이 그 문을 열고 마차꾼 거리로 나왔다.

방금 가로질러 온 집으로 눈을 들어 올리니 문에 〈여행객을 위한 숙박업소〉라고 씌어져 있었다.

나를 기다리고 있는 마부에게서 달아날 생각이 떠오른 것은 아니었다. 나쁜 짓을 하고 있다는 의식도 없고 두려움도 없이, 마차꾼 거리 한가운데로 침착하게 떠나왔다. 내 머리를 그렇게 오래도록 떠나지 않던 그 양모 상인 키에룰프, 존재한다고 믿었으며 절실하게 찾아야 했던 그 존재는 차례차례 생겨났다 없어지곤 하는 다른 모든 꾸며낸 생각들과 함께 내 생각에서 나갔고 사라졌고 지워져 버렸다. 그저 기억 속에 느낌이나 추억으로서만 남아 있을 뿐이었다.

앞으로 나아감에 따라 점점 더 취기가 달아났다. 자신이 무겁고 피곤하게 느껴져 두 발을 질질 끌며 걸었다. 계속해서 질척한 함박눈이 내리고 있었다. 마침내 그뢴란드 교외에 도달했다. 교회까지 가서 벤치에 앉아 휴식을 취했다. 행인들이 모두 놀라 나를 바라보았다. 나는 깊이 상념에 빠져들었다.

아아, 나는 정말이지 처량한 처지에 빠져 있었다. 내 비참한 삶이 하도 혐오스럽고 피곤하게 느껴져서, 더 이상 이런 삶을 유지하려고 발버둥 칠 가치도 없을 것 같았다. 시련은 나를 제압하고 짓눌렀다. 너무 혹독했다. 나는 말할 수 없이 황폐해져 있었다. 나는 이제 예전의 나의 그림자에 지나지 않았다. 내 두 어깨는 하염없이 축 늘어져 있었다. 나는 가능한 한 가슴을 보호하기 위해 완전히 허리를 굽히고 걷는 일에 익숙해져 있었다. 며칠 전 어느 오후에 방 안에서 내 몸을 살펴본 적이 있었다. 그리고 한동안 그 몸 때문에 울었었다. 똑같은 셔츠를 입고 있은 지가 여러 주일이나 되었다. 셔츠는 오랜 땀에 절어 뻣뻣했으며, 그 때문에 배꼽 부분이 긁혀 있었다. 상처에서는 피 섞인 물이 약간 나왔다. 아프지는 않았지만 배 한가운데 이런 상처가 나 있다는 것은 비통한 일이었다. 어떻게 할 방도가 없었다. 상처는 저절로 낫지를 않았다. 나는 상처를 씻고 조심스럽게 물기를 닦아내고서 입고 있던 셔츠를 도로 입었다. 달리 아무런 도리가 없었다.

그런 모든 것을 생각하며 벤치에 앉아 있었다. 한없이 구슬퍼졌다. 나 자신에 대한 혐오감이 생겨났다. 두 손까지 메스꺼워 보였다. 손등의 더럽고 무기력한 모습이 괴롭고 불편했다. 문득 가느다란 손가락의 모습이 충격적으로 느껴졌다. 무기력한 이 몸 전체가 증오스러워졌다. 이 몸을 지니고 있는 것이, 이 몸을 느낀다는 것이 끔찍해 보였다. 아아, 이제 끝장이 날 수 있다면! 죽고만 싶었다.

스스로 보기에도 비천하고 더럽고 쇠약했다. 기계적으로 몸을 일으키고 숙소를 향하여 다시 걷기 시작했다. 길을 가다 보니, 〈정문 아래 오른쪽으로 안데르센 양의 수의 가게〉라고 적힌 정문 앞을 지나갔다. 오래 된 기억! 함메르브소르그 구역에서 예전에 살던 방과, 그 작은 흔들의자, 문 옆에 신문지로 바른 벽, 등대 관리소장의 공고문, 그리고 빵 가게 주인 파비안 올센의 신선한 빵 등이 생각났다. 아! 그때는 지금보다 훨씬 더 행복했다. 어느 날 밤에는 10크로네짜리 기사를 한 편 쓴 적도 있었다. 지금은 더 이상 아무것도 쓸 수가 없다. 결코 아무것도 써지지가 않는다. 써보려고 하면 곧 머리가 텅 비어졌다. 그렇다. 끝장을 내고 싶다! 나는 걷고 또 걸었다.

가정용품 가게가 가까워짐에 따라 나는 위험에 다가서고 있다는 것을 어렴풋이 의식했다. 하지만 끝까지 계획을 밀고 나갔다. 나 자신을 고발하고 싶었던 것이다. 조용히 층계를 올라갔다. 출입문에서 손에 찻잔을 든 여자아이를 만났다. 그 애가 지나가도록 비켜서 있다가 문을 닫았다. 또다시 점원과 나만 서로 마주 본 상태가 되었다. 그가 말했다.

"그렇죠! 날씨가 지독하지요!"

왜 이렇게 말을 돌리는 걸까? 왜 당장에 내 멱살을 잡지 않는 걸까?

나는 분노에 사로잡혀 이렇게 말했다.

"나는 날씨 얘기를 하러 여기 온 것이 아니오."

나의 난폭함에 점원은 깜짝 놀랐다. 채소 가게 점원다운 그의 새대가리가 작동을 멈춘 것이다. 내가 5크로네를 슬쩍했다는 생각이 그의 머리에는 떠오르지가 않는 것이다.

나는 조바심이 나서 말했다.

"내가 당신에게서 돈을 슬쩍했다는 것을 모른단 말이오?"

나는 격하게 숨을 몰아쉬고서 몸을 떨었다. 그가 정신을 차리지 못하면 완력이라도 쓸 각오가 되어 있었다.

그러나 이 가엾은 인간은 아무것도 깨닫지를 못했다.

맙소사, 이렇게 어리석기 짝이 없는 인간들 가운데서 살아야만 하다니! 나는 그에게 욕설을 퍼부었다. 무슨 일이 어떻게 일어났는지 하나하나 그에게 설명을 했다. 내가 어디에 서 있었고 그는 어디에 있었으며, 절도 행위는 언제 행해졌고, 내가 어떻게 잔돈을 주워서 손에 쥐었는지 그에게 보여주었다. 그는 모든 것을 깨달았지만 꼼짝 않고 있었다. 이리저리 둘러보고 옆방의 발소리에 귀를 기울이더니, 내게 좀 작은 소리로 말하라고 '쉬!' 했다. 그러더니 마침내 이렇게 말했다.

"참 비열한 짓을 하셨군요!"

그의 말에 반박하고 그를 자극할 필요에서 이렇게 소리쳤다.

"아! 이것 보시오! 그건 하찮은 가정용품이나 파는 장사치의 머리로 생각하는 것만큼 천박하고 야비한 짓이 아니었소. 물론 나는 그 돈을 갖지 않았단 말이오. 그런 생각은 꿈에도 하지 않았소. 내 자신을 위해서 그 돈을 써먹을 생각은 눈곱만큼도 없었단 말이오. 근본적으로 정직한 내 성격에 그런 생각은 혐오스런 것이니까…."

"그러면 그 돈을 어떻게 하셨습니까?"

"마지막 외레까지 어떤 불쌍한 노파에게 선사를 했단 말이오. 알겠소? 나는 그런 사람이오. 나는 가난한 사람들을 그렇게 잊어버리고 마는 사람이 아니오…."

그러자 그는 잠시 생각을 했다. 보니까 그는 내가 정직한 사람인지 아닌지 매우 갈팡질팡하는 모양이었다. 마침내 그가 말했다.

"차라리 그 돈을 가게에 돌려주셨어야 하지 않을까요?"

나는 뻔뻔하게 대답했다.

"이것 보시오. 나는 당신을 난처하게 만들고 싶지 않았어요. 당신을 구해주고 싶었단 말이오. 사람이 관대하게 대해 줬더니, 은혜를 원수로 갚는군. 나는 사건의 전모를 설명해 주려고 왔는데, 당신은 부끄럽지도 않은 모양이로군 그래. 이 이야기를 없던 걸로 해둘 생각이 떠오르지가 않는 모양이지. 그렇다면 나도 손을 털겠소. 지옥에나 가보시오. 잘 있으시오!"

거칠게 문을 쾅 닫고서 밖으로 나왔다.

하지만 녹아내린 눈에 젖었고 오늘 많이 돌아다녀서 오들오들 떨리는 무릎으로 내 방에 이 구슬프고 누추한 방에 들어서자, 금방 오만한 생각이 없어지고 또다시 움츠러들었다. 불쌍한 점원을 공격한 것이 후회스러웠다. 내 야비한 짓거리에 대해 스스로를 벌주기 위해 멱살을 잡고 흔들었다. 그는 물론 일자리를 잃을까 봐 죽도록 겁이 나서, 가게가 잃어버린 그 5크로네 문제로 감히 소란을 떨지 못했다. 그런데 나는 그의 두려움을 이용해서, 고래고래 소리를 지르며 그를 괴롭혔다. 내가 지르는 소리 한마디 한마디는 그를 비수처럼 찔러댔다. 가게 주인이 어쩌면 옆방에 있었는지도 모른다. 그래서 자칫하면 무슨 일인지 와서 보려고 했을지도 모른다. 내가 저지를 수 있는 야비한 짓에는 이제 한계가 없어졌다!

좋다. 그런데 왜 나는 체포되지 않은 걸까? 적어도 그랬으면 결말이 났을 것이다. 어떤 의미에서 나는 두 손을 쇠고랑에 내민 셈이었다. 털끝만치도 저항을 하지 않았을 것이다. 오히려 각오가 되어 있었다. 하늘과 땅에 계신 신이시여, 평생에서 하루에 단 한순간 행복해지려 했다는 이유로! 평생 동안 콩밥을! 한 번만 용서해 주십시오.

젖은 옷을 입은 채로 자리에 누웠다. 오늘 밤 죽을지도 모른다는 생각이 어렴풋이 떠올랐다. 내일 아침에 주위의 모든 것이 대충 단정한 모습을 띠도록 마지막 힘을 다 써서 침대를 좀 정돈했다. 두 손을 모으고 자세를 선택했다.

그런데 문득 일라알리가 생각났다. 저녁 내내 이렇게 그녀를 까맣게 잊고 있었다니! 내 가슴 속에는 아주 미약하기는 하여도 다시금 빛이 뚫고 들어왔다. 내게 축복받은 온기를 베풀어 주는 한줄기 햇살이었다. 그 햇살은 커져서, 비단결처럼 부드럽고 섬세한 빛이 되어, 나를 달콤하게 어루만지고 마비시켰다. 햇살은 점점 강렬해져서 내 관자놀이를 뜨겁게 불태웠다. 태양은 핏기를 잃은 내 머릿속에서 무겁게 끓어올랐다. 마침내 내 눈 앞에는 미친 듯한 빛줄기들이 불타는 들판이 불타는 악마들이 심연이 사막이 불타는 우주가 폭발하는 최후의 심판이 전부 활활 타올랐다.

그러더니 아무것도 보이지도 들리지도 않았다.

그 다음날, 온몸이 축축하게 땀에 젖어 잠에서 깨어났다. 열이 심한 나머지 심하게 요동쳤던 모양이었다. 처음에는 내게 무슨 일이 일어났는지 뚜렷한 의식이 없었다. 주위를 바라보고 놀랐다. 나는 존재 방식에 있어서 완전히 변모한 것 같았다. 더 이상 내 자신을 알아볼 수가 없었다. 두 팔을 아래에서 위로, 두 발을 위에서 아래로 더듬어 보았다. 창문이 이쪽 벽이 아니라 맞은편 벽에 나 있는 것을 보고 깜짝 놀랐다. 안뜰의 말발굽 소리가 마치 위에서 나는 것처럼 들려왔다. 구역질도 상당히 났다.

차갑게 젖은 내 머리카락이 이마에 늘어붙어 있었다. 팔꿈치를 괴고 일어나서 베개를 바라보았다. 베개 위에도 조그맣게 한 뭉치씩 젖은 머리카락이 남아 있었다. 밤 동안에 발은 구두 속에서 부풀어 있었지만 아프지는 않았다. 다만 발가락이 거의 움직여지지 않았다.

오후가 가고 있었고 좀 어두워지기 시작했으므로, 나는 침대에서 일어나 방안을 돌아다니기 시작했다. 될 수 있는 한 발을 아껴가며 균형을 유지하려고 신경쓰면서 조심스럽게 살금살금 걸으려고 해 보았다. 별로 고통스럽지도 않았고 눈물을 흘리지도 않았다. 요컨대 슬프지 않았다. 오히려 아주 만족스러웠다. 바로 그 순간에는 모든 일들이 전과 같지 않으리라고 생각되었다.

밖으로 나왔다.

단 한 가지 난처한 일은 음식물에 대한 혐오감에도 불구하고 어쨌든 배가 고픈 것이었다. 다시 터무니없는 식욕이 느껴지기 시작했다. 끊임없이 불어나고 또 불어나는 깊고도 사나운 먹고 싶은 욕구였다. 식욕은 가차 없이 내 가슴을 갉아먹고 있었다. 그 안에서는 소리 없고 이상한 작업이 진행되고 있었다. 마치 가느다랗고 조그만 벌레 20여 마리가 있어서, 한쪽으로 머리를 기울이고 조금 갉아먹고, 다른 쪽으로 머리를 기울이고 갉아먹고, 잠시 가만히 그대로 있다가 또다시 갉아먹기 시작하고, 서두를 것도 없고 소리도 없이 길을 만들고, 그것들이 지나가는 곳은 어디든지 빈 공간으로 만들어버리는 것 같았다.

나는 아픈 것이 아니라 지친 것이었다. 다시 땀을 흘리기 시작했다. 큰 시장에 가서 좀 쉬어보자는 생각이 났지만, 길이 멀고 힘들었다. 결국 거의 다 왔다. 나는 광장과 시장 거리 모퉁이에 와 있었다. 땀이 눈으로 흘러내려와 안경을 부옇게 해서 앞을 못 보게 만들었다. 땀을 좀 들이려고 걸음을 멈추었다. 내가 어디 있는지 신경이 쓰이지 않았다. 그런 것은 생각하지 않았다. 주변의 소음이 끔찍했다.

갑자기 누가 외치는 소리가 울렸다. 차갑고 예리하게 조심하라고 하는 경고 소리였다. 그 소리를 들었다. 그 소리를 아주 분명하게 들었다. 그래서 급히 옆으로 비켜섰다. 내 성하지 못한 다리가 움직여주는 최대한 재빨리 한 발 물러났다. 괴물 같은 빵 가게의 마차가 내 앞으로 지나가며 바퀴로 내 윗저고리를 스쳤다. 내가 좀 더 민첩했더라면 조금도 다치지 않고 빠져나왔을 것이다. 노력을 했으면 좀 더 민첩할 수 있었을지도 모른다. 하지만 이제는 어쩔 수가 없었다. 한 쪽 발에 통증이 느껴졌다. 발가락 몇 개가 마치 바퀴에 깔렸던 것이다. 발가락들이 구두 속에서 오그라드는 것처럼 느껴졌다.

빵집 주인은 온 힘을 다하여 말들을 멈추게 했다. 의자 위에서 몸을 돌리더니 두려움에 떨며 어떻게 된 일이냐고 물었다. 오! 훨씬 나빴을 수도 있었다. 별로 심각한 것 같지는 않다. 어디가 부러진 것 같지는 않다. 오! 괜찮다.

나는 할 수 있는 한 빨리 벤치를 향하여 걸어갔다. 사람들이 모두 걸음을 멈추고 나에게 시선을 고정시켜서 나는 당황했다. 사실은 치명적인 일은 아니었다. 비교적 불행 중 다행이었다. 제일 안 된 일은 내 구두가 찌그러지고 조각이 나 버렸다는 것이다. 구두 밑창 끝부분이 날아가 버렸다. 나는 발을 들고 구두가 찢겨진 곳에서 피가 흐르는 것을 보았다. 아아! 어느 쪽이든 고의적으로 이런 일을 일으킨 것은 아니었다. 그 남자가 내 우울한 상태를 악화시킬 의도가 있었던 것은 아니었다. 그는 굉장히 겁을 먹은 듯이 보였다. 마차에 실려 있는 작은 빵 하나를 그에게 부탁했더라면 그는 내게 그것을 주었을 것이다. 기꺼이 주었을 것이 틀림없었다. 그러니 그가 어디를 가든지 신께서는 그에게 기쁨을 주소서!

잔인하도록 배가 고팠다. 내 염치없는 식욕이 어떻게 끝날지 나는 알고 있었다. 벤치 위에 앉아 이리저리 둘러보았다. 두 무릎 위에 가슴을 기대고 있었다. 날이 어두워져서 간신히 시청 쪽으로 걸어갔다.

거기에 어떻게 도착했는지는 나도 모른다. 난간 한구석에 앉았다. 어두운 낯으로 아무런 뚜렷한 생각 없이 윗저고리의 주머니 하나를 뜯어내어 씹기 시작했다. 두 눈은 바로 앞을 뚫어져라 응시하고 있었지만 아무것도 보이지는 않았다. 아이들 몇 명이 주위에서 노는 소리가 들렸다. 산보객 한 명이 앞으로 지나가자 나는 본능적으로 그를 보았다. 그것을 빼고는 아무것도 보이지 않았다.

그런데 문득 아래에 있는 고기 시장의 노점으로 내려가서 날고기 한 점을 얻어오자는 생각이 떠올랐다. 일어나서 난간을 건너뛰어 시장의 지붕 반대편까지 내려갔다. 일단 고깃간 높이까지 다다라서 계단의 외곽 틀에 대고 소리를 지르고는, 마치 저 뒤쪽에 있는 개에게 말하는 듯이 위협하는 몸짓을 해보였다. 그리고 태연하게 눈에 띄는 고기집 주인에게 말을 걸었다.

"오! 우리 개한테 뼈다귀 하나만 주십시오. 뼈 하나만. 다음에 또 뭘 달라고는 않겠습니다. 그저 저놈 주둥이에 뭔가 물려 주려구요."

그는 내게 뼈 하나를 주었다. 훌륭한 뼈다귀였다. 거기에는 아직 고기가 좀 붙어 있었다. 그것을 윗저고리 안에 쑤셔 넣었다. 내가 하도 열렬하게 고맙다고 인사하니까 그는 놀라서 나를 바라보았다.

"별 것 아니오."

하고 그가 말했다. 내가 더듬거리며 말했다.

"그런 말씀 마십시오. 정말 친절하십니다."

그리고 올라갔다. 심장이 마구 뛰었다.

막다른 대장간이 골목으로 깊숙이 들어박힐 수 있는 한 가장 깊숙이 들어가서, 뒤뜰의 허물어진 문 앞에서 걸음을 멈추었다. 아무데서도 불빛이 보이지 않았다. 고맙게도 그늘이 주위를 덮고 있었다. 나는 뼈다귀의 고기를 갉아먹기 시작했다. 아무런 맛이 없었다. 말라붙은 피의 메스꺼운 냄새가 뼈에서 올라와, 곧 삼킨 것을 토해내지 않으면 안 되었다. 다시 시도를 해보았다. 이 고기 한 조각을 속에 집어넣을 수만 있다면 틀림없이 그 효과가 나련만. 뱃속에 그것이 남아 있도록 하는 것이 문제였다. 그러나 또다시 구토증이 일어났다.

몹시 화가 났다. 고기를 난폭하게 물어뜯었다. 거기서 조그만 살점이 뽑혀 나와서, 그것을 억지로 삼켰다. 하지만 아무런 소용이 없었다. 고기의 조그만 살점들은 위 속에서 발효되자마자 도로 올라왔다. 나는 미친 듯이 두 주먹을 꽉 쥐었다. 비탄에 빠져 눈물을 흘리고, 귀신들린 사람처럼 갉아먹기 시작했다. 하도 울어서 뼈는 눈물로 젖어 더럽혀졌다. 나는 더욱 격렬하게 토해내고, 욕설을 퍼붓고, 갉아먹었다. 마치 심장이 터져버릴 듯이 울었고, 또 토해냈다. 그리고 큰소리로 온세상의 신들에게 지옥에 떨어지라고 저주했다.

조용했다. 주위에는 사람의 그림자도 안 보였고, 불빛 하나도, 소리 하나도 없었다. 나는 신경이 극도로 흥분됐다. 무겁고 거칠게 숨을 몰아쉬었다. 배고픔을 좀 가라앉혀 줄 수도 있을 이 고기 살점을 게워내야만 할 때마다, 눈물을 흘리고 이를 갈았다. 온갖 노력을 다해 보았지만 아무 성과도 없었으므로, 문에다 뼈를 집어던졌다. 이루 말할 수 없는 무력감과 증오감으로 가득 차고 격노에 휩싸여, 난폭하게 하늘에다 호소와 위협의 소리를 내질렀다. 손가락을 야수의 발톱처럼 구부러뜨리고 격노로 응축된 쉰 목소리로 저주의 말을 외쳤다. '내가 말해두지. 저주받을 천상의 바알(역주:카르타고의 태양의 신)아, 너는 존재하지 않아. 네가 만약 존재한다면, 네 하늘이 지옥의 불길에 끓어오르도록 저주하겠다. 네게 말해두마. 나는 너를 섬겼는데 너는 그것을 거절했어. 너는 나를 거부했어. 너는 성스런 방문의 시간을 알아보지 못했으니, 난 네게 영원히 등을 돌리련다. 네게 말해두마. 나는 곧 죽으리라는 것을 알아. 하지만 숨이 넘어가려는 지금, 오 천상의 아피스(역주:이집트의 태양의 신)여, 너를 저주한다. 너는 나를 해치려고 애썼어. 너는 내가 역경 앞에서 절대로 굽히지 않는다는 것을 모르는구나. 그것을 알아야 하지 않는가? 너는 도대체 잠을 자면서 내 심장을 빚었단 말이냐? 네게 말하노니, 내 평생 혈관 속의 피 한 방울 한 방울이 너를 저주하고 너의 은총을 야유하며 환희를 느낀다. 지금 이 순간부터 나는 너를, 너의 허풍을, 너의 업적을 포기한다. 혹시라도 내 생각이 네게 미치게 되면 그 생각에 저주를 던지리라. 혹시라도 내 입술이 네 이름을 올리게 되면 그 입술을 뽑아버리리라. 네가 존재한다면, 삶과 죽음의 마지막 말을 해두마. 네게 작별을 고하마.

그리고 입을 다물겠다. 네게 등을 돌리고, 내 길을 가마….'
 침묵.

 나는 흥분과 피로로 몸을 떨었다. 저주와 욕설을 퍼붓고 격렬하게 울고 나서, 딸꾹질을 하고 미친 듯이 분노를 폭발시키고 나서, 상심하여 기력도 없이 움직이지도 않고 아직 그대로 있었다. 아! 밑바닥까지 비참한 내 모습에 대하여 내가 했다는 말이 책 냄새와 문학 냄새를 풍기는 장광설에 지나지 않았다! 객설이었다! 문에 매달린 채, 딸꾹질을 하며 중얼거리며 그렇게 30분쯤 있었나 보다. 목소리가 들렸다. 막다른 대장장이 골목길로 들어서는 두 남자가 나누는 대화 소리였다. 나는 문밖으로 뛰어나가 집들을 따라 달려서 다시 불 밝은 골목으로 나가게 되었다. 발을 끌며 영 언덕을 내려오는 동안 내 머리는 갑자기 아주 야릇한 방향으로 돌아가기 시작했다. 저쪽 시장 모퉁이에 있는 누추한 집들, 헛간과 고물장수들의 낡아빠진 구멍가게들이 이곳에는 수치라는 생각이 떠올랐다. 그것들은 시장 전체의 미관을 해치고 있었으며 도시를 오염시키고 있었다. 쳇! 이 온갖 너절한 잡동사니는 물러가라! 걷는 동안 내내 나는 거기에다 지도제작 기관을, 그 앞을 지나갈 때마다 항상 내 마음에 들었던 저 아름다운 건물을 이전시키려면 비용이 얼마나 들까 머릿속으로 계산해 보았다. 그런 건물을 이전시키려면 필경 7만 내지 7만 2천 크로나 밑으로는 안 될 것이다. 굉장한 액수라는 것은 인정하자. 하하, 용돈으로는 상당히 큰돈이다. 나는 텅 빈 머리를 끄덕거리고, 용돈으로써 괜찮은 액수라는 사실에 동의했다. 계속 온몸이 떨리고 있었다. 눈물을 한바탕 쏟아내고 나서는, 아직도 이따금씩 크게 딸꾹질이 나곤 했다.

내 몸 속의 생명력은 이제 별로 남아 있지 않으며, 나는 지금 백조가 죽기 전에 부르는 가장 아름다운 노래를 부르고 있다는 느낌이 들었다. 하기야 그런 것 따위에는 별로 관심도 없었다. 그런 건 아무래도 좋았다. 오히려, 나는 내 방에서 점점 더 멀리 도시 아래쪽으로, 부두 쪽으로 나가고 있었다. 죽기 위해서라면 길거리에 얼마든지 엎드리고 있었을 것이다. 통증이 나를 점점 더 무감동한 사람으로 만들고 있었다. 다친 다리에 심한 격통이 느껴졌다. 통증이 장딴지 전체에까지 올라오며 점점 퍼지는 것 같았다. 그러나 그것조차도 별로 괴롭지 않았다. 나는 최악의 기분을 참고 견디어낸 사람이었다. 그렇게 시내 아래쪽에 있는 철도국의 부두에 도달했다. 다니는 사람도 없었고 아무런 소음도 없었다. 기껏해야 여기저기서 한 사람씩 보이곤 했다. 이들은 하역 인부 아니면 선원이었는데, 주머니에 두 손을 넣고 어슬렁어슬렁 돌아다녔다. 절름발이가 한 명 보였다. 그는 나와 마주치게 되자 사팔눈으로 내 쪽을 뚫어져라 흘겨보았다. 나는 본능적으로 그를 불러 세우고도 모자를 벗어들고, '수녀'호가 언제 출범하는지 알고 있느냐고 물어보았다. 그리고 나서 그 사람의 바로 코앞에 손가락으로 딱 소리를 내고서 이렇게 말했다. '그렇지!'

'수녀'호, 그렇다! 그 '수녀'호를 까맣게 잊어버리고 있었다!

그렇지만 무의식 속에 '수녀'호에 대한 생각은 깊이 잠들어 있었다. 알지는 못했지만, 나는 그 생각을 늘 지니고 있었다.

"그야, 그러믄요. '수녀'호는 아마 돛을 달았을 겁니다."

"여행 목적이 무엇인지 아십니까?"

남자는 긴 다리로 몸을 받치고 짧은 다리는 그냥 든 채로 생각을 했다. 짧은 다리가 가볍게 흔들렸다. 그는 말했다.

"아니오. 여기서 그 배가 무엇을 선적했는지 아시오?"

"아뇨."

하고 내가 대답했다. 하지만 나는 벌써 '수녀'호는 잊어버리고서, 옛날식 미터법으로 계산해서 여기서 홀메스트란드까지 거리가 얼마나 되겠느냐고 그에게 물었다.

"홀메스트란드까지요? 글쎄요."

"아니면 베블군그스내스까지는요?"

"글쎄, 얼마나 될까요? 제 생각으로는 홀메스트란드까지는…."

내가 다시 말을 끊었다.

"아! 이보십시오. 생각하시는 동안, 씹는 담배 하나만 주실 수 없겠습니까, 아주 조금만요!"

남자는 내게 담배를 주었다. 나는 매우 열렬하게 고맙다고 말하고는 자리를 떴다. 담배는 피우지 않고서, 곧 주머니에 다 넣었다. 그런데 남자가 계속해서 나를 지켜보았다. 왠지는 모르지만 내가 그의 의심을 일깨웠는지도 모르겠다. 내가 걷든지 걸음을 멈추든지, 내 뒤에서는 그 의혹에 찬 눈길이 느껴졌다. 그 작자에게 이렇게 괴롭힘을 당한다는 것이 불쾌해졌다. 나는 뒤로 돌아서 그를 무시하고는 이렇게 말했다.

"구두 수선공!"

그 말밖에 안 했다. 구두 수선공. 그것뿐이었다. 그 말을 하면서 나는 그의 눈을 똑바로 쳐다보았다. 끔찍할 정도로 그의 눈을 뚫어져라 응시하고 있었다. 마치 다른 세계에서 온 사람을 쳐다보고 있는 듯이 말이다. 그 말을 하고 나서 잠시 그대로 있었다. 그리고 역전 광장 쪽으로 발을 끌며 거슬러 올라갔다. 남자는 한마디도 하지 않고 그저 눈으로 내 뒤를 쫓았다.

구두 수선공? 나는 문득 걸음을 멈추었다. 처음부터 내가 느낀 것은 그것이 아니었을까? 그 절름발이를 이미 만난 적이 있었다. 어느 맑은 날 아침에 그라엔센 거리 위쪽에서였다. 나는 조끼를 입은 채로 전당포에 있었다. 그날이 아득히 멀게 느껴졌다.

걸음을 멈추고서 광장과 항구 거리 모퉁이에 있는 어떤 집의 담벼락에 몸을 기대고 있는 동안, 이 모든 것이 떠올랐다. 그런데 나는 문득 소스라치게 놀랐다. 달아나려고 해보았지만 그래지지가 않았으므로, 무표정하고 뻔뻔하게 앞을 똑바로 바라보았다… 달아날 도리가 없었다… 나는 '사령관'과 마주쳐 있었다.

나태하고 뻔뻔하게 나는, 한 발자국 앞으로 나서서 벽에서 떨어져 나와, '사령관'의 주의를 내게로 끌었다. 내가 그렇게 행동한 것은 그의 동정심을 일깨우기 위해서가 아니라 나 자신을 조롱하고 나를 도마 위에 올려놓기 위해서였다. 나는 '사령관'에게 나를 짓밟고 내 얼굴에 발길질을 하라고 애원하며 거리 한복판에서 땅바닥을 데굴데굴 구르기라도 했을 것이다. 나는 인사조차 하지 않았다.

'사령관'은 아마 내게 무슨 일이 있다는 눈치를 차린 모양이었다. 그가 걸음을 좀 늦추었다. 나는 그를 불러 세우려고 이렇게 말했다.

"기사를 갖다 드렸어야 하는 건데, 아직 끝맺지를 못했습니다."

그가 그러냐는 듯이 대답했다.

"아! 그러니까, 아직 완성을 못하신 게로군요?"

"예. 아직 끝내지를 못했습니다."

그런데 갑자기 그 마음씨 좋은 '사령관' 앞에서 내 눈에는 눈물이 가득 고이는 것이었다. 나는 체면을 세우려고 필사적으로 기침을 하고 그르렁거렸다. '사령관'은 코로 숨을 한 번 내뿜더니 걸음을 멈추고 나를 바라보았다. 그가 물었다.

"완성할 때까지, 생활비가 있습니까?"

내가 대답했다.

"아뇨. 아무것도 없습니다. 오늘은 먹지도 못했습니다만."

"맙소사, 당신을 굶어 죽도록 내버려 둔다는 것은 말도 안 돼요!"

그는 이렇게 말하며, 동시에 손을 주머니에 넣었다.

그러자 내 마음속에는 수치심이 깨어났다. 나는 좀 전에 움츠리고 있던 벽까지 비틀거리며 뒷걸음을 쳤다. '사령관'이 지갑을 뒤지는 것이 보였지만 나는 아무 말도 하지 않았다. 그는 내게 10크로네짜리 지폐 하나를 내밀었다. 태를 부리지도 않고 그저 내게 10크로네를 주었을 뿐이다. 그러면서 나를 굶어 죽게 내버려 둔다는 것은 말도 안 된다고 되풀이해 말했다.

나는 그러시면 안 된다고 알아듣기 힘들게 중얼거리며 당장에 그 지폐를 받아들지 못했다. 그것은 내게 수치였다. 그리고 너무 큰돈이었다.

그는 손목시계를 바라보며 말했다.

"자, 어서요. 기차를 기다리는 참인데, 저기 오고 있어요. 소리가 들리지 않소."

나는 돈을 받았다. 기쁜 마음에 내 몸은 마비된 것 같았다. 한마디도 말을 할 수가 없었다. 고맙다고조차 하지 못했다.

결국 '사령관'이 말했다.

"그런 일로 자신을 괴롭힐 필요는 없어요. 그 돈으로 글을 잘 쓰면 되는 겁니다."

그리고 그는 떠났다.

그가 몇 발자국 갔을 때, 문득 살려줘서 고맙다고 '사령관'에게 인사하지 않았다는 생각이 났다. 나는 그를 따라잡으려고 애를 썼지만 빨리 달릴 수가 없었다. 다리가 따라주지를 못해서, 자꾸만 앞으로 넘어질 뻔했다. 그는 점점 더 멀어져갔다. 그를 따라잡으려는 노력을 포기하고, 불러 세울까 생각했지만, 감히 그러지도 못했다. 그래도 마침내 용기를 모아서 한 번, 두 번 그를 불렀을 때, 그는 이미 아주 멀리 있었고, 내 목소리는 너무 약해져있었다.

나는 소리 없이 울며 눈으로 그를 뒤쫓으며 인도 위에 그대로 있었다. 이런 일이 있을 수가! 하고 중얼거렸다. 내게 10크로네를 주었어. 나는 그가 걸음을 멈추었던 곳으로 돌아가서 거기에 서서 그가 한 모든 몸짓을 반복해 보았다. 두 눈 앞에 그 지폐를 들고 양쪽을 살펴보고 소리를 지르기 시작했다. 이것은 틀림없는 현실이라고 목이 터져라고 고함을 질렀다. 내가 손에 들고 있는 이 물건은 10크로네짜리 지폐였다.

잠시 후에, 이미 사방이 고요해진 것으로 보아 아주 오랜 시간이 흘렀을지도 모르지만, 나는 기이하게도 도깨비 거리 11번지 앞에 와 있었다. 그곳은 나를 실어다준 마부의 돈을 떼먹은 적이 있는 바로 그곳이었다. 아무에게도 들키지 않고 집 안을 가로지른 적이 있는 바로 그곳이었다.

이런 생각을 하며 놀라서 잠시 그대로 서 있다가, 다시 대문으로 들어가서 <여행객을 위한 숙박업소> 안으로 들어갔다. 거기서 방을 하나 달라고 요구했다. 나는 금방 침대 하나를 얻었다.

화요일.

태양이 빛나고 고요했다. 아름답고 밝은 하루였다. 눈은 녹아 있었다. 어디를 보아도 삶이 있고, 기쁨이 있고, 즐거운 얼굴들이, 미소와 웃음이 있었다.

샘터에서 솟아오르는 분수가 태양에 황금빛으로 물들고 창공의 하늘에 푸른빛으로 물들어 활 모양으로 떨어지고 있었다.

정오쯤 되어서 나는 '사령관'이 준 그 10크로네로 잘 지내고 있는 도깨비 거리의 싸구려 하숙집에서 나와 시내로 갔다. 더없이 즐거운 기분이었다. 사람들을 보면서 사람들이 가장 많이 다니는 골목들을 오후 내내 소요하고 다녔다. 7시도되기 전에 성 올라프 광장을 한 바퀴 돌고 2번지의 창문들을 슬그머니 엿보았다. 1시간 후면 그녀를 만나게 된다! 나는 가볍고 달콤한 불안감 속에 1시간 내내 걸었다. 무슨 일이 일어날까? 그녀가 층계를 내려오면, 그녀에게 뭐라고 말할까? 안녕하십니까, 아가씨? 아니면 그저 간단히 미소를 지을까. 나는 미소만 짓기로 결심했다. 물론 아주 낮게 허리를 굽혀 인사를 해야지.

그렇게나 미리 나와 있는 것이 좀 멋쩍어서 자리를 빠져나가 잠시 카를 요한 거리를 배회했다. 그러면서도 여전히 대학교의 벽시계에서 눈을 떼지 않았다. 8시가 되었을 때, 다시 대학 거리를 올라갔다. 도중에서 몇 분 늦게 도착하게 되지 않을까 하는 생각이 떠올라서 될 수 있는 한 걸음 폭을 넓혔다. 다친 발이 아주 아팠다. 그것을 빼고는 만사가 순조로웠다.

샘터 근처에 서서 숨을 돌렸다. 2번지의 창문을 굉장히 오랫동안 바라보고 있었지만, 그녀는 오지 않았다. 흠! 얼마든지 기다릴 수 있어. 나는 급할 것은 하나도 없다. 그녀에게 무슨 사정이 생겼는지도 모른다. 계속 기다렸다. 아이고, 이런! 내가 이 모든 이야기를 꿈꾸었던 것은 아닐까? 그녀와 처음으로 만났던 것이 내가 몸에 열이 났던 날 밤이 아닐까? 나는 당황해서 생각을 하기 시작했다. 이제는 확신이 전혀 서지 않았다.

"흠!"

하는 소리가 뒤에서 들렸다.

나는 이 짧은 기침 소리를 들었다. 주위에서 가벼운 발걸음 소리도 들었다. 하지만 뒤를 돌아보지 않았다 그저 내 앞에 있는 큰 층계에다 시선을 고정시키고 있었다.

그러자 '안녕!' 하는 소리가 들렸다.

나는 미소 짓기로 한 것을 잊어버렸다. 곧장 모자도 벗지 않았다. 그녀가 다른 방향에서 오는 것을 보고 매우 놀랐던 것이다.

"오래 기다리셨어요?"

그녀는 이렇게 말하고 좀 숨을 몰아쉬었다.

내가 대답했다.

"아뇨, 천만에요. 조금 전에 도착했습니다. 그리고 오래 기다렸다 해도 아무려면 어떻습니까? 그런데 반대쪽에서 오시리라 생각하고 있었거든요."

"엄마를 친척집에 모셔다 드렸어요. 밖에서 저녁을 보내실 거예요."

"아! 그래요."

하고 내가 말했다.

　우리는 걷기 시작했다. 경찰관 한 명이 거리 모퉁이에 걸음을 멈추고 서서 우리를 바라보았다.

　"그런데 어디로 가는 거지요?"

하고 그녀가 걸음을 멈추며 말했다.

　"원하시는 대로요, 절대적으로 원하시는 대로입니다."

　"휴우! 혼자서 결정한다는 것은 참 어려워요."

　잠시.

　그래서 그저 무슨 말이든지 하려고 이렇게 말했다.

　"보니까, 당신네 집 창문에 불이 꺼져 있군요."

　"그래요!"

하고 그녀가 얼른 대답했다.

　"식모도 휴가를 떠났어요. 그래서 저는 집에 혼자랍니다."

　우리는 둘 다 걸음을 멈추고서, 마치 생전 처음 보는 듯이 2번지의 창문을 바라보았다. 내가 말했다.

　"그러면, 집으로 올라가 볼 수 있을까요? 저는 문 옆에 얌전히 앉아 있겠습니다, 원하신다면…"

　그러나 그렇게 말하고는 흥분으로 몸을 떨기 시작했다. 너무 뻔뻔하게 나간 것이 쓰디쓰게 후회스러웠다. 그녀가 충격을 받고 가버리기라도 하면 어쩌나? 다시는 만날 수가 없다면? 아! 나는 정말이지 우스꽝스러운 모양새를 하고 있었다. 절망에 차서 대답을 기다렸다.

　"무슨 말씀을요, 문 옆에 계실 것 없어요."

하고 그녀가 말했다.

　우리는 올라갔다.

　어두운 복도에서 그녀는 내 손을 잡고 안내해 주었다. 그녀는 내가 이렇게 입 다물고 있을 필요가 전혀 없으며 얼마든지 말을 해도 좋다고 말했다. 우리는 들어갔다. 그녀는 불을 켜면서(전등이 아니라 양초를 켰다), 양초를 켜면서 살그머니 웃었다.

　"저를 보시면 안 돼요. 아! 부끄러워라! 하지만 이제 다시는 그러지 않겠어요!"

　"무엇을 다시는 안 하신다는 말씀입니까?"

　"다시는… 오! 안 돼요. 신께서 지켜보고 계세요… 당신께 다시는 키스하지 않겠어요."

　"다시는!"

하고 내가 말했다. 그리고 우리는 둘 다 웃기 시작했다.

　나는 그녀를 향하여 두 팔을 뻗었다. 그녀는 빠져나가 달아나서 테이블 반대편으로 갔다. 우리는 잠시 그렇게 서로를 쳐다보고 있었다. 양초가 우리들 사이에 있었다.

　그녀는 베일을 걷고 모자를 벗기 시작했다. 그러는 동안 그녀의, 웃음 띤 눈은 나를 보고 있었으며 나에게 잡히지 않으려고 내 움직임을 감시하고 있었다. 나는 다시 공격을 해보려다가 양탄자에 걸려서 넘어졌다. 다친 발이 지탱해 주지를 못했다. 나는 당황해서 어쩔 줄 모르며 일어났다. 그녀가 말했다.

"맙소사! 새빨개지셨네요! 그렇게 둔하세요?"

"오! 그래요, 아주 둔합니다."

그리고 다시 추격이 시작되었다.

"다리를 저시는 것 같군요."

"조금, 아주 조금요."

"지난번에는 손가락을 다치시더니, 이젠 발이로군요. 그렇게 자꾸 다치시다니 끔찍해요."

"며칠 전에 좀 치였어요."

"치이셨다구요? 그럼, 또 취하셨었군요? 하느님 맙소사, 대체 어떤 생활을 하시기에, 젊은 분이!"

그녀는 집게손가락으로 나를 위협하며 꾸짖는 시늉을 했다.

"자, 앉으세요! 아뇨, 저 문 쪽으로 말고요. 너무 수줍으시군요. 당신은 저기에, 그리고 저는 여기에. 그래요… 휴우! 숫기 없는 사람들은 참 힘들어요! 뭐든지 다 말해줘야 하고 내가 직접 해야 하거든요. 그 사람들은 아무 도움도 주지를 않아요. 이제 가령, 제 의자 등받이 위에 손을 얹어놓으실 수 있잖아요. 그런 일은 혼자서 얼마든지 하실 수 있을 텐데. 말도 안 돼요. 제가 이렇게 말하면 당신은 그게 맞다고 생각 안 하신다는 눈빛을 하시지요. 그런 걸요. 정확하게 그런 걸요. 벌써 여러 번이나 느꼈다구요. 자, 또 시작이시로군요. 하지만 그렇게 달려드실 때는 별로 겸손하시다고 믿어지지가 않아요. 술에 취하셔서 집까지 따라오셔서는 저를 심술궂게 괴롭히시던 날은 정말이지 뻔뻔하셨다구요. '책이 빠지겠습니다, 아가씨.

틀림없이 책이 빠지겠습니다, 아가씨!' 호호호! 흥! 그땐 정말이지 고약하셨어요!"

나는 그렇게, 넋을 잃고 그녀를 바라보며 그대로 있었다. 내 심장은 쿵쾅거리며 뛰었고, 피는 동맥 속으로 뜨겁게 흘렀다. 사람이 사는 곳에서 지내고, 벽시계가 똑딱거리는 소리를 듣고, 혼자서 이야기하는 대신에 생기발랄한 처녀와 이야기를 나눈다는 것은 얼마나 신기한 기쁨인가.

"왜 아무 말도 안하세요?"

내가 말했다.

"당신은 정말 상냥하시군요! 저는 당신에게 반했습니다. 지금 깊이 반해 있습니다. 도저히 어쩔 수가 없습니다. 당신은 더없이 기이한 분입니다. 때때로 당신의 눈에서는 굉장한 빛이 납니다. 그런 눈은 생전 본 적이 없습니다. 마치 꽃 같아요. 그렇지 않아요? 아니, 아뇨. 아마 꽃이 아니라… 저는 미칠 듯이 당신을 사랑합니다. 다른 도리가 없습니다. 이름이 뭡니까? 진지하게, 이름이 무엇인지 말해 주셔야만 합니다…."

"하지만 당신은, 당신 이름은 무엇인가요? 맙소사! 이번에도 잊어버리고 있었잖아! 이름을 꼭 여쭤봐야 되겠다고 어제 하루 종일 생각했어요. 그러니까 '하루 종일'은 아니에요. 제가 어제 하루 종일 당신을 생각한 것은 전혀 아니에요."

"당신에게 제가 어떤 이름을 붙여 드렸는지 아세요? 일라얄리라고 했습니다. 이 이름을 어떻게 생각하세요? 유음인데요."

"일라알리?"

"그래요."

"외국 이름인가요?"

"헛! 아닙니다. 외국 이름이 아닙니다."

"오! 괜찮군요."

오랫동안 타협을 하고 나서 우리는 서로 이름을 교환했다. 그녀는 긴 의자 위에서 내게 바짝 다가앉고는 발로 작은 의자를 밀어냈다. 우리는 다시 이야기를 나누기 시작했다. 그녀가 말했다.

"오늘 저녁은 면도를 하셨군요. 지난번보다 안색이 나아지셨어요. 하지만 아주 조금만. 그렇다고 제가 달리 생각하는 것은… 아니, 지난번에는 정말이지 보기 흉하셨어요. 게다가 손가락에는 끔찍한 걸레 조각을 감고 계셨으니까요. 그런 모습으로 저더러 꼭 어디든 들어가서 한잔 하자고 하셨어요. 저는 질겁했죠!"

"그렇다면 저와 함께 가기 싫다고 하신 건 아무래도 제 모습이 형편없어서였던 건가요?"

그녀가 눈을 내리깔며 대답했다.

"아뇨. 아니에요. 그런 게 아니었다는 것은 하느님이 아세요! 그런 건 생각조차 하지 않았어요."

내가 말했다.

"이보세요. 당신은 제가 정확하게 원하는 대로 옷을 입고 살 수 있다고 생각하시는 모양이군요. 하지만 저는 그럴 수가 없습니다. 아주, 아주 가난하거든요."

그녀가 나를 바라보았다.

"가난하시다구요?"

"그래요, 가난해요."

잠시.

그녀는 용기 만만하게 고개를 끄덕이며 말했다.

"오! 아아! 저도 그래요."

그녀가 하는 말 한마디 한마디가 나를 도취시키고, 마치 포도주 방울처럼 내 가슴 속으로 뚫고 들어왔다. 비록 그녀가 습관적으로 온전찮은 말을 하고 호방한 태도를 보이고 수다를 떠는 크리스티아나의 흔해빠진 여자라고는 해도 말이다. 그녀는 내가 말을 할 때면 머리를 약간 옆으로 기울이고 귀를 기울여주어서 나는 황홀한 기분이었다. 그녀의 숨결이 내 얼굴로 올라오는 것이 느껴졌다. 내가 말했다.

"아시는지 모르지만… 하지만 화내시면 안 됩니다… 어제 저녁에 잠자리에 들어서 저는 두 팔로 당신을… 이렇게… 마치 당신이 옆에 누워계신 것처럼 했답니다. 그리고 잠이 들었어요."

"정말요? 참 아름답군요!"

잠시.

"하지만 그런 일은 거리를 두고 하셨겠지요, 그렇지 않으면…"

"설마 제가 달리… 어떻게 할 수 있으리라고 생각진 않으시겠지요?"

"그래요, 그렇게는 생각 안 해요."

"아! 아닙니다, 저를 어떻게 생각하셔도 좋습니다."

나는 가슴을 내밀고 으스대며 말하고, 그녀의 허리에 팔을 감았다.

"정말요?"

하고 그녀가 말했다. 그뿐이었다.

그 말이 신경에 거슬렸다. 그녀가 그렇게 과도하게 나를 체면 차리는 사람이라고 생각하는 것에 화가 났다. 나는 가슴을 앞으로 내밀며 거만을 떨고, 온 용기를 다 모아서 그녀의 손을 잡았다. 그러나 그녀는 살짝 손을 빼내더니 내게서 좀 멀찍이 물러났다. 그것은 다시 한번 내 용기에 가한 최후의 일격이 되었다. 나는 수치심에 사로잡혀 창문 쪽을 바라보았다. 이렇게 한쪽 구석에서 너무나도 가련한 모습으로 있었다. 엉뚱한 생각은 품지 말았어야 했다. 내가 아직 잘살며 정상적인 남자의 모습을 띠고 있었을 때, 생활 수단을 좀 갖출 수 있었을 때 그녀를 만났더라면, 사정이 달랐을 것이다. 몹시 의기소침해졌다. 그녀가 말했다.

"그것 보세요! 그것 보시라구요. 눈썹만 좀 찡그려도 소심해지시잖아요. 그저 조금만 멀찍이 앉아도 곤혹스러워 하시잖아요…."

그녀는 자기도 내가 바라보는 것이 싫다는 듯이 두 눈을 감고 장난기 어린 웃음을 지었다.

"오! 너무 하시는군요! 자, 이젠 보여드리겠소!"

하고 나는 감정을 터뜨렸다.

난폭하게 그녀의 어깨에 팔을 얹어놓았다. 이 여자가 정신이 나간 걸까? 나를 풋내기로 아는 걸까? 헛! 내가, 똑똑히 보여주자… 내가 이런 일을 해내지 못한다고 누가 그랬단 말인가. 나는 그야말로 타락한 천사가 아닌가? 본때를 보여주자, 그러면….

나는 아무짝에도 쓸모가 없는 인간이니까!

그녀는 여전히 두 눈을 감은 채로 아주 조용히 앉아 있었다. 우리 중 누구도 말을 하지 않았다. 나는 그녀를 거칠게 껴안고서 가슴에 꼭 조였다. 그녀는 아무 말도 하지 않았다. 우리의, 그녀와 나의 심장이 뛰는 소리가 들렸다. 마치 말이 뛰는 소리 같았다.

그녀에게 키스를 했다.

나는 더 이상 내가 아닌 것 같이 느껴졌다. 뭔가 바보 같은 말을 했더니 그녀가 웃었다. 그녀의 입 바로 가까이에 다정한 말을 속삭이고 그녀의 뺨을 어루만지고 한없이 키스를 했다. 그녀의 블라우스 단추를 한두 개 열었다. 그녀의 가슴이, 감미로운 기적처럼 서츠 속에 비쳐 보이는 두 개의 하얗고 둥근 가슴이 보였다.

"봐도 될까요?"

그렇게 말하고 다른 단추를 따려고 애썼다. 열려진 틈을 더 벌리려고 해보았지만, 너무 흥분한 나머지 블라우스가 좀 더

조여 있는 아래 부분의 단추를 딸 수가 없었다. 좀 볼 수 없을까… 아주 조금만….

그녀는 아주 부드럽게, 부드럽게 내 목에 한 팔을 감았다. 그녀의 떨리는 살빛 콧구멍이 내 얼굴 한복판에 숨결을 내뿜었다. 다른 손으로는 손수 단추를 하나씩 열기 시작했다. 그녀는 어색한 웃음을, 짧은 웃음을 웃었다. 그녀는 자기가 두려워하고 있다는 것을 내가 알아채는지 보려고 여러 번이나 나를 바라보았다. 그녀는 황홀하면서도 불안한 얼굴로 리본을 풀고 코르셋의 훅 단추를 끌렀다. 내 거친 손은 그 단추와 리본을 만지작거렸다….

내 주의를 다른 데로 돌리기 위해 그녀는 왼손으로 내 어깨를 어루만지며 이렇게 말했다.

"머리카락이 많이 떨어졌군요!"

"그래요."

하고 나는 입으로 그녀의 가슴까지 헤쳐 보려 애쓰며 대답했다. 그때 그녀는 옷이 완전히 열린 채로 누워 있었다. 문득 그녀는 생각을 바꾼 듯이, 너무 멀리 갔다고 생각한 듯이 매무새를 고치고 몸을 좀 일으켰다. 흐트러진 자기 옷 앞에서 어색함을 감추기 위해 다시 내 어깨 위에 떨어진 머리카락 뭉치 이야기를 하기 시작했다.

"머리카락이 왜 이렇게 떨어지는 거지요?"

"모르겠어요."

"술을 너무 많이 드시는 거예요. 당연하지요. 그리고 어쩌면… 흥! 그 말은 하지 않겠어요! 부끄러운 줄을 좀 아세요!
아니, 전 당신이 그런 분이라고는 생각 못했어요! 이렇게 젊은
분이 벌써 머리가 빠지다니…! 이젠, 정확히 어떻게 살고 계신
지 말해주세요! 틀림없이 끔찍하겠죠! 하지만 사실대로 말해
주셔야 해요. 아시겠어요. 거짓말은 안 돼요! 뭐든 제게 숨기
시는지 어떤지는 얼굴에 드러날 테니까요. 자, 이제, 이야기하
세요!"

아! 피로가 몰려들었다! 괜히 폼을 잡고 발버둥 치느라고 기
진맥진하는 대신에 그녀를 그저 조용히 바라보기만 하면 얼
마나 좋을까. 나는 아무짝에도 쓸모없는 놈이다. 축 늘어진 파
김치가 되어 있었다!

"자, 시작하세요!"

하고 그녀가 말했다.

나는 이 기회에 이야기를 다 털어놓았다. 순전히 사실대로만
이야기했다. 과장하여 상황을 더욱 어둡게 표현하지는 않았
다. 그녀의 동정심을 유발시킨다는 것은 내 의도가 아니었다.
또한 어느 날 저녁 5크로네를 가로챈 일이 있었다는 것도 말
했다.

그녀는 놀라고 겁에 질려서 입을 벌리고 창백해지고, 빛나는
두 눈에 낭패감을 담은 채 귀를 기울이며 내 말을 들었다. 나
는 잘못된 점을 고치고, 내가 끼친 우울한 인상을 흩어버리고
싶었다. 그래서 이렇게 꿋꿋하게 말했다.

"이제는 끝났습니다. 그런 일은 더 이상 없을 겁니다. 이제

저는 구원을 받았습니다⋯."

그러나 그녀는 완전히 낙담해 있었다. '신이여, 보살펴 주소서!'라고 말하더니 그저 그뿐, 입을 다물었다. 짧은 간격으로 '신이여, 보살펴 주소서!'라고 되풀이하였다. 그런 다음에는 매번 다시 말없이 있었다.

나는 장난을 하기 시작했다. 그녀의 허리를 잡고 간지럼을 태우고 그녀를 내 가슴까지 들어올렸다. 그녀는 원피스 단추를 도로 채웠다. 그것이 내 신경을 거슬렸다. 왜 원피스 단추를 도로 채우는가? 그녀의 눈에는, 방탕하게 살아서 머리카락이 빠지는 사람보다 지금의 내가 덜 고상해 보인단 말인가? 내가 나를 호방방탕한 사람으로 묘사했더라면 그녀는 나를 좀 더 낫게 생각했을 거란 말인가⋯? 장난을 멈추었다. 밀어붙여야 한다! 어떤 방식으로든 밀고 나가야 한다면, 나야말로 그녀가 원하는 사람이다!

다시 시도를 해야 했다.

그녀를 눕혔다. 그저 소파 위에 눕혔을 뿐이다. 그녀는 거의 저항도 하지 않았다. 놀란 기색이었다.

"아니, 그런데⋯ 뭘 하시려는 거예요?"

하고 그녀가 말했다.

"뭘 하려는 거냐구요?"

"아니⋯ 아니, 그런데⋯?"

"괜찮아요, 괜찮아⋯."

"안 돼요, 내 말 들려요?"

하고 그녀는 소리 질렀다. 그러더니 이런 자존심 상하게 하는 말을 덧붙였다.

"이럴 수가, 당신은 미쳤나 보군요."

나도 모르게 잠시 하던 짓을 멈추고 이렇게 말했다.

"설마 그렇게 생각하진 않으시겠지요!"

"아뇨. 당신은 정말 이상한 것 같아요! 저를 뒤따라오시던 그날 아침에… 그때 술에 취하시지 않았었나요?"

"그래요. 하지만 배고프지도 않았어요. 막 먹고 난 참이었거든요."

"그렇다면, 더 나빴어요."

"제가 취했었더라면 더 좋았겠습니까?"

"예… 아, 당신이 무서워요! 맙소사, 저를 놓아주시지 않겠…."

나는 생각했다. 안 된다. 그녀를 놓아줄 수는 없다. 그러면 손실이 너무 크다. 이렇게 늦은 시각에 소파 위에서 헛수고는 안 된다! 이런 순간에 빠져나가려면 어떤 핑계인들 써먹지 않겠는가! 모든 게 그저 수줍어서 그런 것임을 내가 왜 모르랴! 나는 아주 젊은이답게 나와야 한다! 아, 말은 이제 그만두자! 객설은 집어치우자!

그녀는 이상하게도 격렬하게 저항했다. 순전히 수줍어서 나오는 저항이라고 생각하기에는 너무나도 맹렬했다. 내가 부주의로 양초를 넘어뜨리게 해서, 불이 꺼져버렸다. 그녀는 필사적으로 저항하며, 작은 비명까지 질렀다.

"아니, 안 돼, 안 돼요! 정 그러시다면, 차라리 가슴에 키스를 하세요. 자, 제발!"

순간, 나는 하던 짓을 멈추었다. 그녀의 말에는 공포와 절망의 어조가 깃들여져 있어서, 깊은 충격을 받았다. 그녀는 가슴에 키스하는 것을 허락함으로써 내게 손해를 보상하겠다고 생각했다! 얼마나 아름다운가, 얼마나 아름답고 순진한가! 그녀 앞에서 나는 무릎이라도 꿇었을 것이다. 몹시 당황해서 내가 말했다.

"아니, 내 소중한 사람! 이해할 수 없어요… 무슨 놀이를 하자는 것인지 정말 모르겠어요…"

그녀는 일어나서 떨리는 손으로 양초에 불을 붙였다. 나는 아무런 시도도 하지 않고 소파 위에 앉아 있었다. 어떻게 될 것인가? 사실 나는 몹시 지쳐 있었다.

그녀는 벽으로, 벽시계로 눈길을 던지더니 소스라치게 놀랐다.

"아이고! 곧 식모가 올 거예요!"

하고 말했다.

이것이 그녀가 입 밖에 낸 맨 처음 말이었다.

나는 눈치를 채고 일어섰다. 그녀는 마치 걸치려는 듯이 외투 쪽으로 몸짓을 했다. 그리고 생각을 하더니 거기다 도로 놓아두고서, 페치카 쪽으로 갔다. 그녀는 창백했고 갈수록 동요되었다. 아무래도 쫓겨나는 모습은 되지 않으려고 내가 말했다.

"당신 아버지는 군인이셨습니까?"

그러면서 나는 떠날 채비를 차렸다.

"예, 군인이셨어요. 어떻게 아셨어요?"

"몰랐어요. 그냥 그런 생각이 떠올랐습니다."

"이상하군요!"

"아! 예. 가끔 직감이 들 때가 있답니다. 하하! 제 광기 때문이지요. 그건….."

그녀는 얼른 두 눈을 들었지만 대꾸를 하지 않았다. 내가 그녀 앞에 있다는 것이 그녀에게는 괴로움이 된다는 느낌이 들었다. 그래서 끝장을 내고 싶었다. 문으로 갔다. 이제는 내게 키스를 해주지 않을 셈인가? 손도 내밀어 주지 않을 것인가? 나는 걸음을 멈추고 기다렸다.

"그러니까, 가시는 건가요?"

하고 그녀가 저쪽 페치카 옆에 움직이지 않은 채로 말했다.

나는 대답하지 않았다. 나는 혼란스럽기도 하고 자존심도 상하여 아무 말도 없이 그냥 그녀를 바라보고 있었다. 아! 모든 게 다 망가졌다! 내가 가버리려 해도 그녀는 상관 없는 것 같았다. 그러니까 나는 그녀를 완전히 잃어버리고 만 것이다. 작별 인사로 그녀에게 뭔가 할 말을 생각했다. 심오하고 무게 있는 말로 그녀의 마음을 적중시켜 좀 강한 인상을 줄 만한 말을 생각해 보았다. 냉담하고 오만하자는 내 결심과는 정반대로, 나는 동요되고 화가 나고 상처를 받아, 그냥 쓸데없는 말들을 늘어놓기 시작했다. 내용이 있는 말은 나오지 않고, 지극히 경솔하게 행동했다. 이번에도 이렇게 문학적인 객설이나 늘어놓게 된 것이다.

"왜 저더러 가달라고 분명하고 뚜렷하게 말해주시지 않습니까? 그래요, 왜요? 난처해하실 필요는 없었습니다. 곧 식모가 돌아올 거라고 말하는 대신에 그저 간단히 이렇게 말해주실 수 있었을 텐데요. 이제 사라져 주세요. 어머니를 모시러 가야 하는데, 길거리에 당신이 나와 함께 있는 것이 싫어요. 안 그래요? 이것이 당신 생각이 아니었던가요? 오! 그래요. 당신은 그런 생각을 하고 계셨을 게 분명해요. 저는 당장에 알아차렸습니다. 그런 것을 눈치 채기는 식은 죽 먹기입니다. 당신이 외투를 집어 들었다가 곧 도로 내려놓는 몸짓만 보아도 저는 단박에 확신할 수 있었습니다. 말씀드렸다시피, 저는 직감을 잘하는 성향이 있습니다. 사실, 그것이 별로 광기는 아닌 것 같습니다만…."

"오, 하느님 맙소사! 그 말은 용서해 주세요! 어쩌다가 입에서 나왔어요.!"

하고 그녀가 외쳤다. 하지만 여전히 꼼짝 않고, 내게로 오려 하지 않았다.

나는 굽히지 않고 말을 계속했다. 내가 그녀를 난처하게 만들고 있으며 내용 있는 말은 한마디도 하지 못하고 있다고 괴롭게 느끼면서, 지껄이면서 그냥 있었다. 그러면서도 말을 그치지 않았다. 사실 미친 것 까지는 아니어도 어느 정도 까다로운 사람이 있을 수 있다. 시시껄렁한 일을 마음에 담고 너무 심한 말 한마디로 죽어버리는 사람도 있다. 나는 내가 그런 사람들 중 하나라고 비추었다. 사실인즉, 빈곤 때문에 내 마음속에 있는 어떤 성질이 날카로워져서 정말로 추한 모습이 되어버렸다. 그렇다. 정말이지, 진짜 추한 모습이 되었다. 유감스럽게도! 하지만 거기에는 장점도 있다. 어떤 상황에서는 도움이 되기도 했으니까. 가난하면서 똑똑한 사람은 부자이면서 똑똑한 사람보다 훨씬 더 세심하게 사물을 관찰한다. 가난한 사람은 한발 한발 내디딜 때마다 주변을 살펴보고, 만나는 사람들에게서 듣는 말 한마디 한마디를 의심쩍게 관찰한다. 한발 한발을 내디딜 때마다 의무와 임무를 생각하고 느낀다. 그런 사람은 귀가 예민하다. 감수성이 강하다. 경험이 풍부하다. 그의 영혼에는 불꽃이 깃들여져 있다….

나는 내 영혼에 깃들여 있는 그 불꽃에 대해 오랫동안 이야기를 했다. 하지만 내가 이야기를 할수록 그녀는 더욱 더 불안해했다. 마침내 그녀는 절망에 차서 두 손을 비틀며 여러 번이나 '하느님 맙소사.' 하고 말했다. 나는 내가 그녀를 괴롭히고 있다는 것을 잘 알았다. 그녀를 괴롭히고 싶지도 않았지만, 그러면서도 그러고 있었다. 마침내 내가 할 말을 대충 다 했다고 생각되었다. 그녀의 절망 어린 시선에 충격을 받고서 나는 이렇게 외쳤다.

"이제, 가겠습니다. 가겠어요! 벌써 열쇠에 손을 얹고 있는 것이 안 보입니까? 안녕. 안녕히! 두 번이나 작별 인사를 하고 가버리려는 참인데, 대답도 안 해주시는군요. 다음에 만나자는 말도 하지 않겠습니다. 괴로우실 테니까요. 하지만 말씀해 주십시오. 왜 저를 가만히 내버려두시지 않았습니까? 제가 당신을 어쨌다구요! 제가 당신의 길을 막고 귀찮게 한 것은 아니지 않습니까? 대체 어째서 마치 저를 더 이상 모르신다는 듯이 갑자기 외면하시는 겁니까? 이제 당신은 제 마지막 환상을 깨뜨렸습니다. 껍질까지 완전히 벗기셨습니다. 어느 때보다도 더 비참하게 만드셨습니다. 조금만 생각해 보시면 제가 전적으로 정신이 온전하다는 것을 잘 아실 겁니다. 자, 이리 와서 내게 손을 내밀어 주세요! 아니면 제가 당신에게 갈 수 있게 허락해 주세요! 어때요? 나쁜 짓은 않겠어요. 잠시 당신 앞에서 그저 무릎을 꿇고, 당신 앞 땅바닥에 무릎을 꿇고 싶어요, 잠깐 동안만요. 그래도 될까요? 아니, 아니, 안 그럴게요. 겁이 나신 것 같으니까요. 안 그럴게요. 안 그럴게요. 제 말이 들리세요! 하느님 맙소사! 왜 그렇게 두려움에 떠시는 겁니까? 이렇게 얌전히 있겠습니다. 움직이지 않아요. 양탄자 위에 잠시만 바로 거기에 붉은색 무늬 위에 당신 발치에 무릎을 꿇을 수 있으면 좋으련만. 하지만 당신은 두려움에 차 있어요. 당신이 공포에 차 있다는 것을 눈에서 읽을 수 있었습니다. 그래서 저는 얌전히 있었습니다. 이런 부탁을 드리면서 저는 한 걸음도 떼지 않았습니다. 안 그렇습니까? 당신 앞에 거기에 양탄자의 붉은 장미가 있는 곳에 무릎을 꿇고 싶었던 그곳을 가리키면서도 지금처럼 꼼짝 않고 있었습니다. 붉은 장미를 손가락으로 가리키지도 않습니다. 전혀 가리키지도 않습니다. 삼가고 있습니다. 당신에게 공포심을 일으키지 않기 위해서요. 저기를 바라보며 그저 머리를 움직일 뿐입니다. 이렇게! 당신은 제가 어떤 장미를 말하는지 아주 잘 아시면서도 제가 거기에 무릎을 꿇는 것을 허락하려 하지 않으시는군요. 당신은 저를 무서워합니다. 그래서 저는 가까이 다가가지 못합니다. 어떻게 제게 미쳤다고 하실 수 있는지 이해가 안 되는군요. 당신도 그렇게 믿지는 않는 것이겠지요? 한 번은 여름에 오래 전에 미친 적이 있었습니다. 일을 너무 많이 한 나머지, 생각할 것이 많을 때에는 정해진 시각에 점심식사를 하러 가는 것을 잊어버리곤 했습니다. 그런 일이 매일 매일 일어났습니다. 기억을 했어야 하지만, 자꾸 잊어버렸습니다. 하늘에 맹세코 사실입니다! 제 말이 거짓이라면, 하느님이 이 방에서 저를 산 채로는 못 나가게 하셔도 좋습니다! 보시다시피 당신은 제게 너무하십니다. 제가 그렇게 한 것은 가난해서가 아니었습니다. 제겐 자금이 있습니다. 잉게브레트 은행과 그라베센 은행에 큰 자금이 있습니다. 흔히 주머니에 돈도 많이 있었지만, 잊어버렸기 때문에 먹을 것을 안 샀던 것입니다. 제 말 들으세요? 아무 말도 안 하시는군요. 대답을 안 하시는군요. 페치카에서 꼼짝도 안 하시는군요. 거기 서서 제가 가버리기를 기다리시는군…"

그녀는 얼른 내게로 와서 손을 내밀었다. 나는 경계심에 가득 차서 그녀를 바라보았다. 이런 몸짓을 마음에서 우러나서 하고 있는 걸까? 아니면 그저 나를 떼어버리기 위해서 하고 있는 걸까? 그녀는 내 목에 팔을 감았다. 그녀의 두 눈에는 눈물이 고였다. 나는 그녀를 바라보고 있었다. 그녀는 내게 입술을 내밀었다. 나는 그녀를 믿을 수가 없었다. 틀림없이 희생을, 끝장내려는 목적으로 희생을 하고 있는 것이 분명했다.

그녀가 뭐라고 말을 했는데, 이렇게 말한 것 같았다. '그래도 당신을 사랑해요!' 이 말을 아주 낮고 흐릿하게 했다. 어쩌면 내가 잘못 들었는지도 몰랐다. 어쩌면 그녀가 꼭 그렇게 말하지 않았는지도 몰랐다. 하지만 그녀는 격렬하게 내 목으로 달려들었다. 잠시 내 목을 두 팔로 감싸 안고, 높이를 맞추려고 발끝으로 올라서기까지 했다. 그리고 그렇게 머물러 있었다.

그녀가 이런 다정함을 억지로 보이고 있는 것이 아닐까 두려웠다. 그래서 그저 이렇게 말했다.

"지금 당신은 정말 매력적이군요!"

더 이상은 말을 안했다. 몇 발자국 뒤로 물러서서 문에 닿자 뒷걸음질을 쳐서 나왔다. 그녀는 방 안에 그대로 있었다.

제 4 부

겨울이 왔다. 거의 눈도 내리지 않고 습하고 불쾌한 겨울이었다. 1주일 내내 신선한 바람 한 점도 없고 안개 자욱하고 어둡고 끝도 안 날 것 같은 밤이 계속되었다. 가스등은 거리에서 거의 종일토록 타고 있곤 했다. 가스등이 켜져 있어도 사람들은 안개 속에서 서로 얼굴을 부딪치곤 했다. 종소리, 삯마차의 말방울 소리, 사람들의 목소리, 포도 위의 말발굽 소리 등 온갖 소리들이 두터운 공기 속에서 마치 속에 파묻힌 듯이 둔탁하게 울려 퍼졌다. 한 주일 또 한 주일이 계속 이어졌으나, 시간은 여전했다.

나는 그곳, 바테를란드 지역에서 계속 살고 있었다.

이 여인숙에 갈수록 더욱 애착이 갔다. 이 호텔은 여행객들을 위한 가구 딸린 싸구려 호텔로서, 빈털터리가 되었어도 나는 머무를 수 있었다. 돈은 오래 전에 이미 바닥나 있었다. 그런데도 나는 마치 그럴 권리라도 있는 것처럼, 그리고 그 집 식구라도 되는 것처럼 그곳을 드나들었다. 안주인은 내게 아직 아무 말도 안 했지만, 그래도 나는 하숙비를 내지 못하는 것이 괴로웠다. 그렇게 3주일이 흘러갔다.

벌써 여러 주일 전부터 일을 다시 시작했지만 만족할 만한 아무것도 쓰지를 못했다. 항상 열심히 노력했건만 더 이상 영감이 전혀 떠오르지 않았다. 여러 가지 주제나 시도해 보았지만 소용이 없었다. 아무것도 되는 것이 없었다. 나에게 행운은 날아가 버렸다.

나는 손님방 중에서 가장 좋은 2층의 방에서, 글을 쓰려고 노력했다. 돈이 있어서 숙박비를 지불할 수 있었던 첫날 저녁부터 편안하게 그곳에서 머물고 있었다. 방값과 기타 다른 빚들을 청산하기 위해, 주제야 어떤 것이 됐든 기사를 한 편 써볼 수 있기를 항상 기대했다. 그런 까닭에 매우 열심히 작업을 했다. 특히 많은 기대를 걸고 있는 한 가지가 진행 중이었는데, 그것은 서점에 화재가 난다는 이야기로 하나의 우화였다. '사령관'에게 미리 일부를 갖다 주기 위해서, 그 심오한 아이디어를 구상하기 위해 온갖 정성을 다 쏟아 넣고 싶었다. 이번에야말로 그 '사령관'으로 하여금 자기가 도와준 사람이 진정한 재능꾼이었음을 꼭 알게 해줄 참이었다. 다만 영감이 떠오르기를 기다리는 게 문제였다. 영감이 내게 떠오르지 말라는 법이 어디 있겠는가, 그것도 머지않아 금방? 내 길을 막는 것은 더 이상 아무것도 없었다. 안주인은 내게 아침과 저녁으로 버터 바른 빵 몇 조각을 갖다 주는 등 식사를 마련해 주었고, 내 신경증은 거의 사라졌다. 글씨 쓸 때에도 이제는 천 조각을 손에 감고 있지 않았다. 현기증 없이 2층 창문 밖으로 거리를 내다볼 수도 있었다. 이런 모든 상황 속에서 내 기분은 훨씬 나아졌다. 우화를 아직 못 끝낸 것이 이상하게 느껴지기 시작할 지경이었다. 왜 그런 건지 이해가 되지 않았다.

하루는 내가 얼마나 무력한 상태에 처해 있는지에 대해, 그리고 내 얼빠진 두뇌로는 어떤 작업도 할 수 없다는 것에 대해 마침내 의혹을 품어야만 했다. 그날 안주인은 고지서를 하나 들고 내 방에 올라와서 검산을 해달라고 부탁했다. 그녀의 말에 따르면, 계산에 착오가 있어서 자기 장부와 일치하지 않는데, 무엇이 잘못되었는지를 모르겠다는 것이었다.

나는 셈을 해보기 시작했다. 안주인은 내 앞에 앉아서 나를 바라보았다. 나는 스무 가지 품목들을 계산했다. 먼저 한 번은 위에서부터 아래로 해봤는데 합산은 정확한 것 같았다. 그리고 또 한 번은 아래에서부터 위로 해보았는데 이번에도 같은 결과에 도달했다. 나는 여자를 바라보았다. 그녀는 바로 내 앞에 앉아서 내 선고를 기다리고 있었다. 나는 그녀가 임신한 것을 알게 되었다. 하지만 그저 그 점을 눈치 챘을 뿐, 신문하는 눈길로 그녀를 탐색한 것은 아니었다. 내가 말했다.

"총계는 정확합니다."

그녀가 대답했다.

"하지만, 그럼, 수치를 하나하나 좀 봐주세요, 그만큼이 나올 수가 없어요, 틀림없다구요."

그래서 품목들마다 확인해보기 시작했다. 25외레짜리 빵 2

개, 램프용 유리 1개에 18외레, 비누 하나에 20외레, 버터 하나에 32외레… 이 수치들을 훑어보는 데에 그다지 똑똑한 머리가 필요한 것은 아니었다. 채소가게에서 나온 이 작은 고지서에는 어떤 어려운 계산도 없었다. 나는 여자가 말하는 착오를 찾아내려고 열심히 노력했다. 하지만 찾아낼 수가 없었다. 몇 분 동안 이 수치들을 훑어보고 또 훑어보고 나니, 안 됐지만 이 모든 것이 머릿속에서 빙글빙글 춤추기 시작하는 것이었다. 더 이상 <대변(貸邊)>과 <차변(借邊)> 사이에는 차이가 없어 보였다. 이 모든 것이 온통 뒤죽박죽이었다. 결국 나는 문득 그 다음 품목에 눈길을 멈추었다. 16외레짜리 치즈 3과 5/16 '마르크' (역주:옛 중량 단위로서 1마르크는 244.5그램)였다. 내 머리는 문자 그대로 난관에 봉착했다. 거기서 빠져나오지 못하고서, 멍청하게 두 눈을 치즈에 고정시켰다. 나는 절망에 차서 말했다.

"글씨도 참 빌어먹게, 그리고 너무 티를 내서 썼군요. 어이구 맙소사, 여긴 치즈가 16분의 5라고만 했어요. 하하! 이렇게 쓴 것은 본 적이 없어요! 이것 좀 보세요, 직접!"

안주인이 대답했다.

"아니에요. 그 사람들은 보통 그렇게 써요. 양념을 곁들인 네덜란드산 치즈예요. 그래요, 그건 맞아요! 16분의 5, 그건 그러니까 5온스라는 뜻이에요…."

"예, 알겠군요!"

하고 내가 말을 가로막았지만, 사실은 전혀 이해가 가지 않았다.

나는 몇 개월 전이었다면 1분 안에 해냈을 이 사소한 계산을 또다시 해보려고 안간힘을 썼다. 온 정신을 모아 이 수수께끼 같은 수치들을 생각하느라고 비지땀을 흘렸다. 마치 더할 수 없이 진지하게 사건을 조사하고나 있는 듯이 생각에 잠겨 두 눈을 깜빡거렸다. 하지만 그 일은 포기해야 했다. 그 5온스의 치즈에 나는 완전히 녹초가 되어버렸다. 머릿속에서 마치 뭔가가 터져버린 것 같았다.

그렇지만, 계속 계산을 하고 있다는 인상을 주기 위해 입술을 달싹거리고 이따금씩 큰 소리로 숫자를 입에 떠올렸고, 그러면서 내내 마치 계속하여 일이 진전되고 있으며 해답에 접근해가고 있기라도 한 듯이 계산서의 아래쪽으로 점점 두 눈을 움직여갔다. 안주인은 앉은 채로 기다리고 있었다. 마침내 내가 말했다.

"자, 처음부터 끝까지 샅샅이 살펴보았지만, 제가 보는 한은 정말이지 착오가 없습니다."

"착오가 없다구요? 그러니까, 착오가 없다는 말씀이시로군요?"

그러나 그녀는 내 말을 믿지 않는 것이 분명했다. 그녀의 말속에는 갑자기 나에 대한 경멸의 뉘앙스가 들어있는 것 같았다. 전에는 그녀에게서 한 번도 들어본 적이 없는 냉담한 어조였다. 그녀는 내가 아마 16진법으로 셈을 하는 일에 익숙해 있지 않아서 그런지도 모른다고 말했다. 또한 고지서를 잘 검산하려면 16진법을 잘 알고 있는 누군가에게 부탁을 해봐야 겠다고도 말했다. 이런 모든 것을, 내가 부끄러워하라고 자존심 상하게 하는 어투가 아니라 진지하고 걱정스런 어조로 말했다. 문까지 가서 막 나가려다 말고 그녀는 나를 보지 않은 채로 이렇게 말했다.

"방해해서 죄송해요!"

그녀는 나갔다.

그러더니 금방 문이 열리고 안주인이 다시 들어왔다. 그녀는 복도까지도 가지 않은 채로 돌아온 모양이었다. 그녀가 말했다.

"사실 말인데요! 나쁘게 생각하지는 말아주세요. 하지만 제게 좀 주셔야 할 것이 있지 않나요? 선생님이 오신 지 어제로 3주가 되지 않습니까? 예, 그런 것 같군요. 그러고도 손님을 여기서 외상으로 모시기에는 대가족이라서 생활해 나가기가 별로 넉넉하지가 못하거든요, 불행하게도…."

내가 말했다.

"이미 말씀드렸다시피 글을 한 편 쓰고 있습니다. 끝나는 즉시 지불해 드리겠습니다. 전적으로 안심하셔도 좋습니다."

"예, 하지만 그 글을 끝내시는 날이 없잖아요…."

"그렇게 생각하세요? 내일이라도 영감이 떠오를지 모릅니다. 어쩌면 오늘 밤 당장이라도요. 오늘 밤에 갑자기 영감이 떠오르지 말라는 법은 전혀 없습니다. 그렇게 된다면 제 글은 기껏해야 15분이면 완성될 것입니다. 아시다시피, 제가 하는 일은 다른 사람들이 하는 일과는 다릅니다. 저는 자리를 잡고 앉아서 하루에 일정한 양을 생산해낼 수는 없습니다. 때가 되기를 기다리는 수밖에요. 영감이 몇 날 몇 시에 떠오를지를 알 수 있는 사람은 아무도 없습니다. 그 흐름을 따라야만 하니까요."

안주인은 물러갔다. 하지만 나에 대한 그녀의 신뢰감은 확실히 흔들린 것 같았다.

나는 혼자가 되자 곧 벌떡 일어나서 절망에 싸여 머리카락을 쥐어뜯었다. 아니다. 무슨 일이 있어도 내게 구원이란 절대로 없을 것이다. 아무런, 결코 아무런 구원도 없을 것이다! 내 두뇌는 폭삭 가라앉고 말았다! 내가 채소가게의 치즈 쪼가리의 값을 계산하지 못했다고 해서 정말로 바보가 되었을까? 그리고 내가 스스로에게 이런 질문을 던질 능력이 되는데, 이런 사람이 정신이 나간다는 것이 가능할까? 게다가, 한참 계산하느라고 머리를 짜내는 가운데에도, 안주인이 임신중이라는 명쾌한 관찰을 해내지 않았는가? 나는 그 사실을 알 아무런 이유도 없었다. 아무도 그 이야기를 내게 해준 사람이 없었다. 그런 생각이 자연 발생적으로 내 머리에 떠오른 것도 아니었다. 내 두 눈으로 그것을 보고서 곧 알아차린 것이다. 그것도 절망에 휩싸여 있는 순간에, 16진법 계산에 몰두해 있는 동안에 그랬다. 이것을 어떻게 설명할 것인가?

나는 창가로 가서 밖을 내다보았다. 창문은 마차꾼 거리로 나 있었다. 포도 위에서는 아이들 몇 명이, 가난한 골목 한가운데서 초라하게 옷을 입은 아이들이 놀고 있었다. 그들은 서로 빈병을 집어던지고 고래고래 소리를 지르고 있었다. 이삿짐을 나르는 마차 한 대가 느릿느릿 그들 옆을 지나갔다. 집세를 내지 못하여 쫓겨나 거처를 바꾸는 가족인 것 같았다. 퍼뜩 그런 생각이 들었다. 마차에는 침구류와 가구들, 좀먹은 침대와 서랍장, 붉은색 페인트로 칠한 다리 세 개짜리 의자들, 깔개들, 부엌용 철기류와 군인이 가슴에 다는 훈장 따위가 실려 있었다. 어린 여자 아이가, 코감기에 걸리고 아주 못생긴 여자 아이가 짐의 맨 꼭대기에 올라앉아서 굴러 떨어지지 않도록 파래진 두 손으로 꼭 붙잡고 있었다. 그 애는 끔찍하게 생긴 축축한 침대 매트리스 더미 위에 앉아 있었는데, 여러 아이들이 거기에 엎드린 채, 빈병을 서로 던지고 있는 꼬마들을 밑으로 내려다보고 있었다.

나는 이 모든 것을 바라보았는데, 무슨 일이 벌어지고 있는지 이해하는 데에 조금도 어려울 것이 없었다. 창밖으로 이런 것들을 지켜보고 있는 동안, 내 방 바로 옆에 있는 부엌에서 안주인의 식모가 노래를 부르는 소리가 들렸다. 그녀가 부르는 곡조는 나도 알고 있었다. 그녀가 음치인지 어떤지 보려고 귀를 기울였다. 이런 짓은 바보 멍청이라도 할 수 있는 짓이라고 중얼거렸다. 천만다행으로 나는 보통 사람처럼 이성이 온전했다.

문득 저 아래 거리에서 아이들 두 명이, 사내애들 두 명이 길길이 날뛰고 서로 싸움질을 벌이는 것이 보였다. 그 중 하나는 나도 알고 있었는데 안주인의 아들이었다. 그 애들이 무슨 말을 하는지 들어보려고 창문을 열었다. 갑자기 한 무리의 아이들이 내 창문 밑으로 모여들더니 무언가 잔뜩 바라는 눈으로 위를 올려다보았다. 무엇을 기대하는 것일까? 뭔가를 던져주기를? 시든 꽃, 뼈다귀, 담배꽁초, 조금씩 갉아먹을 만한 어떤 것이나, 아니면 장난감으로 쓸 만한 어떤 것을? 그들은 한없이 눈을 동그랗게 뜨고 추위로 퍼래진 얼굴로 내 창을 향하여 올려다보고 있는 것이었다. 그러는 동안 두 명의 원수는 계속해서 서로에게 욕설을 퍼부었다. 끈적끈적하고 끔찍스러운 말들이 아이들의 입에서 터져 나왔다. 듣기 사나운 별명과, 아마 저쪽 부두에서 배운 모양인 뱃사람들이 쓰는 욕설과 창녀 들이 쓰는 말이었다. 그들은 둘 다 싸움에 열중한 나머지, 무슨 일인지 알려고 자기들을 향하여 달려오는 여인숙 안주인을 알아차리지도 못했다. 안주인의 아들이 설명했다.

"그래요, 저 자식이 내 모가지를 졸랐어요. 오랫동안 숨도 못 쉬었다구요."

그리고 심술 사납게 비웃고 있는 꼬마 악당 쪽으로 돌아서며, 이를 박박 갈면서 이렇게 외쳤다. 악마에게나 가버려라, 칼테아(역주:바빌로니아의 지방) 쪼다 놈아! 사람 모가지나 조르는 더러운 개자식아! 빌어먹을….

그러자 그 애의 어머니가 좁아터진 골목을 배로 메울만한 그 임신부가 10살짜리 그 사내아이의 팔을 끌고 데려가며 이렇게 대꾸했다.

"닥쳐! 주둥이 닫으란 말야! 너도 욕을 하잖아! 몇 년 동안 창녀굴에서 굴러먹다 온 것처럼 주둥이가 더러워! 그만 하면 됐어. 집으로 돌아가!"

"싫어요, 안 갈래요!"

"안 돼, 들어가!"

"싫어요, 안 가요!"

나는 2층의 창가에 서서, 어머니가 점점 더 화를 내는 것을 보았다. 이 끔찍한 장면에 나는 몹시 흥분되어서, 더 이상 참을 수가 없었다. 잠시 내 방으로 올라오라고 그 사내아이에게 소리를 질렀다. 그저 그들의 입씨름에 훼방을 놓으려고, 이 장면에 종지부를 찍으려고 두 번 소리를 질렀다. 두 번째는 소리를 아주 크게 질렀더니, 어머니가 놀라서 뒤를 돌아보고 내게로 눈을 들었다. 순간, 그녀는 침착성을 되찾고서 나를 뻔뻔하게, 완전히 오만한 시선으로 빤히 쳐다보았다. 자기 아들에게 비난을 퍼부으며 물러서더니, 나더러 들으라는 듯이 큰 소리로 자기 아들에게 이렇게 말했다.

"흥! 네 녀석이 얼마나 못된 놈인지 세상에 드러났으니 부끄러운 줄을 알아야지!"

나는 내가 본 것을 하나도 놓치지 않았다. 아무리 사소한 것이라도 놓치지 않았다. 조금도 주의를 게을리하지 않고 있었다. 세세한 일 하나하나를 자세하게 보아두었다. 일이 어떻게 될 것인지 상상도 해보았다. 그러니까, 내 정신이 돌았을 수는 없었다. 그리고 어떻게 지금 정신이 돌 수 있겠는가? 나는 문득 이렇게 중얼거렸다.

 "이것 봐, 알겠나, 너는 벌써 오래전부터 정신이 온전한지 걱정해 왔지. 꽤 오래되었지. 그런 실없는 생각은 이제 그만 둬! 네가 무슨 짓을 하는지 정확하게 모든 것을 알아차리고 감지하는데, 그게 미쳤다는 표시가 된단 말야? 넌 정말이지 웃기는구나. 이거야말로 웃기는 일 아닌가. 우연히 대답을 못하게 되는 일 따위는 누구에게든 일어날 수 있는 일이야. 그것도 가장 간단한 문제 앞에서 말이지. 그런 것은 아무런 뜻도 없어. 순전히 우연일 뿐이야. 되풀이해서 말하지만, 조금만 더 그러면 너를 비웃어 줄 테다. 그 채소가게 고지서로 말하자면, 허허, 안에 후추하고 정향(丁香)이 들어 있는 그 빌어먹을 치즈 16분의 5마르크로 말하자면, 그 우습지도 않은 치즈로 말하자면, 그런 일로 바보가 되는 일은 더없이 빈틈없는 사람에게라도 일어날 수 있는 일이었어. 치즈 냄새만 맡아도 사람이 고꾸라질 수 있었을 테니까… 이렇게 나는 양념 곁들인 그 치즈까지를 조롱했다… 아니, 내 앞에 먹을 만한 것을 좀 놓아 줘 보시지! 낙농장에서 생산한 양질의 버터 16분의 5마르크만 놓아줘 보시지! 그럼, 그렇다면 문제는 전혀 달라질 테니까!"
 내 자신의 우스꽝스러운 생각들을 힘껏 비웃어 주었다. 그것들이 너무도 재미있게 생각되었다. 나는 정말이지 조금도 정신이 돈 것이 아니었다. 전적으로 온전했다.
 나 자신과 대화를 나누면서 방안을 자꾸 걷다 보니 기분이 점점 나아졌다. 커다랗게 웃어대고, 굉장히 즐거운 기분이 되었다. 내 머리가 작업할 상태가 되기 위해서는 그저 이 짧은 순간의 쾌활함밖에는 없고, 아무것도 걱정할 것 없는 진실되고 확실한 이 기쁨의 순간만 있으면 되는 것 같았다. 책상 앞에 앉아 우화 작업을 하기로 결심했다. 일은 아주 잘 되어갔다. 이렇게 잘되어 가기는 정말 오랜만의 일이었다. 빨리 진행되지는 않았지만, 비록 적은 작업량이라 해도 질적으로 매우 우수한 것 같았다. 그래서 피곤도 느끼지 않고 한 시간 내내 일을 했다.

나는 우화에서 매우 중요한 부분에 도달해 있었다. 즉 서점에 화재가 나는 장면이었다. 이 부분은 매우 중요해서, 나머지 부분은 그것에 비하면 아무런 중요성도 없어 보였다. 불타버리는 것은 책이 아니라 바로 두뇌, 인간의 두뇌라는 생각을 사실적으로 깊이 다루고 싶었다. 불길에 휩싸인 두뇌들로 그야말로 성 바르텔미(역주:1572년 8월 24일에 프랑스에서 일어난 신교도 대학살 사건)의 밤을 묘사하고 싶었다. 그런데 갑자기 방문이 화들짝 열리고 안주인이 바람처럼 불쑥 들어왔다. 그녀는 문지방에서 걸음을 멈추지도 않은 채 방 한가운데까지 들어왔다.

나는 목쉰 소리로 작은 비명을 질렀다. 정말이지 한대 얻어맞은 느낌이었다. 그녀가 말했다.

"뭐라구요? 당신이 뭐라고 한 줄 알았는데요? 손님이 한 분 생겼어요. 그 분에게 이 방을 내드려야겠어요. 당신은 오늘 밤 우리 집 아래층에서 주무세요. 아! 거기서도 침대는 하나 내드리겠어요."

그리고는 내 대답을 기다릴 것도 없이 책상 위의 종잇장들을 뒤죽박죽 헝클며 그러모았다.

내 즐거운 기분은 삽시간에 바람처럼 날아가 버렸다. 분노가 치밀었고, 절망에 휩싸였다. 나는 곧바로 자리에서 일어났다. 아무 말도 없이 그녀가 책상을 치우도록 내버려 두었다. 한 마디도 입 밖에 내지 않았다. 그녀는 종잇장 전부를 손에 집어 들었다.

나는 달리 어찌 할 수가 없었다. 방을 나가야만 했다. 이 귀중했던 순간도 역시 망쳐지고 말았다! 벌써 계단에서 그 새로 왔다는 사람을 만났다. 손등에 커다랗게 파란 닻이 그려진 젊은이였다. 그의 뒤에는 어깨에 선원용 큰 궤를 짊어진 하역 인부가 하나 따라오고 있었다. 그 이방인 손님은 선원인 듯 싶었다. 그러니까 오늘 밤만 보내러 온 그저 우연한 여행객에 지나지 않은 것 같았다. 그러니 아마 내 방을 오랫동안 쓰지는 않을 것이다. 일단 그 사람이 떠나가고 나면 내일쯤 요행히 내 잃어버렸던 순간을 되찾을 수 있을지도 모른다. 5분 정도만 영감이 떠오르면 된다. 그러면 화재에 관한 내 작품은 완성될 것이다. 그리하여 나는 운명을 감수해야 했다…

나는 아직 안주인이 사는 방안으로 들어가 본 적이 없었다. 방 하나밖에 없는 그곳에서 모두가 밤이고 낮이고 함께 지냈다. 바깥주인과 안주인과 안주인의 아버지와 네 명의 아이들이었다. 식모는 부엌에서 지냈는데, 밤에는 거기서 잠도 잤다.

나는 마지못해 문으로 다가가서 노크를 했다. 아무도 대답하지 않았지만, 안에서 지껄이는 소리가 들렸다.

내가 들어가자 바깥주인은 한마디도 하지 않고, 내 인사에 대답조차 하지 않았다. 마치 내가 그에게 아무것도 아닌 듯이 무관심하게 나를 바라보는 것으로 만족했다. 게다가 그는 내가 부두에서 본 적이 있는 어떤 사람과 카드놀이를 하고 있었다. '창유리'라고 불리우는 도매상인이었다. 젖먹이 아이가 혼자서 침대 위에서 옹알이를 하고 있었고 안주인의 아버지가 되는 노인은 소파 겸 침대 위에 쭈글쭈글한 모습으로 앉아서, 가슴이나 배가 아픈 듯이 두 손으로 머리를 받치고 있었다. 그는 거의 백발이었으며, 웅크리고 앉은 자세를 보니 무슨 소리 들리기를 노리는 똬리 튼 파충류처럼 보였다. 내가 바깥주인에게 말했다.

"안 됐지만 여기서 오늘 밤을 지내려고 왔습니다."

"내 아내가 그러라고 하던가요?"

하고 그가 물었다.

"예. 제 방에 새 손님이 오셨다구요."

그 말에 남자는 대답하지 않았다. 다시 카드놀이를 하기 시작했다.

그 남자는 자기 집에 들어오는 아무하고나 매일매일 카드놀이나 하면서 그렇게 살았다. 그저 시간을 보내기 위해서, 손에 뭐라도 들고 있기 위해서 내깃돈도 없이 게임을 했다. 요컨대 아무 일도 하지 않고 게으른 팔다리가 움직여주는 대로 살아

갈 뿐이었다. 그러는 동안 그의 아내는 계단을 위아래로 동동 걸음치고 이리저리 항상 감독을 하였고, 손님들을 여인숙으로 끌어들이는 일도 맡아 했다. 그녀는 부두의 짐꾼들과 하역 인부들과 관계를 맺고서, 새로 손님을 데려올 때마다 그들에게 약간의 수수료를 주었고, 종종 하역 인부들에게 밤을 지낼 거처를 제공하기도 하였다. 오늘 새로 여행객을 데려온 사람이 바로 그 '창유리'였던 것이다. 아이들 둘이 들어왔다. 붉은 주근깨가 나고 비쩍 마르고 거리의 계집아이들 얼굴을 한 두 꼬마 아이들이었다. 그 애들은 그야말로 비루한 옷차림을 하고 있었다. 얼마 안 있어 안주인도 들어왔다. 그녀에게 그날 밤 내가 어디서 자야 하느냐고 물었다. 그녀는 다른 사람들과 함께 여기서 자도 좋고, 아니면 대기실의 소파 위에서 자도 좋고, 어디든 나 좋을 대로 하라고 짤막하게 대답했다. 그렇게 대답하면서 그녀는 방안에서 어정거리고, 이것저것 물건들을 정돈한답시고 만지작거렸다. 그리고 나를 쳐다보지도 않았다. 그녀의 대답에 나는 기운이 빠졌다. 온통 기가 죽어서 문에 바짝 붙어 있었다. 하룻밤쯤 다른 사람과 방을 바꾸는 일이 대단히 흡족한 척까지 했다. 그녀의 신경을 건드리지 않고, 어쩌면 깨끗이 집에서 쫓거나는 일이 없도록 하기 위해, 의도적으로 상냥한 태도를 보였다. 그래서 이렇게 말했다.

"오! 어떻게 해결할 방법이 생기겠죠!"

그리고서 입을 다물었다.

그녀는 방안을 계속해서 어정거렸다.

"내게는 사람들을 외상으로 먹여주고 재워줄 수단이 조금도 없어요. 그리고 그건 이미 말씀드렸지요."

내가 대답했다.

"예, 하지만 아시다시피, 제 글이 끝날 때까지 며칠만 기다려 주시면 됩니다. 그러면 5크로네짜리 지폐 한 장은 기꺼이 얹어서 더 드리겠습니다. 아주 기꺼이요."

그러나 그녀는 내 글 따위는 눈곱만치도 믿지 않는 것 같았다. 그게 분명했다. 하지만 나는 조금만 기다리면 되는 일을 가지고, 거만을 떨고서 집 나가버릴 처지가 못 되었다. 밖으로 나서면 무엇이 나를 기다리고 있을지 잘 알고 있었다.

며칠이 지났다.

나는 그 집 식구들과 함께 계속 아래층에서 지냈다. 난로가 없는 대기실은 너무 추웠기 때문이다. 밤이면 그곳 바닥에서 잠도 잤다. 그 이방인 선원은 여전히 내 방에서 지내고 있었는데, 곧 이사를 갈 것 같아 보이지가 않았다. 점심 때 안주인이 들어와서 그가 한 달치 방세를 미리 지불했노라고 이야기했다.

게다가 그는 승선하기에 앞서 선장 시험을 치러야 하는데 그게 장기간이 걸릴 거라는 말이었다. 그런 까닭에 그는 도시에서 머무르고 있다는 것이었다. 그 소식에 나는 내 방을 영원히 잃고 말았음을 깨달았다.

대기실로 나와 앉았다. 운이 좋아서 뭔가를 쓸 수 있으려면, 무슨 일이 있어도 조용한 공간이 필요했다. 내가 생각하고 있는 것은 이제 우화가 아니었다. 기발한 계획이, 새로운 아이디어가 떠올랐다. 중세적인 주제로서 '성호(聖號)'라는 1막짜리 희곡을 쓰고 싶었다. 주인공역에 관한 모든 것을 특별히 연구했다. 화려한 광신자 고급 창녀가 무지함이라든가 관능적 쾌락 때문에가 아니라 하늘에 대한 증오심에서 사원 안에서 죄를 짓는다는 이야기였다. 그저 하늘에 대한 경멸감 때문에, 머리에는 제단보를 쓰고 계단 발치 아래 한가운데서 죄를 범한다는 내용이었다.

시간이 흐를수록 점점 더 그 인물은 내 뇌리에 와 닿았다. 결국 그것은 살과 뼈가 있는 완벽한 인물처럼, 정확하게 내가 그리고자 했던 모습 그대로 내 눈 앞에 드러났다. 그녀의 육체는 추하고 거부감을 일으킨다. 키가 크고 비쩍 말랐고 약간 갈색머리다. 그녀가 걸을 때면 걸음을 내디딜 때마다 치마 사이로 긴 다리가 드러나 보인다. 귀도 크고 밖으로 들려 있다. 한마디로 말해, 눈으로 보기에 모양이 형편없다. 겨우 참아줄 수 있는 정도다. 내게 흥미로운 것은 그녀의 놀랄 만한 추잡스러움이다. 내 머리는 온통 그녀 생각에 사로잡혔다. 내 머리는 마치 그 이상스럽고 괴물 같은 피조물로 부풀어 있는 것 같았다. 나는 두 시간은 족히, 줄곧 희곡을 써나갔다.

10여 페이지를, 어쩌면 12페이지쯤을 단숨에 써놓고(대개는 아주 어렵게 써나갔고, 가끔씩은 오랜 간격을 두고 써나갔다가도 쓸모없어진 종잇장들을 찢어 버려야만 했다.)나니, 피로가 느껴졌다. 추위와 피로로 몸이 뻣뻣해졌다. 일어나서 거리로 나갔다. 마지막 30분간은 집주인네 방에서 아이들이 질러대는 소리 때문에 일을 못했다. 그래서 어쨌거나 더는 글을 쓸 수가 없었을 것이다. 드람멘 도코의 반대편을 오래도록 거닐었다. 저녁때까지 밖에 머물면서, 희곡 작품을 계속해나갈 방식에 대해 생각도 하고 거닐기도 했다. 그날 집으로 돌아오기 전에 다음과 같은 일이 일어났다.

카를 요한 거리 아래쪽에, 거의 철도 광장 쪽에 있는 구둣가게 앞에서 나는 걸음을 멈추었다. 왜 하필 그 구둣가게 앞에서 걸음을 멈추었는지는 나도 모른다! 구두가 필요하다는 생각도 없으면서, 앞에 있는 진열장을 들여다보고 있었다. 내 생각은 세상의 다른 곳에, 아주 먼 곳에 가 있었다. 사람들이 재잘거리면서 내 등 뒤로 떼를 지어 지나가고 있었다. 그들이 무슨 말을 하는지는 전혀 들리지 않았다. 그때 어떤 목소리가 아주 큰 소리로 이렇게 인사하는 것이었다.

"안녕하시오!"

나한테 인사를 하고 있는 사람은 '안데르센 양'이었다.

"안녕하시오!"

하고 나는 멍하니 대답했다. 그가 누구인지 알아보기까지는 잠시 그 '안데르센 양'을 보고 있어야 할 정도였다.

"그런데, 어떻게 지내십니까?"

하고 그가 물었다.

"오! 괜찮습니다… 늘 그렇지요!"

그가 말했다.

"그런데, 아직도 크리스티 가게에서 일하고 있습니까?"

"크리스티 가게요?"

"전에 한번 크리스티 도매점에서 회계사로 일하신다고 말씀하신 것 같은데요?"

"아! 예! 하지만 끝났어요. 그 사람하고는 일을 할 수가 없었어요. 그럭저럭 금방 끝나 버렸지요."

"왜요?"

"아! 하루는 글씨를 잘못 썼더니…."

"잘못 쓰셨다구요?"

잘못? '안데르센 양'은 단도직입적으로 내가 잘못을 저질렀느냐고 묻고 있는 것이었다. 심지어 당장에 흥미를 느끼고서 내게 묻고 있었다. 나는 자존심이 몹시 상하여 그를 바라보고 대답을 하지 않았다.

"예, 예, 그럼은요! 더없이 똑똑한 사람들에게도 그런 일은 일어나는 법이지요!"

하고 그는 나를 위로하려고 말했다.

그는 계속해서 내가 잘못을 저질렀다고 믿는 것이었다. 내가 물었다.

"대체 뭐가 '예, 예, 가장 우수한 사람에게도 일어나는 법'이란 말이오? 잘못을 저지르는 일요? 이것 보세요, 선생. 정말로 내가 그런 부끄러운 일을 저지를 수 있으리라고 믿고 있는 겁니까? 내가?"

"하지만, 보십시오, 당신이 분명히 말하기를…."

나는 고개를 뒤로 젖히고서 '안데르센 양'을 외면하고 거리를 바라보았다. 그 순간 내 눈은 우리를 향해 다가오는 붉은 원피스를 보고 있었다. 어떤 여자가 어떤 남자 옆에서 걸어오고 있었다. 내가 만약에 바로 그 순간에 '안데르센 양'과 이야기를 나누고 있지 않았더라면, 만약에 그의 천박한 의심에 불쾌해져서 기분 상하여 외면을 하다가 그렇게 고개를 움직이지 않았더라면, 그 붉은 원피스는 아마 내 눈에 띄지 않은 채로 지나쳐버렸을 것이다. 그리고 사실, 그게 나와 무슨 상관이란 말인가? 그것이 아무리 여왕폐하의 궁중 시녀인 나젤 양의 드레스라고 한들, 그게 어떤 면에서 내 흥미를 끌겠는가?

'안데르센 양'은 말을 계속하며 오해를 풀어보려고 애를 쓰고 있었다. 나는 조금도 그의 말을 듣고 있지 않았다. 거리를 올라오며 내게 다가오고 있는 그 붉은 원피스를 여전히 뚫어져라 보고 있었다. 어떤 감동이 내 가슴을 뚫고 지나갔다. 잠깐이지만 가늘게 무언가에 찔린 듯한 기분이었다.

나는 속으로 중얼거렸다. 입술을 움직이지 않고 중얼거렸다.

"일라얄리!"

그러자 '안데르센 양'도 뒤를 돌아보더니, 그 귀부인과 신사 커플을 보고 눈으로 인사를 했다. 나는 인사를 하지 않았다. 아니 어쩌면 했는지도 모르겠다. 붉은 원피스는 카를 요 한 거리를 미끄러지듯 올라가더니 사라져버렸다. '안데르센 양'이 물었다.

"저 부인과 함께 있던 사람이 누굽니까?"

‘공작님’입니다. 보시지 않았습니까? 별명이 ‘공작님’이라는 사람이지요. 저 부인을 아십니까?'

"예, 조금요. 선생은 모르세요?"

"모릅니다."

하고 내가 대답했다.

"선생이 아주 허리를 굽혀가며 인사를 하셨던 것 같은데도요?"

"제가 그랬단 말입니까?"

"허, 인사를 안 했단 말입니까? 그것 참 이상하군요! 게다가 그 부인은 내내 당신만 보고 있던데요."

"그 여자를 어떻게 아십니까?"

하고 내가 물었다.

사실은 그 여자를 잘은 모른다는 것이었다. 이야기는 그 해 가을의 어느 날 저녁으로 거슬러 올라갔다. 늦은 시각이었다. 그는 두 명의 명랑한 친구들과 함께 있었다. 그랜드 호텔에서 막 나오는 길에, 캄메르케이예르 서점 옆에서 혼자 산보하고 있는 그 여자를 만나서 말을 걸었다는 것이다.

그녀는 처음에는 그들을 딱지놓았다. 하지만 세 명의 친구 중, 세상에서 하느님도 아마도 두려워하지 않는 쾌남아 한 명이, 그녀의 집까지 바래다주도록 허락해 달라고 정면으로 청하고 나섰다. 그는 성경 말씀대로 그녀의 머리카락 한 올도 건드리지 않겠으며, 아무 탈 없이 그녀가 집에 돌아갔다고 확신하기 위해 문까지만 같이 가겠노라고 하느님께 맹세했다.

그렇지 않으면 밤새 잠을 못 잘 거라고 했다. 걸으면서 내내 그는 쉬지 않고 말을 했고, 이러쿵저러쿵 이야기를 지어냈고, 자기 이름이 발드마르 아테르다그라고 주장하기로 하고, 사진사라고 자처했다. 하도 그러니까 그녀는 결국 차가운 태도에도 당황하지 않던 그 명랑한 녀석에 대해 웃고 말았으며, 이야기는 그가 그녀를 바래다 준 거기서 끝났다는 것이었다.

 "그래서, 무슨 일이 일어났습니까?"

하고 나는 숨을 죽이면서 물었다.

 "일어나요? 오! 억측하지 마세요! 귀부인인걸요."

 '안데르센 양'과 나는 둘 다 잠시 말이 없었다.

 그가 생각에 잠기며 말했다.

 "그렇고말고! 바로 '공작님'이었어요! 그러고 보니 그런 것 같아요! 하지만 일단 그 사람과 함께 있는 걸 보니, 그 부인이 어떻게 될지 책임 못 지겠군요."

 나는 계속 입을 다물고 있었다. 그렇다. 물론 '공작님'이 그녀를 차지하게 될 것이다. 그래서 그게 나하고 무슨 상관이 있는가? 그런데 내가 그녀에게, 그녀와 그녀의 모든 매력 앞에 절을 했다니, 큰절을! 나는 그녀를 한없이 나쁘게 생각함으로써 스스로를 위로하려고 애썼다. 그녀를 진흙탕 속에 끌어들이는 것은 내게 진정한 기쁨이 되었다. 그러나 꼭 한 가지가 내 신경을 건드렸다. 내가 그 커플에게 모자를 들어 올렸다는 사실이다. 내가 실제로 그렇게 했다면 말이다. 그런 사람들 앞에서 내가 왜 모자를 벗겠는가? 더 이상 그녀에 대해 신경 쓰지 않았다, 조금도. 그녀는 이제 하나도 예쁘지가 않았다. 시들었다. 젠장, 그야말로 퇴색해 있었다! 그녀가 가면서 나만을 바라보았다는 것도 있을 수 있는 일이다.

그건 그리 놀라운 일이 아니다. 그녀가 회한에 사로잡히기 시작하는지도 몰랐다. 그러나 그렇다고 해서, 마침 그녀가 요새 며칠 동안 아주 불안스러울 정도로 시들어빠져 있는데, 내가 바보처럼 그녀의 발치에 쓰러져 인사를 할 필요는 없었다. '공작님'은 얼마든지 그녀를 데리고 살아도 좋다. 잘 먹고 잘 살라지! 내가 그 여자가 있는 쪽을 쳐다보지도 않고 그녀 앞을 자랑스럽게 지나가게 되는 날이 올 수도 있다. 게다가 핏빛처럼 붉은 원피스를 입고 그녀가 나를 뚫어져라 쳐다본다고 해도, 내가 그녀를 외면해버리는 일이 일어날 수도 있다. 그런 일은 얼마든지 일어날 수 있다! 하하, 그러면 승리가 되겠지! 내 자신을 제대로 알고 있다면 나는 밤 동안에 내 희곡 작품을 끝마쳐놓을 능력이 있는 사람이다. 1주일도 안 되어서 그 젊은 여자를 무릎 꿇게 만들 것이다. 그 매력 넘치는 여자를, 하하, 그 매력이 철철 넘치는 여자를….

"안녕히 가세요!"

하고 나는 퉁명스럽게 말했다.

하지만 '안데르센 양'이 나를 붙잡았다. 그가 이렇게 물었다.

"그런데, 지금은 무슨 일을 하고 계십니까?"

"무슨 일을 하냐구요? 글을 쓰지요, 물론. 제가 달리 무슨 일을 하겠습니까? 글을 써서 먹고 사는데요. 지금은 중세기적

주제인 '성호'라는 대희곡 작품을 놓고 작업하고 있답니다."

"아! 그러세요! 그 일이 끝난 다음에는…."

하고 '안데르센 양'은 진심에서 말했다. 내가 대답했다.

"그 문제로 걱정은 별로 안 합니다! 지금부터 1주일 정도가 지나면 제 이름은 세상에 알려지게 될 테니까요."

그리고서 나는 자리를 떴다.

집으로 돌아와 곧 안주인에게 램프를 하나 부탁했다. 램프를 얻어내는 일은 내게는 매우 중요했다. 오늘 밤은 잠을 자고 싶지 않았다. 내 머리는 온통 희곡 작품 생각으로 휩싸였다. 지금부터 내일 아침까지는 좋은 작품을 써낼 수 있다고 단단히 믿어졌다. 나는 램프 부탁을 안주인에게 아주 겸손하게 했다. 내가 방으로 돌아오는 것을 보고서 그녀가 불만스럽게 눈살을 찌푸리는 것을 눈치 챘기 때문이다. 그래서 나는 내 훌륭한 희곡 작품이 거의 완성이 되었다고 말했다. 그저 몇 장면만 더 쓰면 된다고 했다. 내가 알지도 못하는 사이에 어떤 연극관에서 공연될 수도 있다고 은근히 비추었다. 이번 한 번만 도와주신다면, 그러면….

그러나 여자는 램프가 없다고 했다. 생각을 해보아도 램프가 아무 데도 없다는 것이었다. 자정이 넘어서까지 기다리면 부엌 램프를 쓸 수 있지 않은가? 당신이 양초를 하나 사면되는 것 아닌가? 하고 그녀는 말했다.

나는 입을 다물었다. 내게는 양초를 살 10외레가 없었고, 그녀는 그것을 잘 알고 있었다. 물론 이번에도 내 일은 실패로 돌아가고 말 것이다! 식모는 우리들과 함께 아래층에 있었다. 그녀는 부엌이 아니라 그냥 방안에 앉아 있었다. 그러니 위층의 램프는 불도 켜져 있지 않았다. 그런 생각이 미치기는 했지만, 나는 더 이상 왈가왈부하지 않았다.

갑자기 식모가 내게 물었다.

"얼마 전에 성에서 나오시던 것 같던데요? 만찬에 가셨던가요?"

그러면서 그녀는 자기 농지거리에 깔깔 웃어댔다.

나는 앉아서 종이를 꺼냈다. 밤까지 여기서 뭔가 좀 해보려 했다. 아무것에도 정신이 분산되지 않도록, 바닥에 두 눈을 연신 고정시키고 무릎 위에다 종이를 놓고 있었다. 하지만 아무런 도움도 되지 않았다. 아무것도 되지가 않았다. 한 줄도 진전을 볼 수가 없었다. 안주인네 두 딸이 들어와서 고양이와 소란을 피웠다. 털이라고는 거의 없는 이상하게 생긴 병든 고양이었다. 그 애들이 고양이의 눈에 입김을 불면, 눈에서 물이 나와서 코 위로 흘러내렸다. 바깥주인과 다른 사람들 몇 명이 테이블에 앉아서 101 카드놀이를 하고 있었다. 언제나처럼 안주인 혼자서만 동분서주하며 바느질을 했다.

그녀는 내가 그 소동 속에서는 글을 쓸 수 없다는 것을 잘 알았지만, 더 이상 내 일로 괘념치 않았다. 심지어 식모가 내게 성에서 만찬을 하고 왔느냐고 묻자 미소를 짓기까지 했다. 집안 전체가 내게 적대적이 되었다. 마치 내 방을 부끄럽게도 다른 사람에게 포기해야 했던 일로, 내가 완전히 불청객으로 대접받아 당연하다는 것 같았다. 눈은 새까맣고 곱슬머리에 가슴이 납작한 여자아이인 식모조차도 저녁 때 내게 버터 바른 빵을 갖다줄 때면 나를 조롱하곤 했다. 그랜드 호텔 앞에서 내가 이쑤시개를 물고 산책하는 것 따위는 한 번도 본 적이 없다면서, 평소에 저녁 식사를 어디서 하느냐고 매번 묻곤 하는 것이었다. 내 초라한 상황을 알고서 그것을 폭로해 보이며 쾌감을 맛보는 것이 분명했다.

문득 이런 생각에 빠져서, 더 이상 희곡에 단 한 줄의 대사도 찾아낼 수가 없어졌다. 시도하는 문장마다 전부 헛수고가 되었다. 머리에서 이상하게 윙윙거리는 소리가 들리기 시작했다. 마침내 두 손을 들고 말았다. 주머니에 종이를 넣고서 눈을 들었다. 식모가 바로 내 앞에 앉아 있었다. 그녀를 바라보았다. 그 좁은 등허리와, 아직 완전히 형성되지도 않은 낮은 어깨를 바라보았다. 대체 이 아이는 무슨 이유로 내게 대든단 말인가? 내가 성에서 나왔다면, 그게 어쨌다는 것인가? 그게 그녀에게 어떤 해라도 끼쳤단 말인가? 요새 며칠간 그녀는 내가 계단에서 비틀거리거나 못에 걸리거나 내 윗저고리가 무엇에 걸려서 찢겨지는 불상사가 생길 때면 뻔뻔하게 나를 비웃었다. 어제만 해도 내가 대기실에 던져 놓은 초고들을 주워들고서, 내 희곡의 수정된 단편들을 훔쳐내어 방안에서 큰 소리로 읽고서, 그저 나를 비웃어주기 위해 모든 사람 앞에서 조롱했었다. 나는 그 애에게 한 번도 귀찮게 군 적이 없었고, 뭔가를 부탁해 본 일도 없었다. 오히려 그 아이를 편하게 해

주려고 저녁이면 방에서 마룻바닥 위의 내 침대를 몸소 정돈하곤 했다. 그 애는 머리가 빠진다고도 나를 조롱했다. 아침이면 내 세숫물에 머리카락이 떠다니는 것을 보고 동네방네에 떠들고 다녔다. 내 구두는, 특히 빵가게 마차에 치였던 구두는 해져 있었는데, 그것도 그녀에게는 농지거리가 되었다. 그녀는 이렇게 말하곤 했다. '신이여 축복하소서, 선생님과 구두를! 저것 좀 보세요. 구멍이 개집처럼 크다니까요!' 그녀의 말이 맞았다. 내 구두는 닳아빠지고 뒤틀어져 있었지만, 당분간 다른 구두를 구할 수가 없었다.

내가 이 모든 것을 되씹어보며 식모의 노골적인 심술에 놀라고 있는 동안, 여자아이들이 침대에 누운 노인을 놀리기 시작했다. 둘 다 노인의 주위를 뛰어다니고 장난하느라고 완전히 정신이 빠져 있었다. 각자 지푸라기를 하나씩 가져와서 그의 귀에다 처넣는 것이었다. 나는 한동안은 참견을 하지 않고 그것을 바라보았다. 노인은 손가락 하나도 까딱하지 않았다. 아이들이 자기를 찌를 때마다 화가 난 눈초리로 학대자들을 그저 바라볼 뿐이었다. 이미 귀에 박혀 있는 지푸라기를 떨어 없애려고 머리를 흔들었다.

그 광경이 점점 내 신경에 거슬렸다. 거기서 눈을 뗄 수가 없었다. 애들 아버지가 카드 위로 두 눈을 들더니 계집애들의 장난질에 웃었다. 심지어 카드놀이 상대들에게 무슨 일이 벌어지고 있는지 알려주기까지 했다. 노인은 왜 움직이지 않는 걸까? 왜 팔로 아이들을 쫓아버리지 않는 걸까! 나는 침대로 다가서며 한발 내디뎠다. 그러자 바깥주인이 이렇게 외쳤다.

"그 애들을 그냥 둬요! 내버려두란 말이오!"

밤이 다가오는데 문 밖으로 쫓겨날까 봐, 그저 이 장면에 끼어들어 그 사나이의 불만을 일깨우기가 겁이 나서, 나는 말없이 내 자리까지 뒷걸음질을 쳐 와서 얌전히 그대로 있었다. 내가 왜 집안싸움에 코를 들이밀어서 거처와 버터 바른 빵을 잃어버릴 각오를 하겠는가? 절반쯤 죽어버린 노인네를 위하자고 어리석은 짓은 금물이다! 나는 목석처럼 무정해진 내 자신에 대해 달콤함을 느꼈다.

꼬마 악당들은 못된 놀이를 그만두지 않았다. 노인이 머리를 얌전히 하고 있지 않자 그 애들은 신경질이 났다. 애들은 그의 눈과 콧구멍도 찔러댔다. 그는 아무 말도 없이 팔도 움직이지 못하고 무감각한 시선으로 그 애들을 뚫어져라 쳐다보았다. 그러다가 갑자기 상체를 들어 올리더니 계집아이 중 하나의 얼굴에 침을 뱉었다. 두 번째로 몸을 일으키고서 다른 애에게도 침을 뱉었지만 맞히지는 못했다. 바깥주인이 테이블에 카드를 내던지고서 침대를 향하여 달려가는 것이 보였다. 얼굴이 시뻘개져서 그가 소리를 질렀다.

"애들 눈에다 이젠 침까지 뱉는군, 늙은 멧돼지 같으니!"

"아니, 맙소사! 애들이 그 어른을 가만 두지 않았단 말입니다!"

하고 내가 이성을 잃고 외쳤다.

하지만 여전히 쫓겨날까 두려워 별로 크게 소리를 지르지는 못했다. 전혀 그러지를 못했다. 그랬으면서도 온몸을 사시나무 떨듯 떨었다. 나는 몹시 흥분해 있었던 것이다.

바깥주인이 내게로 돌아섰다.

"아니, 이 양반 말 좀 들어보게! 대체 이게 당신과 무슨 상관이오? 주둥이 단단히 닫고 있으란 말요, 당신. 내가 바라는 건 그것뿐이오. 당신이 할 수 있는 최선은 바로 그거요."

하지만 그 때 안주인의 목소리도 들려왔다. 집안 전체가 입씨름으로 가득 찼다. 그녀가 소리쳤다.

"아이구 맙소사, 당신들 전부가 귀신이라도 들린 모양이군요! 여기서 있고 싶으면 둘 다 얌전히 있으란 말예요, 내 말 알아들어요? 허, 비렁뱅이한테 먹여주고 재워주었는데 그래도 부족한 모양이군. 집안에 마지막 심판이라도 내리려는 건지, 소란을 떨고 난장판을 만들어야만 직성이 풀린단 말예요. 그만 집어 쳐요, 내 말 들으라구요! 쉿! 주둥이 닥치란 말야, 이년들아. 너희들도 코를 닦아. 그렇지 않으면 내가 본때를 보여주겠어. 이런 인간들은 생전 처음 보겠네! 회색 연고 하나 값 10외레도 없는 거지딱지들이 길거리에서 곧장 이리로 들어와서, 한밤중에 소란을 떨고 집안사람들하고 난동을 부려. 난 이런 꼴은 싫단 말야, 알아듣겠어요? 이 집 사람이 아닌 작자들은 몽땅 꺼져버려요. 난 내 집이 조용하길 바란단 말야, 내 말 들려요!"

나는 아무 말도 하지 않았다. 입을 열지 않았다. 문 옆으로 돌아와 앉았다. 그 야단법석을 그냥 들었다. 아이들과, 싸움이 어떻게 시작되었는지 설명하려는 식모까지, 모두가 한꺼번에 아우성을 쳤다. 내가 말없이 그냥 있기만 한다면 일은 결국 가라앉게 될 것이다. 내가 한 마디도 안하고만 있는다면 분명히 일이 극단으로 흐르지는 않을 것이다. 내가 무슨 말을 할 수 있겠는가? 밖은 겨울이고, 게다가 밤이 오고 있지 않은가? 테이블을 두드리고 기세등등해할 때가 아니었다! 무엇보다도 바보 같은 짓은 삼가자! 나는 얌전히 있었다. 거의 쫓겨나다시피 했지만 나는 집을 나가지 않았다. 착색 석판 인쇄 그림으로 된 그리스도상이 걸려 있는 벽을 무관심하고 무감동한 눈으로 뚫어져라 보고 있었다.

안주인이 차마 입에 못 담을 말을 온통 퍼부어대도 나는 고집스럽게 입 다물고 있었다.

"부인, 나가기 바라시는 사람이 저라면, 곤란할 것 없습니다."

하고 카드놀이를 하던 사람 중 하나가 말했다.

그가 일어났다. 다른 사람도 일어섰다.

"아뇨. 제가 말하는 사람은 당신이 아니에요. 당신도 아니고요."

하고 안주인은 그 둘에게 대답했다.

"필요하다면, 누구를 말하는 건지 얼마든지 가리킬 수 있어요. 필요하다면 말이에요. 알아들으시겠어요! 얼마든지 누군지 알려드리지요…."

그녀는 군데군데 끊어가며 말을 했다. 그 끊겨지는 말 끝머리를 내게 밀어댔다. 그녀가 겨냥하는 것이 나라는 것을 더잘 알아들으라고 말을 질질 끄는 것이었다. 조용히! 하고 나는 스스로에게 말했다! 무엇보다 입을 다물어라! 그녀가 나더러 나가라고 말하지는 않았다. 꼭 집어서, 일부러 나를 지칭해 말하지는 않았다. 특히, 내 편에서 오만한 태도는 금물이다. 주제넘은 자존심은 절대로 안 된다! 흥분하지 말자…! 그런데 채색 그림 그리스도는 이상하게도 머리 색깔이 녹색으로 칠해져 있군. 그 머리는 회한하게도 푸른 풀을 닮았어. 아니, 좀 세련된 표현으로 정확하게 말하자면, 들판에 무성한 풀빛을 닮았어… 허, 내가 했지만 아주 정확한 지적인걸. 예쁘고 촘촘한 들판의 풀이라… 그 순간 한줄기 덧없는 생각들이 연쇄적으로 내 머리를 스치고 지나갔다. 성서의 한 구절에 나오는 푸른 풀에 관한 이야기였다. 거기에는 삶 전체가 타오르는 풀과 같다고 씌어 있었다. 모든 것이 불타버리는 최후의 심판과 같다고 씌어 있었다. 그 바람에, 일라알리의 집에서 보았던 흑단 펜대와 스페인 구리로 된 타구(睡具)가 어렴풋이 생각났다. 아! 그렇다, 모든 것이 덧없는 하루살이였다! 활활 불타오르는 풀처럼! 모든 것은 널빤지 네 쪽으로 된 관과 수의 가게로 끝이 났다… 〈정문 아래 오른쪽으로 안테르센 양의….〉

이 모든 생각이 안주인이 나를 문 밖으로 내쫓고 있는 이 절망적인 순간에 내 머릿속에 곤두박질했다. 그녀가 외쳤다.

"내 말이 안 들리는 모양이군! 나는 당신이 이 집을 나가야한다고 말하고 있단 말예요. 이젠 알겠어요? 맙소사, 이 인간은 미친 것 같아, 이런! 이젠, 당장 나가요, 말은 그만 두고!"

나는 문 쪽을 바라보았지만, 나가기 위해서가 아니었다. 전혀 나가기 위해서가 아니었다. 뻔뻔스런 생각이 하나 떠올랐다. 문에 열쇠가 있었다면, 그것을 잠가 버렸으리라, 나가지 않아도 되도록, 다른 사람들과 함께 안에 갇히고 말았을 것이다. 나는 거리로 나앉게 된다는 상황에 대해 완전히 히스테리컬한 공포감에 싸여 있었다. 하지만 문에는 열쇠가 없었다. 나는 일어났다. 더 이상 아무런 희망도 없었다.

그런데 갑자기 바깥주인의 목소리가 그 아내의 목소리와 섞였다. 나는 놀라서 걸음을 멈추었다. 이상하게도 조금 전만 해도 나를 위협하던 그 남자가 이제는 내 편을 들고 나섰다. 그가 이렇게 말했다.

"당신도 아다시피, 한밤중에 사람을 밖으로 내모는 일은 있을 수 없어, 그건 벌 받을 일이야."

나는 그게 벌 받을 일임을 몰랐다. 그렇게 생각하지 않았다. 하지만 어쩌면 그런지도 몰랐다. 여자는 곧 생각을 고쳐먹더니, 기분을 가라앉히고 더 이상 말을 하지 않았다. 그녀는 내게 저녁 식사로 버터 바른 빵 두 조각을 내밀기까지 했다. 하지만 나는 그것을 받아들이지 않았다. 바깥주인에 대해 순수하게 감사하는 뜻으로, 그것들을 받아들이지 않았다. 그리고 시내에서 먹었다고 핑계를 댔다.

마침내 잠자리에 들기 위해 대기실로 가자, 안주인은 나를 따라와 문지방에서 걸음을 멈추고 큰소리로 이렇게 말했다.

그러는 동안 임신한 그녀의 남산만한 배는 나를 향하여 부풀어 올랐다.

"하지만 오늘 밤이 마지막이에요. 단단히 새겨두세요."

"예, 예!"

하고 내가 대답했다.

열심히 노력을 하면 아마 내일 거처가 생길지도 모른다. 그때까지, 오늘 밤을 밖에서 보내지 않아도 된다는 생각에 나는 즐겁기만 했다.

아침 5시나 6시쯤까지 잠을 잤나 보다. 잠에서 깨어났을 때는 아직 날이 밝아 있지 않았다. 그래도 당장에 일어났다. 추워서 옷을 고스란히 입은 채로 잠자리에 들었었다. 그 이상은 덮을 것이 아무것도 없었던 것이다. 물을 조금 마시고 소리 안 나게 문을 연 다음, 안주인과 또 만나게 될까 두려워 곧 밖으로 나왔다.

야경을 하며 밤을 보낸 경찰관이 드문드문 보였다. 거리에서 살아 있는 물체라고는 그게 전부였다. 얼마 안 지나서 두 남자가 주변의 가로등을 끄기 시작했다. 나는 목적도 이유도 없이 배회했다. 교회 거리에 와서 요새로 내려가는 길로 접어들었다. 추위로 얼고 아직 잠에서 덜 깨어나, 오랫동안 걸어서 무릎과 허리가 아프고, 몹시 배가 고픈 채, 벤치에 앉아서 오랫동안 졸았다. 나는 3주 동안 안주인이 아침과 저녁에 주는 버터 바른 빵만으로 살았다. 마지막으로 식사를 한 지가 정확하게 24시간이 되었다. 또다시 배고픔이 사납게 내 속을 물어뜯기 시작했다. 되도록 빨리 궁여지책을 찾아야 한다. 이런 생각을 하면서, 다시 벤치 위에서 잠이 들었다.

주위에서 사람들이 말하는 소리가 들려서 잠에서 깨었다. 좀 정신을 차리고 보니 대낮이었다. 모두들 돌아다니는 것이 보였다. 일어나서 자리를 떠났다. 산등성이에 해가 떠올랐다. 하늘은 맑고 파리했다. 어두웠던 몇 주가 지나고 이 아름다운 아침나절을 맞이하는 기쁨 속에, 내 모든 근심은 잊혀졌다. 내 상황이 이보다 훨씬 나빴던 적은 이미 여러 번이나 있었던 것 같았다. 나는 가슴을 톡톡 두들겨 보고, 마음속으로 노랫가락을 불러보았다. 내 목소리는 엉망이었다. 완전히 지쳐버린 소리여서, 그 소리를 듣고 보니 스스로 마음이 아파 눈물이 났다. 이 아름다운 나절, 빛이 넘쳐흐르는 이 파리한 하늘에도 나는 강한 영향을 받고 있었다. 나는 흑흑 흐느끼기 시작했다.

"왜 그러시오?"

하고 어떤 남자가 물었다.

나는 대답하지 않고, 사람들에게 얼굴을 감춘 채, 서둘러서 자리를 떴다.

시내 아래쪽 부두에 왔다. 러시아 깃발을 단 커다란 세 돛대 범선이 석탄을 하역하고 있었다. 옆구리에 '코페고로'라는 이름이 씌어 있었다. 이 외국 선박에서 일어나는 일을 한동안 지켜보며 기분을 풀었다. 거의 짐을 다 부린 모양이었다. 이미 실린 바닥짐(역주:배의 균형을 잡기 위해 뱃바닥에 싣는 돌, 모래, 쇠 따위)에도 불구하고 IX 피트라는 숫자가 최저 수위

눈금에 닿아 있는 것이 보였다. 하역 인부들이 무거운 장화 차림으로 갑판을 밟고 내려오자 선박 전체가 쿵쿵 빈 소리를 냈다.

태양, 빛, 소금 냄새나는 바다의 숨결, 이 모든 힘차고 명랑한 삶에 나는 새로이 힘을 얻었다. 혈관 속의 피가 생생하게 뛰었다. 불현듯, 거기 앉아 있는 동안 어쩌면 희곡 작품의 몇 장면을 쓸 수 있을지도 모르겠다는 생각이 떠올랐다. 주머니에서 종이를 꺼냈다.

어느 승려의 입을 통하여 나오는 대사를 하나 지어내려고 애썼다. 강렬하고 용서 없는 대사가 되어야 했다. 하지만 되지가 않았다. 그래서 승려는 건너뛰어 버리고, 연설문을 하나 짓고 싶었다. 신성을 모독하는 판사의 연설문을. 하지만 반 페이지쯤 쓰다가 멈추었다. 내가 쓰는 글에 적당한 분위기가 조성되지를 않았다. 주위의 움직임, 증기 권양기(蒸氣捲場機)의 소리, 캡스턴(역주:닻을 감아올리는 기계)의 시끄러운 소음, 차량 연결 장치의 계속되는 덜컹거리는 소리 등은 안개처럼 내 희곡을 휘감아야 하는 중세의 곰팡이 슬고 무거운 분위기에는 별로 어울리지가 않았다. 나는 종이를 도로 싸들고 일어났다.

어쨌거나, 굉장히 기분이 좋았다. 모든 것이 잘 되어산나면 이제 뭔가를 할 수 있다고 분명하게 느껴졌다. 잠잘 곳만 있다면! 나는 생각을 했다. 길 한복판에서 걸음을 멈추고 생각을 했다. 하지만 도시 전체에서 내가 잠시 조용히 머무를 곳이

한 곳도 없었다. 다른 해결책은 없었다. 바테클란드 구역의 누추한 그 방으로 돌아가야 했다. 그건 혐오스런 일이었다. 그럴 수는 없다고 스스로에게 줄곧 말했지만, 그러면서도 나는 슬그머니 금지된 곳으로 자꾸만 다가가고 있었다. 물론, 그건 비참한 일이었다. 그건 나도 알았다. 더러운, 정말로 더러운 일이기까지 했다. 하지만 아무런 도리가 없었다. 내게 이미 자존심은 하나도 없었다. 나는 오늘부터 세상에서 가장 비굴한 사람이라고까지 생각했다. 이 표현도 그리 심한 것은 아니었다. 나는 그리로 갔다.

대문 앞에서 걸음을 멈추고서 다시 한 번 숙고를 했다. 아! 어떠한 일이 일어나더라도 위험을 무릅써야 한다! 사실, 무슨 일이 일어나겠는가? 기껏해야 하찮은 일일 것이다. 첫째로, 몇 시간밖에 걸리지 않을 것이고, 둘째로 내가 그 집에서 잠자리를 구하지 않는다는 것을 하느님은 절대로 허락하지 않으실 것이다. 나는 안뜰로 들어갔다. 안뜰의 울퉁불퉁한 자갈 위를 걸으면서, 나는 아직도 마음을 정하지 못했다. 현관문에 이르렀을 때는 돌아서기 직전이었다. 이를 악물었다. 안 된다. 주제 넘은 자존심은 안 된다! 최악의 경우. 작별 인사를 하고, 정식으로 작별 인사를 하고, 그 집에서 내가 진 빚 문제에 관하여 차용증을 쓰기 위해 왔다고 변명을 할 수 있을 것이다. 나는 대기실의 문을 열었다.

일단 들어서서, 걸음을 멈추고 쥐죽은 듯 조용히 있었다. 바로 내 앞으로 두 걸음쯤 되는 거리에, 모자도 윗저고리도 걸치지 않은 바깥주인 본인이 있었다. 그는 그들이 쓰는 방안을 열쇠 구멍을 통하여 훔쳐보고 있었다. 나더러 조용히 하라고 소리 없이 손짓을 하더니, 또 열쇠 구멍으로 훔쳐보았다. 그는 키들거리다가 내게 소근거렸다.

"이리 와보슈!"

나는 발뒤꿈치를 들고 다가갔다.

"봐요!"

하고 그가 말했다. 그리고 소리 없이 킥킥 웃었다.

"들여다보슈! 히히히! 그들이 저기 누워 있어요! 저 노인네를 보라구요! 노인네가 보여요?"

침대에, 바로 채색 그림 그리스도상 밑에, 바로 내 앞에, 두 그림자가 보였다. 안주인과 그 이방인 선원이었다. 여자의 두 다리는 짙은 색 솜이불 위에서 하나의 하얀 얼룩이 되고 있었다. 다른 쪽 벽에 붙은 침대에는 마비 상태의 노인이 두 손으로 몸을 기대고 앞으로 기울인 채, 늘 하던 대로 웅크리고서 움직이지 못하고 바라보고 있었다….

나는 바깥주인 쪽으로 돌아섰다. 그는 큰 소리로 웃지 않으려고 안간힘을 쓰고 있었다. 자기 코를 막았다. 그가 소근거렸다.

"노인네를 봤어요? 하느님 맙소사. 노인네를 봤어요? 앉아서 바라보고 있어요."

그리고 그는 다시 열쇠 구멍을 들여다보았다.

나는 창가로 가서 앉았다. 이 광경은 내 모든 생각을 산산이 흩어놓았고, 내 풍부했던 영감을 뒤죽박죽으로 만들어 놓았다. 흥! 아무려면 어떤가! 남편 자신이 그 짓을 달게 받아들이고 아주 재미있어 하니, 내가 놀랄 아무런 이유가 없다. 노인으로 말하자면, 노인은 노인이었다. 어쩌면 그는 보고 있지 않은지도 몰랐다. 앉은 채로 잠을 자고 있는지도 몰랐다. 심지어 죽어버렸는지 어떤지도 전혀 알 수 없었다. 그가 앉은 채로 죽었다고 해도 나는 놀라지 않을 것이다. 내가 그 일로 양심에 거리낄 것이 없었다.

나는 다시 한 번 종이를 집어 들고, 외부의 모든 신상을 쫓아내고 싶었다. 판사의 연설문 한 문장에서 멈추었다. '하느님과 계율이 그렇게 명합니다. 노사 분쟁 조정 위원회가 그렇게 명합니다. 또한 내 양심도 그렇게 명합니다…' 나는 그의 양심이 무엇을 명해야 할 것인지 생각해보려고 창밖을 바라보았다. 방안의 작은 소리가 내게까지 들려왔다. 흥! 나와는 상관없는 일이다. 전혀. 게다가 노인은 죽었다. 어쩌면 오늘 아침 4시쯤 죽었는지도 모른다. 그러니까 그 소리는 완전히, 전적으로 나와는 무관한 일이다. 대체 왜 그런 일로 생각을 한단 말인가? 자. 진정하자!

'또한 내 양심도 그렇게 명합니다…'

그러나 모든 것이 나를 못살게 굴었다. 그 남자는 열쇠 구멍 앞에서 조금도 얌전히 있지를 못했다. 가끔 그가 킥킥거리는 소리가 들렸다. 그는 매우 흥분해 있었다. 바깥의 거리에서도 내 정신을 산만하게 만드는 일이 일어나고 있었다. 꼬마 아이

하나가 반대편 인도 위에 앉아서 햇빛 아래서 혼자 놀고 있었다. 악의 없이 종이띠를 묶고 있었다. 아무에게도 피해를 끼치지 않았다. 그런데 갑자기 그 애가 소리를 지르면서 펄쩍 뛰었다. 그리고 뒷걸음질을 쳐서 거리 쪽으로 갔다. 어떤 남자가 보였다. 붉은 수염이 난 남자가 2층의 열린 창문가에 팔을 괴고 그 애의 머리에 침을 뱉고 있었다. 꼬마는 화가 나서 울며 무력한 욕설을 창가로 내뱉고 있었다. 하지만 남자는 그 애를 맞대놓고 비웃었다. 그렇게 아마 5분쯤 지속되었나 보다. 나는 아이가 우는 모습을 보지 않으려고 고개를 돌렸다.

'내 양심도 역시 그렇게 명합니다…'

더 이상은 계속할 수가 없었다. 급기야는 모든 것이 내 머릿속에서 맴돌기 시작했다. 내가 쓴 글이 아무짝에도 쓸모가 없으며 이 모든 착상은 위험하고 어리석은 짓이라고까지 생각되었다. 중세에는 전혀 양심에 대해 말할 수가 없었다. 양심이란 다만 셰익스피어라는 사람이 고안해낸 것이었다. 따라서 내 연설문은 전제가 잘못된 것이었다. 그렇다면 이 종이 속에는 아무것도 쓸 만한 것이 없지 않을까? 다시 한 번 종이를 훑어보았다. 하지만 의혹은 곧 사라져 버렸다. 문장들은 훌륭해 보였고, 아주 긴 대목이 매우 독창적이라고 생각되었다. 그래서 다시 작업에 착수하고 희곡 작품을 완성하려는 자랑스럽고 의기양양한 욕구가 가슴속을 지나갔다.

일어나서 문 쪽으로 갔다. 소리 내지 말고 걸으라고 바깥주인이 부랴부랴 신호를 했지만, 신경 쓰지 않았다. 곰곰 생각하며 단호하게 대기실에서 나와 2층 계단을 올라가, 전에 내가 쓰던 방으로 들어갔다. 선원은 거기 없었다. 그러니 내가 잠시 앉았다고 해서 나쁠 게 뭐가 있으랴? 나는 그의 물건에 손을 대지 않을 것이다. 책상조차 쓰지 않을 것이다. 문 옆에 있는 의자에 앉겠다. 그것도 아주 만족해서. 나는 열에 들뜬 채 무릎 위에 종이를 펼쳐 놓았다.

모든 것이 몇 분 동안 아주 잘 되어 나갔다. 머릿속에서 대사가 연이어 완전히 준비된 채 솟아나왔다. 쉬지 않고 글을 썼다. 한 페이지 한 페이지를 계속 채우고 전속력으로 내달렸다. 영감으로 황홀경에 빠져 가느다랗게 울었다. 거의 의식을 잃었다. 그때 내 귀에 들린 꼭 하나의 소리는 내 자신이 내는 환희의 울음소리였다. 또 아주 좋은 생각이 떠올랐다. 내 희곡의 어느 시점에서 종소리가 울리기 시작해야 한다는 것이었다. 모든 것이 기가 막히게 잘 되어 나갔다.

그때 계단에서 발소리가 들렸다. 나는 몸을 떨었다. 거의 의식을 잃었다. 배고픔에 굶주린 채, 막연한 불안감으로 가득 차서, 신경을 곤두세우고 사납게 경계를 했다. 신경질적으로 귀를 기울였다. 손에 연필을 쥐고 눈치를 보았다. 단어 한 개도 더는 쓸 수가 얼었다. 문이 열렸다. 아래층 방의 커플이 들어왔다.

내가 변명할 시간도 없이, 안주인은 날벼락이라도 맞은 듯 소리 질렀다.

"하느님 맙소사, 저 자가 여기 또 오다니!"

"죄송합니다!"

하고서 더 말하려고 했으나, 그럴 수가 없었다.

안주인은 문을 활짝 열고 이렇게 소리쳤다.

"당신이 나가지 않으면, 날 죽인대도 경찰을 부르겠어."

나는 일어섰다. 이렇게 더듬거렸다.

"그저 작별 인사를 하고 싶었습니다. 그래서 기다렸어요. 아무것에도 손대지 않았습니다. 저기 의자에 앉아 있었습니다."

"오! 나쁠 건 없어. 그래서 뭐가 어쨌다는 거야? 그 사람을 그냥 내버려 둬요!"

하고 선원이 말했다.

계단을 내려가다가, 문득 배가 남산만한 그 임신부에 대해 화가 치밀었다. 그녀는 나더러 얼른 사라지라고 내 발뒤꿈치를 졸졸 따라오고 있었다. 나는 입에 그녀에게 내뱉고 싶은 최악의 욕설들을 가득 담고서 잠시 걸음을 멈추었다. 하지만 때마침 생각을 고쳐먹고 입을 다물었다. 그녀의 뒤에서 걸어오고 있는, 내 말을 듣게 될지도 모를 그 이방인에게 감사하는 마음에서, 나는 입을 다물었다. 안주인은 여전히 내 뒤를 쫓아오며 쉬지 않고 욕설을 퍼부어댔다. 그동안 내 분노는 발을 내디딜 때마다 자꾸만 커졌다.

우리는 아래층 안뜰에 도착했다. 아주 느릿느릿, 아직도 안주인과 맞붙어 싸워야 할지 곰곰이 생각했다. 그때 나는 격노에 휩싸여 완전히 혼란한 상태에 빠져 있었다. 그 여자를 죽여 그 자리에 뻗게 해놓고 배에다 발길질을 한 번 먹이는, 최악의 유혈 참사를 생각하고 있었다. 나는 대문 아래서 한 심부름꾼과 마주쳤다. 그가 내게 인사를 했지만 나는 대답하지 않았다. 그가 내 뒤에 있는 안주인에게 말을 걸었다. 그가 내 이름을 묻는 것을 들었지만, 나는 돌아보지 않았다.

문에서 몇 걸음 나왔는데 심부름꾼이 나를 따라잡고 다시 내게 인사를 하며 불러 세웠다. 그가 내게 우편물을 한 통 주었다. 마지못해, 난폭하게 봉투를 찢었다. 10크로네짜리 지폐 한 장이 거기서 떨어졌다. 하지만 편지는 없었다. 한마디도 없었다.

나는 남자를 바라보고 물었다.

"이 바보 같은 건 뭐요? 이 봉투는 누가 보낸 거요?"

그가 대답했다.

"그건 저도 모릅니다. 하지만 그걸 주신 분은 어떤 부인이십니다."

나는 걸음을 멈추었다. 심부름꾼은 떠났다. 그래서 나는 지폐를 봉투 속에 도로 넣었다. 그것을 가지고 조심스레 작은 공처럼 둘둘 말았다. 그리고, 뒤로 돌아서 문에서 아직도 나를 엿보고 있는 안주인에게 가서, 그녀의 얼굴 한복판에 지폐를 내던졌다. 아무 말도 하지 않았다. 한마디도 입 밖에 내지 않았다. 가버리기 전에 그저 그녀가 그 구겨진 종이를 살펴보고 있는 것을 보았을 뿐이었….

흠, 이게 바로 품위 있는 행실이라는 것이다! 아무 말도 하지 않고, 그 천박한 여자한테 말도 하지 않고서, 조용히 고액권 지폐를 구겨서 악당의 면상에 내던지는 것, 이게 바로 고결하게 행동한다고 하는 것이다! 짐승 같은 인간들은 바로 이렇게 다루어야 하는 것이다….

도깨비 거리와 역전 광장 모퉁이에 당도했다. 갑자기 거리가 눈앞에서 빙빙 돌기 시작했다. 텅 빈 내 머리에서는 윙윙 소리가 났다. 나는 어느 집 벽에 부딪치고 쓰러졌다. 이젠 더 이상 걸을 수도 없었다. 그런 상태에서 도로 몸을 일으킬 수조차 없었다. 내가 쓰러졌던 벽에 기대고 그대로 있었다. 의식이 사라져가고 있음을 느꼈다. 허기짐을 생각하니 미칠 듯한 분노가 더욱 커질 뿐이었다. 발을 들고 길바닥을 꽝꽝 찼다. 다시 힘을 내기 위해 다른 몸짓도 해보았다. 이를 악물고 눈썹을 찌푸리고 필사적으로 두 눈을 굴렸다. 효과가 나기 시작했다. 생각이 맑아졌다. 죽어가고 있다는 생각이 들었다. 나는 두 손을 앞으로 내밀고 벽에서 떨어졌다. 길거리가 계속해서 춤을 추고 나와 함께 빙빙 돌았다. 화가 나서 딸꾹질을 하기 시작했다. 온 영혼으로 비참한 기분과 싸웠다. 쓰러지지 않으려고 기를 쓰고 저항했다. 쓰러지고 싶지가 않았다. 서서 죽고 싶었다. 조그만 수레 하나가 천천히 내 앞을 지나갔다. 그 수레 속에 감자가 실려 있는 것을 보았지만, 화가 나서 고집스럽게 그것은 절대로 감자가 아니라 배추라고 상상했다. 그리고 그것은 배추라고 고래고래 소리를 질렀다. 내 자신이 하는 말이 다 들렸다. 단지 명백한 거짓말을 하는 만족감을 얻기 위해서 맹세하듯 이 거짓말을 자꾸자꾸 해댔다. 나는 비할 데

없는 죄의식에 도취해 버렸다. 세 손가락을 허공에 내밀고서 떨리는 입술로, 그것이 배추라고 성부와 성자와 성신의 이름으로 소리를 질렀다.

시간이 흘렀다. 옆에 있는 층계의 디딤판 위에 주저앉아, 이마와 목의 땀을 닦았다. 깊이 숨을 들이마시고, 진정하려고 애를 썼다. 태양이 지고 있었고, 오후가 가고 있었다. 내 상황을 다시 곰곰이 생각하기 시작했다. 배고픔이 참을 수 없는 지경에 이르렀다. 몇 시간이 지나면 다시 밤이 된다. 아직 시간이 있는 동안 궁여지책을 하나 찾아내야만 한다. 내 생각은 또다시 내가 쫓겨났던 그 누추한 방을 중심으로 빙빙 돌기 시작했다. 절대로 그리로 되돌아가고 싶지는 않았지만, 자꾸 그 생각이 났다. 잘 생각해 보면 그 여자가 나를 내쫓은 것은 전적으로 정당한 일이었다. 방세를 내지 않는데 누군가가 나를 재워 주리라고 기대하다니, 이 무슨 헛된 망상인가? 게다가 그녀는 때때로 내게 먹을 것을 주었다. 내가 그녀를 골나게 만들었던 어제 저녁에도 그녀는 내게 버터 바른 빵을 두 조각 주었다. 그녀가 그것을 내게 준 것은 선량했기 때문이다. 내게 그것이 얼마나 필요한지 알았기 때문이다. 그러니 나는 아무것도 불평할 건덕지가 없었다. 나는 층계 위에 앉아서 마음속 깊이 그렇게 행동했던 나를 용서해 달라고 그녀에게 빌고 애원하기 시작했다. 무엇보다도 종국에 그녀에게 배은망덕했던 것과 그녀의 얼굴에 지폐를 집어던진 것을 쓰디쓰게 후회했다···.

10크로네! 나는 짧게 휘파람을 불었다. 심부름꾼이 가져온 그 편지는 어디서 온 것이었을까? 그제서야 그 생각이 퍼뜩 스쳤다. 문득 일련의 사실들을 깨달았다. 그러고 보니 괴로움과 수치심으로 병이 날 것만 같았다. 나는 고개를 흔들면서 쉰 목소리로 여러 번이나 '일라얄리!'하고 중얼거렸다. 어제만 해도, 또다시 그녀를 만나게 되면 그 앞을 오만하게 지나쳐서 그녀에게 더없이 무관심한 태도를 보여주기로 결심하지 않았던가! 그런데 그러기는커녕, 그저 그녀의 동정심을 유발하게 되었을 뿐이고, 그녀에게서 동냥을 우려낸 것이다. 아니, 아니, 아니었다. 내 타락에는 절대로 끝이 없을 것이다! 그녀에게조차도 나는 점잖은 모습을 유지하지 못했다. 어느 쪽으로 몸을 돌리든지 간에, 내 마음은 구슬퍼져만 갔다. 나는 무릎을 꿇었고, 죽도록 우울해져 갔고, 수치심에 잠겼다. 다시는 일어나지 못할 것이다. 다시는 최악이었다. 남모르는 기증자에게 돌려보내지도 못하고서 10크로네의 적선을 받아들이고, 그 돈이 어디서 났던지는 차치하고 이 두 손으로 돈을 낭비해버리고, 속에서 혐오감이 끓어올라도 방세를 지불하는 데다 그 돈을 써버리다니….

어떻게든 그 10크로네를 만회해 볼 수는 없을까? 안주인에게 돌아가서 지폐를 돌려달라고 해봤자 필경 아무 소용도 없을 것이다. 생각만 해보면, 큰 노력을 하고 생각만 해보면, 다른 방법이 있을 게 분명하다. 여기서는 웬만한 방법 가지고는 안 된다. 그 10크로네를 되찾으려면 인간으로서 내 능력을 다 동원하여 궁여지책을 생각해야 한다. 나는 온 힘을 다하여 생각하기 시작했다.

지금이 4시쯤 되었을 것이다. 2시간쯤 후에는, 내 희곡 작품이 완성되기만 한다면 극장 주인을 만날 수 있을지도 모른다. 당장에 원고를 꺼냈다. 마지막 3, 4장을 쓰고 싶다. 생각을 하고 땀을 흘리고 처음부터 다시 읽어 보았지만 아무런 결과도 나오지 않았다. 바보 같은 짓은 말자! 하고 중얼거렸다. 고집 피울 때가 아니야! 무턱대고 작품에 덤벼들었다. 오로지 신속히 완성해서 떠날 수 있기 위해서, 머리에 떠오르는 모든 것을 적었다. 지금은 위대한 순간이라고 스스로를 설득이라도 하고 싶었다. 나는 위선에 빠져들고 있었다. 분명히 헛된 희망을 품고 있었다. 마치 단어는 고를 필요도 없다는 듯이, 마구 글을 써댔다. 이게 좋은 것이다! 이것이야말로 진짜 대발견이야! 하고 나는 가끔씩 중얼거렸다. 이것을 글로 쓰기만 하면 되는 거야.

하지만 결국 내가 쓴 마지막 대사들이 의심스러워 보이기 시작했다. 그것들은 첫 장면에 나오는 대사들과 굉장히 대조가 되었다. 게다가 승려의 말 속에는 중세의 흔적이 조금도 없었다. 나는 이 사이에 연필을 물고서 분질렀다. 벌떡 뛰어 일어나 원고를 찢었다. 종잇장을 전부 산산조각으로 찢어버렸다. 차도에다 모자를 집어던지고 짓밟았다. 신사 숙녀 여러분, 나는 글렀습니다, 틀려먹었습니다! 모자를 짓밟아 이기며 내내 그렇게 뇌까렸다.

몇 발자국 거리에서 경찰관 한 명이 걸음을 멈추고 나를 관찰했다. 그는 거리 한복판에 버티고 서서 나에게만 관심을 집중하고 있었다. 내가 고개를 들자, 우리의 시선이 서로 교차했다. 그가 거기서 나를 지켜보고 있은 지가 한참 되었는지도 모르겠다. 나는 모자를 집어 들어 머리에 쓰고서 곧장 그에게로 갔다.

"지금이 몇 시인 줄 아십니까?"

하고 내가 물었다.

그는 잠시 멈칫하더니 시계를 꺼냈다. 하지만 내게서 눈을 떼지는 않았다.

"4시쯤 된 것 같습니다."

하고 그가 대답했다. 내가 말했다.

"정확하군요! 4시쯤 됐지요. 아주 정확하게. 당신은 당신 할 일이 무엇인지 아는 것 같군요. 당신을 잊지 않겠소."

그러고서 나는 그를 떠났다. 그는 나 때문에 몹시 놀란 모양이었다. 입을 벌리고 아직도 손에는 시계를 쥔 채 두 눈으로 내 뒤를 쫓았다. 로얄 호텔 앞에 당도해서 나는 몸을 돌려 뒤를 바라보았다. 그는 아직도 그 자세로 서서 두 눈으로 나를 쫓고 있었다.

흐흠! 짐승들은 바로 이렇게 대해줘야 해! 더없이 괴상한 방법으로 말이지! 짐승들에게는 그게 필요해. 그러면 그것들은 공포감을 갖게 되거든⋯ 내 자신이 매우 만족스러웠다. 다시 노래 한 토막을 부르기 시작했다. 이제는 아무런 통증도 느껴지지 않았고, 전혀 아무런 불편함도 느끼지 않았다. 나는 신경이 극도로 흥분하여 깃털처럼 가볍게 걸었다. 시장을 온통 가로질러 고기시장 쪽으로 돌아서 구세주 성당 근처의 벤치에 자리를 잡았다.

그 10크로네짜리 지폐를 돌려받느냐 못 받느냐가 별로 상관없을 수는 없었다! 일단 그 돈을 받은 이상, 그 돈은 내 것이었다. 그 돈이 어디서 나왔는지 생각해 보면 비참한 일면이 있었다. 하지만 그 돈이 보내어진 것은 바로 나에게였으니, 나는 그것을 받아들여야 했다. 심부름꾼이 그 돈을 갖게 내버려 둔다는 것은 의미가 없었다. 내가 받은 지폐가 아닌 다른 지폐를 돌려보낸다는 것도 역시 옳지가 않았다. 그러니 방법은 없었다.

내 앞으로 시장에서 사람들이 흥정하는 것을 바라보고, 나와는 무관한 일들로 생각을 메우려고 애썼다. 하지만 되지가 않았다. 줄곧 그 10크로네짜리 지폐가 생각났다. 결국, 두 주먹을 꽉 쥐었다. 분노가 나를 사로잡았다. 그것을 그녀에게 되돌려 보낸다면 그녀는 마음이 상할 것이다. 그러니 왜 그런 짓을 하겠는가? 나는 여전히 내 자신이 아무것이나 받아들이기에는 너무나 멋있는 사람이라고 생각하고, 오만하게 고개를 흔들며 '아니, 괜찮습니다.'라고 말해야 할 것인가! 이제는 그렇게 하면 어떤 결과가 생기는지 알았다. 나는 길거리에 나앉게 된 것이다. 절호의 기회가 있었을 때조차도 나는 따뜻한 거처를 잡아두지 않았다. 오만함에 사로잡혀 툭하면 펄펄 뛰고 기세등등하게 굴었다. 아무 데나 10크로네를 내주고서 길바닥으로 나서버렸다… 나는 내 누추한 방을 버리고 다시 스스로를 곤경에 빠뜨린 일에 대해 가혹하게 나 자신을 심판했다.

그 모든 것은 될 대로 되라지! 나는 그 10크로네짜리 지폐를 요구한 적이 없었다. 내 손에 들어오자마자 나는 그것을 금방 다른 사람에게 줘버렸다. 다시는 보지 못하게 될 전혀 모르는 사람들에게 내줘버렸다. 나라는 사람은 그런 사람이다. 그래야 할 필요가 있으면 돈을 어김없이 치르는 사람이다. 내가 일라얄리를 제대로 알고 있는 것이라면, 그녀도 역시 그 돈을 내게 보낸 일을 후회하지 않을 사람이다. 그러니 그 문제를 가지고 왜 왈가왈부하겠는가? 가끔씩 내게 10크로네짜리 지폐를 보내주는 일은 그녀가 할 수 있는 최소한의 일이다. 그 가엾은 여자는 나에 대한 사랑에 빠졌었다. 아, 어쩌면 죽도록 나를 사랑했는지도 모른다… 그렇게 생각하고 보니, 나는 혼자서 아주 의기양양해졌다. 의심할 여지가 없다. 그녀는 나를 사랑하고 있었다. 그 가엾은 여자는….

5시였다. 오랫동안 신경이 흥분했던 후라서, 나는 다시 쓰러졌다. 내 텅 빈 머릿속에서 다시 윙윙거리는 소리가 들리는 것이 느껴졌다. 나는 '코끼리' 약국 쪽으로 두 눈을 고정시키고 앞을 똑바로 바라보았다. 잔인하도록 배가 고파서 미칠 것만 같았다. 몹시도 고통스러웠다. 허공을 바라보고 그렇게 있는 동안, 어떤 실루엣이 내 고정된 시선에 차츰차츰 뚜렷하게 보였다. 그 실루엣은 마침내 선명하게 보여서, 무엇인지 알아볼 수 있게 되었다. 바로 '코끼리' 약국 옆에 있는 과자 장수 아주머니였다.

나는 소스라치게 놀랐다. 벤치에서 일어나 생각하기 시작했다. 아니다, 착오가 아니었다. 바로 그곳에 바로 그 탁자 앞에 바로 그 여자였다! 나는 짧게 몇 번 휘파람을 불고 손가락을 부딪쳐 딱 소리를 냈다. 벤치에서 일어나 약국 방향으로 걷기 시작했다. 바보 같은 짓은 말자! 틀림없는 콘그스베르크그에서 발행한 노르웨이 돈이라면 그게 점원의 돈이 됐든 채소가게 주인의 돈이 됐든 아무래도 상관없다! 나는 우스꽝스러운 몰골이 되기 싫다. 너무 오만하게 굴다가는 얼마든지 죽을 수가 있다….

모퉁이까지 나아갔다. 그 여자를 겨냥했다. 그녀의 앞에 우뚝 섰다. 그녀에게 미소를 짓고 고갯짓으로 친숙하게 인사를 했다. 언제든 오기로 되어 있었던 사람이라도 되는 듯이 말을 늘어놓았다.

"안녕하세요. 제가 생각이 나지 않으시는 모양이로군요?"

그녀가 나를 바라보며 천천히 대답했다.

"예."

나는 그녀가 나를 알아보지 못한다는 것이 그저 그녀의 재미있는 농담이라도 된다는 듯이 나는 더욱 웃음을 지었다.

"제가 언젠가 돈을 한 움큼 드렸었는데 기억나지 않으세요? 제 기억으로는 그러면서 제가 아무 말씀도 안 드렸지요. 아마 아무 말씀도 안 드렸던 것 같아요. 저는 보통 때 아무 말도 안

하는 습관이 있지요. 정직한 사람들을 상대할 때는 대화를 늘 어놓고 하찮은 일로 계약을 한다든지 할 필요가 없지요. 허허! 그래요, 그 돈을 드린 사람이 접니다."

"아! 저런! 그러니까 당신이었군요? 아! 예, 이제 기억이 나는군요, 잘 생각해보니….''

그녀가 돈을 주어 고맙다고 인사하기 시작하지 않도록 선수를 치고 싶었다. 그래서 눈으로 탁자를 쑥 훑어보고 벌써 먹을 것을 찾으면서 얼른 이렇게 말했다.

"예, 과자를 찾아가려고 왔어요."

그녀는 이해하지 못했다. 내가 되풀이해 말했다.

"과자를 찾아가려고 왔다는 말씀입니다. 어쨌든, 일부를요. 첫 번째 배달분이지요. 오늘은 전량이 필요 없습니다."

"과자를 찾아가려고 오셨다구요…?"

하고 그녀가 물었다.

"물론 과자를 찾아가려고 왔구 말구요. 그렇다니까요!"

나는 과자를 찾아가려고 왔다는 것이 그녀에게 즉시 너무나 당연한 일로 보여야 한다는 듯이 아주 크게 웃으면서 대답했다.

탁자 위의 과자 하나를 집어 들었다. 몰랑몰랑한 빵이었는데, 곧 그것을 먹기 시작했다.

그것을 보고 여자는 판매대 앞으로 발돋움해 올라서더니, 자기도 모르게 상품을 막으려는 몸짓을 하고, 내가 돌아와서 과자를 걷어 가리라고는 예상하지 않았다고 슬쩍 비추었다. 내가 말했다.

"정말입니까? 아니, 정말 그렇습니까?"

그 여자는 사실 도저히 먹혀들지 않을 여자 같았다. 당신은 누군가가 한 움큼의 크로네를 당신에게 맡겨두고서 그 사람이 나중에 그것을 요구하지 않은 것을 본 적이 있는가? 아니, 이것 좀 보게! 당신은 내가 그런 식으로 던져주었다고 해서 그게 훔친 돈이라도 되는 줄로 알았단 말인가? 아니, 아무리 그래도 그렇게 생각할 리가 없다. 그러니 다행이다, 정말로 다행한 일이다! 내가 정직한 사람임을 알아주니 친절한 일이다. 하하! 아! 그렇다. 당신은 정말로 착하다!

"하지만 그렇다면 왜 그 돈을 주셨나요?"

여자는 골이 나서 크게 소리를 질렀다.

나는 그녀에게 그 돈을 왜 주었는지 설명했다. 낮은 목소리로 단호하게 설명했다. 그렇게 행동하는 것은 내 습관이다. 나는 사람을 철저히 믿는 사람이기 때문이다. 사람들이 내게 계약서라든지 영수증을 써주겠다고 제안할 때마다 나는 고개를 흔들고 이렇게 말한다. '아니, 괜찮습니다!' 내가 그렇게 해 왔다는 것은 하느님이 아신다.

그러나 여자는 여전히 납득이 안가는 모양이었다.

나는 다른 수단을 써보기로 했다. 칼날같이 단호한 어조를 써서, 그녀가 부질없는 생각을 하지 못하도록 했다. 그런 비슷한 방식으로 다른 누군가가 미리 돈을 지불하는 일이 한 번도 없었던가? 물론, 가령, 상업 재판관처럼 수단이 있는 사람들이 말이다? 한 번도 없었던가? 그런 관습을 당신이 모른다고 해도 그것이 내 잘못은 아니다! 외국에서는 관습이 그렇고 관례가 그렇다. 당신은 아마 한 번도 국경 밖으로 나가본 일이 없겠지? 그렇다, 그것보라! 그러니 당신은 이 일에서 조금도 발언권이 없다… 이렇게 말하고서 나는 탁자 위의 다른 과자를 집어 들었다.

그녀는 화가 머리끝까지 올라 신음을 하고, 고집스럽게 탁자 위에 있는 것을 내놓기를 거부했다. 내 손에서 과자를 빼앗아 내어 제자리에 도로 놓기까지 했다. 나는 정말로 화가 나기 시작해서, 탁자를 두드리고 경찰을 부르겠다고 위협했다. 당신에게는 관대하게 대하겠다고 말했다. 내가 내 것을 전부 찾아가면, 가게가 몽땅 바닥나고 말 것이다. 내가 그때 당신에게 주었던 돈은 엄청나게 큰 액수였으니까. 하지만 나는 그만큼 다를 원하지는 않는다. 사실은 내 몫의 절반만 주면 된다. 게다가 내가 또 오지는 않을 것이다. 신이여 나를 지켜주소서, 당신이 이렇게 돼먹지 못한 사람이니.

결국 그녀는 그녀가 상상할 수 있는 가장 비싼 값을 매겨서 과자 몇 개를, 엄청난 값으로 과자 4~5개를 미리 집어주고서, 내게 그것을 갖고 가버리라고 사정했다. 나는 그녀가 적어도 그 액수 중에서 1크로네는 도둑질하는 것이며 게다가 말도 안 되는 값으로 나를 착취하는 거라고 주장하며, 계속해서 그녀와 입씨름을 벌였다. 그렇게 못돼먹은 짓거리를 하면 법에 따라 처벌을 받게 된다는 것을 당신은 모르는가? 신께서 당신을 지켜주기를. 당신은 여생 동안 도형수의 감옥으로 갈 수도 있다. 고집불통 할망구 같으니! 그녀는 내게 과자 하나를 더 던져주고 거의 이를 갈면서 나더러 가버리라고 애걸했다.

그래서 나는 그녀를 떠났다.

허! 이렇게 파렴치한 과자점 주인은 생전 처음 보겠군! 과자를 먹으면서 시장을 거슬러 올라가며, 그 여자와 그녀의 방약무도함에 대해 큰소리로 떠들었다. 우리가 서로 상대에게 했던 말을 되풀이해 보았다. 내가 그녀보다 훨씬 나은 사람이라고 생각했다. 내내 혼잣말을 하면서 사람들 면전에서 과자를 먹었다.

과자가 하나씩 차례로 사라졌다. 아무리 삼켜도 소용이 없었다. 아무리 먹어도 충분하지가 못했다. 내 배고픔의 밑바닥은 끝이 없었다. 아, 이럴 수가! 굶주림은 충족되지가 않았다! 하도 게걸스럽게 먹다 보니 마지막 과자에까지 손을 댈 뻔했다. 나는 처음부터, 붉은 수염의 그 남자가 머리에 침을 뱉던 그 남자 아이, 마차꾼 거리의 그 꼬마를 위해 남겨두려고 결심했었다. 줄곧 그 아이가 뇌리에서 떠나지 않았다. 울며 소리를 지르며 펄쩍 뛰던 그 아이의 얼굴을 잊을 수가 없었다. 그 애는 남자가 자기에게 침을 뱉자 내 창문 쪽으로 몸을 돌려나도 역시 자기를 비웃지 않을까 바라보았다. 내가 거기에 당도해서 그 아이를 만나게 될지 어떨지는 알 수 없었다. 나는 얼른 마차꾼 거리로 가기 위해 무진 애를 썼다. 내 희곡 작품을 조각조각 찢어버렸던 그곳을 다시 지나갔다. 거기에는 아직도 종잇장들이 남아 있었다. 내가 이상한 짓을 해서 좀 전에 놀래킨 바가 있던 그 경찰관을 피해 돌아가서, 결국 그 아이가 앉아 있었던 층계에서 걸음을 멈추었다.

그 아이는 이제 거기에 없었다. 거리는 거의 텅 비어 있었다. 날이 어두워지기 시작했다. 그 아이를 찾아낼 수가 없었다. 아마 자기 집으로 돌아갔는지도 모르겠다. 나는 조심스럽게 과자를 꺼내 문에다 세워놓고서 세게 노크를 하고 달아났다. 그 애가 과자를 발견하겠지! 밖으로 나오다가 맨 먼저 하게 될 일은 과자를 보는 일이다! 그 아이가 과자를 발견하리라는 생각에 바보처럼 내 두 눈은 기쁨으로 젖었다.

역전 광장으로 다시 내려왔다.

이제 더 이상 배가 고프지는 않았다. 하지만 좀 전에 먹은 단 음식 때문에 구역질이 나기 시작했다. 또다시 내 머리는 더없이 미친 생각들로 혼란스러워졌다. 남몰래 저 선박들 중 하나의 밧줄을 끊는다면? 난데없이 '불이야!'하고 소리를 지르기 시작한다면? 나는 부두 위로 좀 멀리 나아갔다. 앉을 상자를 찾았다. 팔짱을 꼈다. 머리가 갈수록 혼란스러워졌다. 움직이지 않았다. 좀더 오랫동안 자신을 지탱하기 위해 손가락 하나도 까딱히지 않았다.

나는 러시아 깃발을 단 세 돛대 범선인 '코페고로' 호에다 시선을 고정시키고 있었다. 뱃전의 난간 옆에 남자가 하나 보였다. 좌현의 붉은 램프가 위에서 그의 머리를 비추고 있었다. 일어나서 그에게 말을 걸었다. 대답을 듣게 되리라고도 기대하지 않았다.

"오늘 저녁 닻을 올립니까, 선장님?"

"그렇소, 조금 후에."

하고 남자가 대답했다.

그는 스웨덴 말을 하고 있었다. 그러면 아마 핀란드 사람인가 보다고 생각했다.

"그런데! 사람 하나 필요하지 않으십니까?"

당분간 거절을 당하든 안 당하든 아무래도 상관없었다. 그의 대답이 어떻든지 나는 무관심했다. 대답을 기다리며 그를 바라보았다. 그가 말했다.

"오! 필요 없소. 아니면 초보자라야 해요."

초보자! 나는 벌떡 일어나서 슬그머니 안경을 벗어서 주머니에 쑤셔 넣었다. 상설 통로(역주:탱커의 갑판실 사이를 연결하는 금속성 트랩)를 기어 올라가 뱃전의 난간을 뛰어넘었다. 그리고 말했다.

"저는 뱃사람이 아닙니다만, 시키는 대로 일을 하겠습니다. 목적지가 어디입니까?"

"바닥짐만 있고 하물은 없이 리드스로 가서, 석탄을 실어 가지고 카딕스로 갈 참이오."

내가 나서며 말했다.

"좋습니다. 어디로 가든지 상관없습니다. 일을 하겠습니다."

그는 잠시 생각을 하며 나를 바라보았다.

"자넨 아직 항해를 해본 적이 없군?"

하고 그가 물었다

"예. 하지만 말씀드린 대로, 일만 시키십시오. 그대로 하겠습니다. 저는 좀 이것저것 잡일을 하는 데에 익숙해져 있습니다."

그는 아직도 생각했다. 나는 벌써 머릿속에 출발을 하겠다는 생각이 새겨져 있어서, 뭍으로 돌려 보내질까 봐 겁이 나기 시작했다. 마침내 내가 물었다.

"자, 어떻습니까, 선장님? 저는 정말로 무엇이든지 할 수 있습니다. 그렇다니까요! 제가 꼭 맡은 일만 하는 사람이라면 저는 별것 아니지요. 필요하다면 당직근무를 두 번도 할 수 있는 사람입니다."

그는 이 말에 좀 미소를 지으며 말했다.

"흠! 해보세. 일이 잘 안되면 영국에서 헤어지면 될 테니까."

"물론입니다!"

나는 기뻐서 대답했다. 그리고 일이 잘 안 되면 영국에서 헤어지면 된다고 되풀이해 말했다.

그는 내게 일을 시켰다….

피오르드에서 나는 열기에 들뜨고 피로에 젖은 채 잠시 허리를 일으켰다. 육지 쪽을 바라보고, 이번에는 도시에게 작별을 고했다. 저 모든 집들, 저 모든 집들의 창문들이 반짝반짝 빛나는 저 크리스티아나에게.

크누트 함순 작품 연보

1859 : 노르웨이 중부 구즈프란스타르의 빈곤한 양복장이의
　　　 아들로 출생

1877(18세) : 『수수께끼에 찬 것』 자비 출간

1878(19세) : 『시민』

1883(24세) : 2차 도미

1889(30세) : 미국 문화의 비판서 『현대 미국의 문화 생활』
　　　　　　 발표, 문단에 데뷔

1890(31세) : 『굶주림』 발표

1892(33세) : 『신비』 『신세계』

1893(34세) : 『주필 륭게』

1894(35세) : 『목신』

1895(36세) : 희곡 『왕국의 문에서』

1896(37세) : 희곡 『인생의 장난』

1898(39세) : 『빅토리아』, 희곡 『석양 빛』

1902(43세) : 희곡 『벤트 수도사』

1903(44세) : 『동화의 나라에서』,
　　　　　　 역사 희곡 『여왕타 마라』

1904(45세) : 중편 『몽상가들』,

유일한 시집 『우악스런 합창대』

1906(47세) : 『가을 별빛 아래서』

1908(49세) : 2부작 『로자』, 『베노니』

1909(50세) : 마리 앤다슨이라는 여배우와 결혼,
행복한 생활

1910(51세) : 『방랑자의 바이올린』, 희곡 『인생의 폭력』

1912(53세) : 『최후의 기쁨』

1913(54세) : 『시대의 아이들』

1915(56세) : 『세게르포스의 거리』

1917(58세) : 『땅의 혜택』

1920(61세) : 『땅의 혜택』으로 노벨문학상 수상

1927(68세) : 『방랑자들』

1930(71세) : 『아우그스트』

1933(74세) : 『그러나 인생은 계속된다』

1936(77세) : 『고리는 잠겨졌다』

1949(90세) : 『다시 풀에 묻힌 길 위에서』

1952(95세) : 사망

역자 후기

크누트 함순(1895~1952, 본명은 크누트 페데르센)은 노르웨이의 중앙부에 있는 구즈프란스다이르라는 작은 농장에서 태어났다. 양친은 빈농이었고 마을에서 양복점일도 하고 있었다. 자녀가 많고 생계가 곤란했던 아버지는 그가 8세가 되자 그를 혼자 사는 숙부에게로 보내어 밭일과 우편배달 일을 거들도록 했다. 엄격한 숙부 밑에서 그는 심한 육체노동과 쓰라린 벌을 참고 견디어야 했다. 그는 고독 속에서 죽음과 자살을 생각하기도 하며, 점차로 비사회적인 인간이 되어갔다. 15세 때부터는 방랑 생활을 하며 행상인이나 날품팔이 인부, 점원, 농장의 심부름꾼, 석공, 제화공, 목수, 가정교사 등 직업을 전전해서 그날그날의 식량을 벌었다. 소학교 이상의 교육은 전혀 받지 못했지만 그래도 손에 들어오는 책은 모조리 읽고 있었다. 그는 사회의 아웃사이더로서 생활을 계속했는데, 이러한 방랑자의 이미지는 가지각색의 모양으로 그의 작품 속에 나타나게 된다.

17세 때에는 소설을 자비로 출판하였으나 실패했고, 24세 때 목사가 될 목적으로 미국으로 건너갔지만, 그것도 여의치 않았다. 여러 가지 직업을 가져 보았지만 건강을 해쳐 2년여 후에 다시 귀국하여 문학 활동에 전념하다가 다시 미국으로 건너갔다. 이후 수년 간 여러 직업을 바꾸며 방랑했다. 시카고에서는 시내 전차의 차장 노릇도 했고 서부에서는 농장의 심부름꾼, 점원 등을 했으며 통일 교회파 목사의 비서 노릇도 했다. 결국 미국 문화에 환멸을 느끼고 건강도 해쳐서, 귀국하여 미국 문화에 대한 비평인 『현대 미국의 문화생활』을 발표하여 문단에 데뷔했다. 1890년에 마침내 『굶주림』을 발표하여 커다란 반향을 불러일으키고 작가로서 가치를 인정받았다.

1909년에는 마리 앤다슨이라는 여배우와 아주 행복한 결혼을 하고, 아이들도 얻었다. 보헤미안적인 생활을 청산하고 충분히 작가로서 인정을 받고 난 그는 거친 생활에 종말을 고한 셈이었다. 결혼한 뒤의 함순은 충실한 남편이 되고 아주 다감하고 생각이 깊은 아버지가 되었다. 북부 노르웨이에 정착하여 농민으로서 생활을 시작했고, 나중에는 니욀홀므의 땅으로 옮겨가서 어느 공장의 경영자가 되었다.

1910년을 전후하여 그는 영국이나 미국의 물질주의적인 경향에 대해 심한 공격을 했다. 공허한 현대 문명으로부터 인간성을 회복하려면 어떻게 해야 할까. 함순에게 답은 단순 명확했다. 땅을 갈기만 하면 되었다. 소박함과 정신의 안정, 삶에 대한 존경이 물질주의와 대치될 것이라는 그의 생각을 명확하게 표명한 것이 바로 『땅의 혜택』이었다. 그의 작품 중 제일 유명한 이 소설을 통하여 함순은 이름을 세계에 떨치게 되었고, 노르웨이 작가로서 뵈른손(1903년)에 이어서 1920년에 조국에 두 번째로 노벨문학상의 영예를 안겨주었다.

그러나 그는 치명적인 실수를 저질러서 애독자들을 지독히 실망시키고 말았다. 2차 대전 때 노르웨이가 독일에게 점령당하고 있던 바로 그때, 새로운 지배자와 손을 잡고 그들의 경의를 받아들인 것이다. 전쟁이 아직 한창이었을 무렵에 그는 조국의 군인들에게 전쟁을 그만두고 집으로 돌아가라는 취지의 신문 기사를 몇 차례 써서 격렬한 비난을 받았다. 그의 책은 완전히 보이콧당하고 그의 이름조차 입에 오르내리지 않게 되었다. 함순은 정말로 나치였을까?

그러나 그의 어떤 작품에도 유태인 배척주의적인 사상은 나타나지 않는다. 어떤 경우에도 폭력을 몹시 싫어했던 그는 한 사람 한 사람 인간의 생명에 커다란 존경을 품었으며, 그의 사고의 바닥에는 언제나 깊은 연민의 감정이 있었다. 함순에게는 전쟁의 결과가 처음부터 뻔하게 생각되었고 의미 없이 흘리는 피에 반대하려 했던 것이다. 사형 선고를 받은 레지스탕스 투사들을 그가 몇 번 살려준 사실도 뒤늦게 알려지고, 성과는 없었지만 베를린에 직접 구명탄원을 한 적도 있었다. 1943년에 베를린에 초대되었을 때는 직언으로 히틀러에게 범죄를 규탄하여 총통의 격노를 초래한 일도 있었다.

자기 작품의 주인공들처럼 극단적으로 비사회적인 경향을 갖고 있던 그는 전쟁 중 지상에서 무슨 일이 일어나고 있는지 전혀 이해하지 못했다. 일종의 상아탑 속에 갇혀 살고 있어, 정치적 감각이 전혀 없었다. 2차대전이 시작되었을 때 함순은 이미 80세를 넘은 노인으로 귀까지 들리지 않았다. 성격이 다른 사람들과의 교제를 거의 그만두고 만 그는 뇌일혈까지 걸려 심신이 모두 매우 쇠약해 있었다.

독일의 항복 때 함순은 이미 86세의 고령이었다. 그는 체포되어 양로원에 수용되고 재산은 몰수되었다 그러나 그렇게 고령인 노인을 벌하기는 차마 쉬운 일이 아니었다. 당국으로부터 심리 테스트를 받은 그에게는, 정신 능력이 금후 이전처럼 되지는 않을 것이라는 전문가들의 결론에 따라, 1947년에 결국 벌금형의 처분이 언도되었다.

함순은 나욜홀므에서 1951년 93세로 세상을 떠났다. 어린 시절부터 인생의 밑바닥을 체험한 그는 모든 사회적 구속으로부터 해방과 자연의 느낌을 찬양하는 소설들을 쓴 작가였다. 죽은 지 10년이 지나서 평형을 잃은 대 천재의 이름은 다시 사람들의 입에 오르게 되었고, 그는 훌륭한 예술가로서 재인식되었다. 현대의 기계 문명에 항상 적대적이었던 그는 자연의 착한 힘에 대한 영원한 확신을 결코 버리지 않았다.

1890년에 발표된 크누트 함순의 《굶주림》에는 전혀 새로운 인간형이 등장하고 있다. 19세기의 기술과 과학 발달의 희생자로서 태어난, 신경질적이고 지적이며 감수성이 예민한 사람이다. 그는 영혼을 상실한 현대의 도시 문명 속에서 평형을 잃은 채 크리스티아나의 거리를 언제까지나 정처 없이 방황한다.

이 작품은 작가의 자서전적 소설이다. 원래 고생스런 생활을 해온 작가의 체험이 너무나도 리얼한 필치로 표현되어 있다. 주인공은 그렇게 가혹한 현실 속에서도 구겨지지 않는 선량한 인간, 비정상적이라고 할 만큼 순수한 선량함을 간직한 사람이다. 정상적인 사회에서는 버림을 받은 고독한 이방인이다. 반사회적이며 도시 문명을 혐오하는 극단적인 자기 중심자이다.

그의 의식 내면은 불합리하고 막연한 느낌, 보통 사람의 눈으로 보기에는 모순투성이의 반응, 변덕스러운 생각 등으로 가득 차 있다. 이러한 변덕이나 본능, 극도의 긴장감, 가슴을 죄는 듯한 심한 불안감 등에 뒤흔들리는 주인공은 심한 굶주림의 압력에 의하여 어디론가 자꾸 밀려간다. 그를 압박하는 보이지 않는 힘에 대항하여 그는 생존을 위하여, 자신의 정신을 온전히 지켜나가기 위하여 처절한 투쟁을 해나간다. 죽음에의 강한 공포감이 강한 자기 보존 본능과 일체가 되어 있다. 결국 그는 외국의 배를 타고 조국에서 도망친다. 그러나 이것이 반드시 패배는 아닐 것이다.

1994년 여름, 역자